박선우 장편 소설

FUSION FANTASTIC STORY

PERFECT GAME 퍼펙트 게임 6

퍼펙트게임 6

박선우 장편 소설

초판 1쇄 찍은 날 § 2015년 9월 10일
초판 1쇄 펴낸 날 § 2015년 9월 17일

지은이 § 박선우
펴낸이 § 서경석

편집책임 § 이창진

펴낸곳 § 도서출판 청어람
등록번호 § 제387-1999-000006호
등록일자 § 1999. 5. 31
어람번호 § 제1-2223호

주소 § 경기도 부천시 원미구 심곡2동 163-2 서경B/D 3F (우) 420-822
전화 § 032-656-4452 팩스 § 032-656-4453
http://www.chungeoram.com
E-mail § chungeorambook@daum.net

ISBN 979-11-04-90401-1 04810
ISBN 979-11-04-90218-5 (세트)

박선우 장편 소설

FUSION FANTASTIC STORY

PERFECT GAME

퍼펙트 게임 6

[완결]

청어람

CONTENTS

제1장
출정

공항에 도착해서 수많은 기자들에 둘러싸여 인터뷰까지 모두 마친 선수단은 마지막으로 기념 촬영을 했다.

기념 촬영이 끝나면 곧장 비행기를 타기 때문에 한 달이란 시간 동안 가족을 볼 수 없게 된다.

강찬은 기념 촬영을 하기 위해 포즈를 취하면서도 밖에서 기다리는 은서를 찾아낸 후 활짝 웃어주었다.

그 모습을 본 은서가 손을 번쩍 치켜들고 마주 웃었지만 그녀의 눈은 눈물로 가득 차 금방이라도 흘러내릴 것만 같았다.

은서는 어젯밤 서울에 올라와 같이 지내면서 밤새도록 강찬의 품에서 떨어지지 않으려 했다.

국가대표에 선발되었다는 소식을 들은 순간 은서는 기쁨의 눈물을 하염없이 흘리며 기뻐하고 또 기뻐했다.

강찬이 국가대표에 선발되길 간절히 원하고 있었다는 것을 알고 있었기 때문에 그녀는 또다시 오빠가 절망하는 모습을 볼까 봐 오랫동안 무진 애를 태웠다.

사랑하는 사람의 절망을 본다는 것은 자신이 괴로움에 빠져 있는 것보다 훨씬 더 고통스럽다.

그랬기에 은서는 강찬과 구단이 첨예하게 대립하는 기간 동안 무려 3㎏이나 체중이 줄었다.

모든 괴로움은 시간이 해결해 준다는 말을 믿지 않았으나 어느 날 문득 모든 것이 뜻대로 이루어지자 꿈속을 헤매듯 기뻐했는데 잠시의 시간이 지난 후 또 다른 고통이 찾아왔다.

그것은 헤어짐으로 인한 그리움이었다.

강찬이 국가대표에 선발되었다는 기쁨으로 눈물을 흘렸으나 지금은 오랫동안 볼 수 없다는 사실에 슬픔의 눈물을 흘려야 했다.

한 달을 기다려 하루 동안 꿈결 같은 사랑을 나누었지만 갈증은 풀리지 않고 더욱 깊어만 갔는데 강찬은 또다시 일본으로 꽤 긴 여행을 떠나는 중이다.

국가를 대표해서 싸우러 떠나는 사람 앞에 눈물을 보이고 싶지 않았으나 그리움은 그녀로 하여금 하염없이 눈물을 흘리게 만들었다.

강찬은 은서의 눈물을 보고 사진 촬영이 끝나자 부지런히 다가왔다.

이미 작별 인사를 마쳤음에도 다시 올 수밖에 없던 것은 울음소리조차 내지 못하는 은서의 눈물이 너무나 슬퍼 보였기 때문이다.

"은서야, 그만 울어. 금방 다녀올게."

"응."

"보고 싶어도 조금만 참아. 알았지?"

"걱정하지 마, 오빠. 나, 기다리고 있을게. 잘하고 와."

"그래."

더 이상 아무 말도 할 수 없었다.

사랑이란 말로써 모든 것을 설명할 수 있는 것이 아니다.

서로를 그리워하면서도 먼 곳으로 보낼 수 있는 것은 다시 볼 수 있다는 희망과 믿음이 있기 때문이다.

강찬은 은서의 눈물을 닦아준 후 그녀를 힘차게 안아주고 급히 몸을 돌렸다.

이미 선수들은 대부분 출국장으로 들어선 후였고, 김남구 감독과 임관만이 남아 그를 기다리고 있었다.

거리가 먼 다른 나라들은 시차 적응을 위해 보름 전에 도착해서 전지훈련을 하고 있었지만 국가대표팀은 그럴 이유가 없었다.

3일 전인 지금 떠나는 것도 시합 장소로 잡힌 경기장을 미리 확인하고 현지 분위기를 익히기 위해서이지 다른 이유는 하나도 없었다.

일본의 수도 동경은 비행기로 한 시간 남짓 걸리는 거리이고 시차도 전혀 없어 하루 전에 떠나도 컨디션 조절에는 전혀 문제가 없었다.

인천국제공항에서 비행기가 이륙해서 일본의 도쿄공항에

도착한 것은 11시가 조금 넘어서였다.

대표팀이 공항에 도착하자 수많은 언론 기자들이 벌 떼처럼 몰려 있었다.

몇몇의 외신 기자도 있었지만 공항을 차지하고 있는 것은 대한민국과 일본 기자가 대부분이었다.

일본 야구 협회의 미우라 총재와 한국 야구 협회의 이충호 회장으로부터 촉발된 양국 간의 신경전은 보름 전부터 점점 거세지기 시작했는데 전문가들의 평론과 선수들의 인터뷰가 덧붙여지면서 점점 가속화되는 중이다.

특히 사사끼의 발언이 공식적으로 언론을 통해 노출되면서 그런 감정은 폭발 직전까지 올라가고 있었다.

사사끼는 닛칸스포츠와의 인터뷰에서 대한민국이 일본을 따라오기 위해서는 최소 30년이 더 걸릴 거라고 도발했기 때문에 국내 야구팬들의 분노는 극에 달한 상태였다.

더군다나 양국은 요즘 일본의 강력한 독도 영유권 주장으로 인해 첨예하게 맞서고 있기 때문에 대한민국의 반일 감정은 커질 대로 커진 상태였다.

그것은 일본 역시 마찬가지였다.

일본의 극우 정권으로부터 5년 전부터 강력하게 주장되기 시작한 독도의 영유권 주장을 대한민국이 일고의 가치조차 없는 것으로 무시함에 따라 일본 국민의 반한 감정도 고조될 대로 고조되어 있었다.

대한민국 국가대표가 공항을 나서자 인터뷰를 위해 마련된 포토 존으로 기자들이 우르르 몰려들었다.

국제적인 게임이 벌어지면 각국의 대표팀은 정해진 룰에 따라 언론에 노출되어야 하기 때문에 이성우 감독을 중심으로 선수들은 기자들이 사진을 찍을 수 있도록 포즈를 취해주었다.

기자들의 질문이 쏟아지기 시작한 것은 사진을 찍고 인터뷰를 위해 이성우 감독과 대표팀의 주장인 이청화가 자리에 앉을 때였다.

가장 먼저 질문을 시작한 것은 닛칸스포츠의 유사쿠였다.

그는 사사끼와의 인터뷰 내용을 1면에 실으면서 특종을 터뜨린 장본인인데 대박 기사에 대한 냄새를 귀신같이 맡는 사람이었다.

"이 감독님, 닛칸스포츠의 유사쿠입니다. 먼저 이번 WBC에 대한민국 대표팀을 이끌고 입국하신 걸 환영합니다."

"고맙습니다."

"저는 이번 대한민국 대표팀이 1, 2회 대회 때보다 훨씬 약체라고 생각하는데 예선 통과가 가능할 거라고 생각하십니까?"

질문하는 유사쿠의 얼굴에는 웃음기가 전혀 들어 있지 않았다.

하지만 질문 내용만 본다면 조롱기가 다분히 담겨 있었다.

그랬기에 이성우 감독은 슬쩍 얼굴을 찡그리며 유사쿠를 지그시 노려봤다.

그런 후 천천히 묵직한 음성으로 질문에 대답했다.

"대한민국은 시드를 배정받은 나랍니다. 당연히 예선을 통과할 것이오."

"상당히 자신감을 보이시는군요. 3회 대회 때도 우승을 노린다고 했다가 예선 탈락한 전력이 있잖습니까?"

"물론 공은 둥글기 때문에 어떤 일이 벌어질지 알 수 없지만 그런 일은 우리 팀뿐만 아니라 일본을 포함해서 모든 팀에게도 충분히 벌어질 수 있는 일이오. 가능성만 가지고 호도하는 것은 옳지 않은 일이오."

이성우 감독이 일본을 걸고넘어진 것은 함부로 까불지 말라는 의미이다.

하지만 그것을 눈치챈 일본기자들이 마치 시빗거리를 잡았다는 듯이 벌 떼처럼 일어났다.

"산케이신문의 요시답니다. 방금 감독님께서 일본 대표팀을 언급하셨는데 상대적으로 대한민국 대표팀보다는 월등한 전력을 가지고 있는 일본 대표팀을 단순 비교하는 건 잘못된 것 아닌가요?"

"말의 요지를 다른 쪽으로 돌리는군요. 내 말의 요지는 야구 경기가 어떤 결과로 나타날지 알 수 없다는 것입니다."

"그럼 단도직입적으로 묻겠습니다. 만약 일본 대표팀과 붙는다면 이길 수 있을 것 같습니까?"

"우리는 최선을 다해 싸울 겁니다. 결과는 경기가 끝나고 나면 알 수 있을 것이오."

"일본 대표팀은 이번 대회에서 미국과 더불어 가장 강력한 우승 후보로 꼽힐 만큼 뛰어난 전력을 가지고 있습니다. 그런데도 감독님께서는 일본과 충분히 해볼 만하다고 생각하시는 것 같은데 그런 생각을 가진 이유에 대해서 물어봐도 되겠습니까."

이번에 나선 사람은 NHK에서 나온 아유리라는 여기자였다. 그녀는 매우 날카롭게 생겼는데 다른 기자들로부터 촉발된 민감한 사안을 집요하게 물고 늘어졌다.

일본 언론은 오늘 날을 잡은 것 같았다.

최대 공영방송들이 모두 모였고, 웬만한 신문사는 전부 다 기자를 내보낸 것 같았다.

자신을 빤히 바라보는 아유리를 잠시 응시하던 이성우 감독의 얼굴에 천천히 냉정한 미소가 떠올랐다.

원하는 대답을 알고 있다.

하지만 그렇게 대답했다가는 엄청난 대미지를 입을 수밖에 없다.

그럼에도 이성우 감독은 마이크를 끌어당긴 후 천천히 입을 열었다.

"일본팀이 강하다는 것은 인정합니다. 하지만 우리 팀도 결코 만만하지 않을 것입니다. 대한민국 국가대표팀은 일본과 충분히 해볼 만한 전력을 가지고 있습니다. 기회가 된다면 좋은 승부를 하게 될 겁니다."

대답이 끝나자 벌 떼가 우는 것처럼 소란스럽던 회견장이 잠시 조용해졌다.

전혀 예상하지 않은 이성우 감독의 전격적인 자신감이 의외인 듯 일본 기자들이 한꺼번에 입을 닫았기 때문이다.

하지만 그 침묵은 순간에 불과했고, 그들의 얼굴은 불쾌감으로 가득 찼다.

일본 기자들이 질문을 한 이유는 간단했다.

상대도 되지 않는 전력으로 왔으니 대한민국 국가대표팀 감독에게 겸손을 가장한 비굴함을 보고 싶었던 것이다.

일본 기자들의 얼굴이 똥 씹은 것처럼 변하는 걸 보면서 대한민국의 기자들은 통쾌한 웃음을 터뜨리고 있었다.

그러면서도 아무런 말도 꺼내지 않았다.

질문을 하려면 할 수도 있다.

그러나 WBC에 관한 질문은 국내에서도 수없이 했기 때문에 더 이상 들을 게 없었다.

그럼에도 오늘 이렇게 공항에 나와 침묵 속에서 취재를 하고 있는 것은 국가대표팀을 맞이하는 일본의 반응을 보기 위함이다.

일본 기자들의 질문을 들으면서 속에서 천불이 올라왔음에도 참고 견딘 것은 이러한 분위기를 국내에 고스란히 전달하기 위함이다.

계속해서 질문을 퍼붓던 일본 기자들은 이성우 감독이 더 이상 대답하지 않겠다는 듯 자리에서 일어나자 초점을 이청화에게 돌렸다.

일본 기자들의 질문은 여전히 자극적이었는데 교묘하게 자존심까지 긁어댔다.

"이청화 선수, 일본에서 활동한 적이 있는데 일본 야구를 어떻게 생각하십니까?"

"투수들의 능력이 뛰어나고 야수들의 수비도 훌륭하다고

생각합니다."

"한국으로 돌아간 것이 약점이 노출되어서 더 이상 일본 리그에서 활동할 수 없었기 때문이라고 전해졌는데 인정하시나요?"

"잘못 알고 계시는군요. 일본 리그에서 제 성적을 잘 보십시오. 5년을 뛰면서 평균 35개의 홈런을 때려냈고 타율도 3할에 가깝습니다. 마지막 해에 성적이 좋지 못했던 것은 왼쪽 팔꿈치에 부상을 입어 치료하느라 경기에 많이 나서지 못했기 때문입니다."

"제가 알기로는 왼쪽 팔꿈치 부상은 별거 아니었던 것으로 아는데요. 병원에서는 염증이 없다고 진단했잖습니까?"

"물론 그랬습니다. 하지만 팔꿈치 통증은 저에게 많은 고통을 준 것이 사실입니다."

"이해할 수 없지만 그렇다 치지요. 그럼 다른 질문을 하겠습니다. 혹시 사사끼 선수를 아십니까?"

"압니다."

"사사끼 선수는 한국 야구가 일본 야구를 따라오려면 30년이 필요하다고 말했습니다. 거기에 대해서는 어떻게 생각하십니까?"

"솔직하게 말해도 되겠습니까?"

"말씀하시지요."

"말도 안 되는 소리요. 나는 왜 그가 그런 터무니없는 소릴 했는지 이해가 안 갑니다."

"사사끼 선수의 판단이 잘못되었다는 뜻인가요?"

"당연합니다. 우리는 일본이 자랑하는 대표팀을 네 번이나 이긴 팀이오. 그런 팀을 상대로 30년이 어떻고 하는 망언을 뱉는 것은 스타가 할 짓이 아니라고 생각합니다."

이청화가 냉정한 표정으로 대답하자 질문을 한 아사이신문 쿠로다의 인상이 우그러들었다.

그는 사사끼를 우상으로 아는 열성 야구팬이기도 했기 때문에 이청화의 답변에서 엄청난 불쾌감을 느꼈다.

"수준 차이가 나는 걸 부인하고 싶은 겁니까?"

"무슨 수준 차이가 있단 말이오. 일본 야구 역사가 100년이 넘었지만 최근에 들어와서는 대한민국과의 전적에서 밀리고 있는 게 일본 야구의 현실인데 왜 그걸 부인하려고 하는지 나는 도저히 이해가 안 됩니다. 더 이상 그런 소리를 한다면 그만 일어서겠소."

"그럼 마지막으로 하나만 더 묻겠습니다. 혹시 일본 야구의 영웅인 사사끼 선수에게 하고 싶은 말이 있습니까?"

쿠로다는 여전히 불쾌한 얼굴로 질문했다.

놈은 이청화와 더 이상 말하고 싶지 않은 것 같았는데 예의상 마지막 질문을 던진 것 같았다.

이청화는 쿠로다의 질문을 들으며 천천히 자리에서 일어났다.

그런 후 이를 드러내며 그의 질문에 대답했다.

"앞으로는 함부로 지랄 염차기하지 말라고 전해주시오."

*　　*　　*

총 24개국이 참가한 제4회 WBC 대회는 모두 6개조로 나뉘어 예선을 치르고 상위 2개 팀이 결선에 오르게 된다.

결선 리그는 무작위 추첨을 통해 단판 승부에서 이긴 6개 팀과 패자부활전을 통해 2개 팀을 더 뽑은 후 토너먼트로 우승자를 가려 뽑는 형식이었다.

대한민국이 포함된 C조는 중국, 멕시코, 파나마로 구성되어 있기 때문에 대진 운이 좋은 편이었다.

그동안 WBC에서는 투수에게 제한 투구 수를 두었는데 예선에서는 65개, 2라운드에서는 80개, 4강 이상부터는 95개였다.

하지만 이번 대회는 존 스미스의 강력한 주장으로 인해 제한 투구 수가 없어졌기 때문에 이전 대회들과는 다르게 커다란 변수가 마련되었다.

스미스는 언터처블 투수가 많은 미국에 유리하도록 룰을 개정했지만 그것이 어떤 변수를 가져올지는 아무도 모르는 일이었다.

예선전은 언론의 예측대로 강팀들이 각 조 1, 2위를 차지하며 결선에 올랐는데 대한민국도 당당하게 이름을 올렸다.

대한민국의 예선전 전적은 3승이었고, 3경기에서 17득점을 한 반면 실점은 3점에 불과했다.

이성우 감독은 철저하게 계산된 투수 운용을 하며 현재 메이저리그 텍사스에서 활약하고 있는 이성동과 국내 리그를 평정한 이강찬을 투입하지 않은 채 예선전을 치렀다.

그럼에도 대한민국 투수들은 예선전에서 불과 3점만 내주는 위용을 자랑했다.

라이온즈의 에이스이자 그동안 각종 국제 대회에서 선발로 나섰던 백강현을 필두로 작년 시즌 17승에 빛나는 좌완 투수 베어스의 윤강혁, 그리고 와이번스의 정민한은 예선 경기에 차례대로 출전해서 상대 팀을 완벽하게 제압하는 투구를 했다.

강팀들의 면모는 예선전에서 여실히 드러났다.

각 조의 1위를 차지한 팀들은 거의 대부분 3승을 거뒀고 오직 E조의 도미니카 공화국만 2승 1패였다.

특히 미국과 일본, 그리고 쿠바의 성적은 기록만으로 봤을 때 대단한 것이었다.

예선전에서는 경기의 원활한 진행을 위해 콜드게임 규정을 두었는데 미국과 일본, 쿠바는 두 번의 콜드게임 승을 거둘 정도로 막강한 전력을 자랑했다.

12개 팀이 오른 2회전에서는 각 조의 1위가 무작위로 추첨한 다른 조의 2위와 승부를 벌이는 것으로 돼 있었는데 대한민국의 12강 상대는 캐나다였다.

김혁은 프레스센터에서 빠져나오며 옆에서 부지런히 걷고 있는 홍재진을 흘끔 쳐다봤다.

홍재진은 일본으로 넘어온 이후 숙소까지 같이 쓰며 그를 바짝 따라다녔다. 김혁으로 인해 얻는 불로소득이 꽤나 달콤했기 때문이다.

기자가 특종 곁에서 움직인다는 것은 커다란 행운이라고 볼 수 있는데 김혁은 귀신처럼 특종 냄새를 맡기 때문에 옆에 따라다니며 종종 콩고물을 주워 먹었다.

"형님, 우리나라가 캐나다하고 붙습니다. 잘된 일인지 모르겠습니다."

"잘된 건 아니다."

"왜 그렇습니까?"

"캐나다는 요새 최상의 전력을 구축하고 있어. 특히 타자들이 좋지. 캐나다 타자들은 평균 7점씩을 뽑아내는 경기를 했다. 쿠바하고의 경기에서만 5점을 뽑아냈을 뿐인데 만약 9회 말에 역전 홈런만 맞지 않았다면 1위로 올라갈 수 있는 전력이었다. 거기다가 투수 쪽도 만만치 않아. 메이저리그 최고 마무리 투수인 에릭 마니에가 있고 토니 알바스와 데니 이와트의 원투펀치는 수준급이야. 내가 봤을 때 2위 그룹 중에서 가장 강한 팀이라고 봐도 될 정도다."

"그럼 큰일 났군요."

"큰일은 무슨, 그렇다는 얘기지. 우리 팀도 이번엔 만만치 않아. 결선을 대비해서 이성동과 이강찬을 아꼈으니까 충분히 해볼 만해."

"캐나다와의 경기에서 둘 중 누굴 내보낼까요?"

"이성동을 내보낼 거다."

"설마요."

이미 답을 예상하고 물은 홍재진의 얼굴이 김혁의 대답에 말도 안 된다는 표정으로 변했다.

이성동은 현재 메이저리그 텍사스에서 제2선발로 활약하고 있는데 작년 시즌 13승을 올릴 정도로 위력적인 투구를 보여 주었다.

더군다나 그는 프로야구 10년 차의 베테랑이고 지금 최전성기를 구가하는 실질적인 대한민국의 에이스였기 때문에 12강에서 출전할 거라고는 전혀 예상하지 않았다.

하지만 김혁의 얼굴은 그의 표정을 보고도 처음과 똑같았다.

"설마가 아니야. 현재 대한민국의 에이스는 이성동이 아니라 이강찬이다. 물론 상황에 따라서 달라지겠지만 이성우 감독이 우승을 노린다면 분명 이강찬을 결승전에 출전시키는 걸 전제로 투수 운용을 할 거니까 12강은 이성동이 나올 수밖에 없어."

"그럼 이강찬은 8강에 나온다는 말입니까?"

"당연하지. 지금 같은 단기전에서는 사실 선발투수가 가장 중요하다. 이성동은 상당히 위력적인 투수지만 투구 수가 100개가 넘어가면 급격히 구위가 떨어지기 때문에 백강현을 비롯해서 모든 투수들이 릴리프로 대기해야 하는 실정이야. 내가 우리 팀을 우승 후보로 생각하는 것은 바로 이강찬 때문이다. 이강찬의 믿어지지 않는 완투 능력이 빛을 발하게 되면 우리 팀은 다른 팀에 비해 한결 여유 있는 투수 운용이 가능해져. 그렇게 되면 어느 팀과 붙어도 해볼 만하다."

"그러니까 형님 말씀은 이강찬이 8강에서 완투를 해주면 4강 상대는 누가 되든 해볼 만하다는 거군요?"

"바로 그거다. 대한민국의 에이스들은 메이저리그가 아니라 그 할애비라도 2, 3이닝은 무조건 막을 수 있는 능력들이 있어."

"4강 후보를 꼽으라면 분명 미국이나 일본, 쿠바, 도미니카 공화국 정도겠지요?"

"아마도. 하나를 더 뽑으라면 푸에르토리코 정도가 되겠군."

"내일 경기가 기다려집니다. 저번 대회와 다르게 예선을 가볍게 통과했기 때문에 국민들이 거는 기대가 무척 큽니다. 아까 CBS에 다니는 동기 놈이 내일 경기의 시청률이 20%는 넘을 거란 얘기를 하더군요."

"그건 문제가 아니야. 8강에 올라가고 점점 위로 올라갈수록 난리가 날 수밖에 없어. 너도 알겠지만 지금 일본과의 경쟁이 치열하잖아? 아마 일본전은 시청률이 50%를 훌쩍 넘을 거다."

"저도 기대되는데 국민들은 오죽하겠어요. 이번에는 꼭 일본을 잡아야 해요. 다시는 놈들이 엉뚱한 소리 못 하게 박살을 내야 됩니다."

"걱정하지 마. 그렇게 될 테니까."

이성동.

3년 전 메이저리그에 진출했고 매년 10승 이상을 올리며 텍사스의 제2선발 자리를 확실히 꿰차고 있는 투수로서 150㎞ 초반대의 패스트볼과 슬러브란 비장의 무기를 지니고 있다.

슬러브란 슬라이더와 커브를 결합시켜 놓은 구질로 종횡이 적절하게 혼합된 채 홈 플레이트를 통과하기 때문에 쳐 내기가 무척 어려운 공으로 정평이 난 구질이다.

이성동이 2점대 방어율을 계속 유지하고 있는 것은 바로 이 슬러브의 존재로 인해서였다.

김혁의 예상대로 12강전에서 캐나다를 상대하기 위해 나온 것은 이성동이었다.

많은 언론과 전문가들이 이강찬의 출전을 예측했지만 그런 예상은 이성동이 모습을 드러내는 순간 단숨에 깨지고 말았다.

12강전에 누가 나오느냐에 따라 그 팀의 에이스가 결정된다.

경기 운영적인 측면에서 봤을 때 우승을 노린다면 모든 팀의 에이스는 8강전에 출전하기 때문에 전문가들은 이성동이 모습을 드러내자 거품을 물며 흥분을 금치 못했다.

이강찬이 비록 전년 시즌 프로야구 MVP를 차지했다 해도 신인에 불과하기 때문에 메이저리그에서 꾸준하게 활약하는 이성동을 제치고 대한민국의 에이스로 자리매김할 줄은 아무도 예상하지 못했기 때문이다.

캐나다전에 출전한 이성동은 메이저리거답게 6회까지 캐나다의 막강 타선을 상대로 7안타 2실점으로 틀어막았는데 삼진을 8개나 뺏어냈다.

7회에 등판한 이태진이 2이닝을 던지며 추가로 1실점을 했지만 마무리로 나선 오석환이 위력적인 투구로 캐나다의 타선을 봉쇄했다.

반면 타선은 불을 뿜었다.

예선전 못지않게 대한민국의 다이너마이트 타선은 캐나다의 선발투수 토니 알바스를 박살 냈는데 불과 3이닝 만에 5점을 뽑아내고 강판시켜 버렸다.

그 이후로도 타선은 캐나다의 릴리프들을 상대로 꾸준히 점수를 뽑아냈는데 경기가 끝났을 때의 최종 스코어는 9 대 3이었다.

메이저리그의 양키스에서 활약하는 추명훈과 일본 오릭스에서 뛰는 이대철이 각각 3안타를 때려냈고, 작년 시즌 홈런 1위를 차지한 최황이 5회에 투런포를 작렬시키면서 캐나다의 마운드를 초토화시켜 버렸다.

8강으로 확정된 나라들은 미국과 일본, 대한민국, 쿠바, 도미니카공화국, 푸에르토리코, 멕시코, 캐나다였다.

이 중 캐나다와 멕시코는 패자부활전을 통해서 올라왔는데 두 나라만 조 2위였고 나머지는 모두 조 1위로 올라왔다.

이변이 없는 결과.

강팀이 모두 살아남았기 때문에 이제부터의 경기는 살얼음판을 걷는 것처럼 극도의 긴장감 속에서 치러질 것이다.

더군다나 모든 승부가 단판으로 끝나기 때문에 각국은 전력을 다해 경기에 임해야 하는 상황이었다.

8강의 대진표는 각국의 감독들이 한자리에 모여 주최 측에서 마련한 추첨 방식에 따라 결정되었다.

초미의 관심사.

추첨 결과에 따라 생과 사가 단숨에 결정되기 때문에 모든 언론과 관계자들은 숨을 죽이고 추첨 결과를 기다렸다.

8강 중에서도 다른 팀에 비해 다소 전력이 부족하다고 분석된 팀들이 있는데 바로 멕시코와 캐나다였다.

8강에서 이들을 만나게 되면 행운이지만 대한민국은 그 행운을 잡지 못하고 작년 대회 준우승 팀인 푸에르토리코를 추첨하고 말았다.

그러나 이성우 감독은 전혀 개의치 않는다는 표정으로 기자회견에 임했다.

어차피 싸울 거면 강팀을 이기고 올라가는 게 마음 편하다며 그는 언론을 향해 승리에 대한 투지를 불태웠다.

*　　　*　　　*

"어이, 무쇠팔, 컨디션 어떠냐?"

"좋습니다."

"잠은 잘 잤고?"

"조금 설치기는 했지만 그런대로 잘 잤습니다."

"잠을 설친 게 혹시 이놈 때문이냐?"

"예."

이청화가 옆에 선 임관에게 시선을 돌리며 묻자 강찬이 즉시 머리를 끄덕였다.

그 행동에 임관이 입을 떠억 벌린 채 금방 죽을 것 같은 표정을 지었다.

대선배 앞에서 잠을 설치게 만든 원흉으로 강찬이 자신을 지목할 거라고는 꿈에도 생각하지 못한 얼굴이다.

"임관, 내가 어제 말했지. 강찬이가 오늘 선발이니까 코 골지 말라고 분명히 경고했잖아!"

"선배님, 저도 오늘 게임에 나가는데요. 강찬이도 저 없으면 공 못 던집니다. 그러니까 너무 강찬이 편만 들지 마세요."

"그런가?"

"그럼요. 던지는 놈도 중요하지만 받는 놈도 무척 중요하거든요."

"하하하, 하긴 그렇기도 하다. 어쨌든 너희 둘, 잘해줘야 해."

"걱정 마십시오!"

임관의 말을 듣고 폭소를 터뜨린 이청화가 다시 당부하자 강찬과 임관이 동시에 큰 소리로 대답했다.

천하의 국가대표 에이스라도 야구계의 살아 있는 레전드 이청화 앞에서는 어린아이가 될 수밖에 없었다.

경기장으로 이동해서 연습 투구를 하며 팔을 푸는 동안 도쿄돔 야구장은 수많은 관중으로 들어차기 시작했다.

태극기를 앞세운 재일교포도 많이 들어왔지만 일본인도 엄청나서 1시간 전 이미 거의 2만에 가까운 관중이 들어왔다.

워낙 도쿄돔 야구장이 크기 때문에 반쯤밖에 차지 않은 것으로 보였으나 그것만으로도 대단한 관중이었다.

우리나라 프로야구팀 홈구장의 수용 인원이 기껏해야 1만 3천에서 1만 8천 사이이고 가장 큰 잠실구장이 3만이었으니 도쿄돔의 규모는 정말 대단한 것이었다.

시합이 시작되기 20분 전이 되자 꾸준하게 들어온 관중들이 외야의 스탠드까지 차지했다.

누군가가 이 정도라면 3만이 훌쩍 넘는 관중 수라고 말하는 게 언뜻 들려왔다.

연습 투구를 마친 강찬이 더그아웃으로 들어와 계속 밀려드는 관중들을 바라보며 양손으로 머리를 긁었다.

한국시리즈를 치르면서 잠실야구장을 가득 채운 관중 앞에서 경기를 한 적은 있었지만 도쿄돔을 가득 채운 관중들을 보자 전율이 슬금슬금 올라왔다.

옆에 있는 임관도 강찬과 비슷한 느낌을 받았는지 한 자리에 앉아 있지 못하고 왔다 갔다 하며 뭔가를 중얼거리고 있었다.

그 모습을 본 강찬의 표정이 익살스럽게 변했다.

"떨리냐?"

"오줌 마려워. 말 시키지 마."

"지랄. 그나저나 하늘이 엄청 푸르다. 일본 하늘도 우리나라하고 다를 게 없네. 하늘을 봐. 그러면 조금 나아질 거니까."

관중에게서 고개를 돌려 하늘을 바라보는 강찬을 따라 임관의 고개가 들렸다.

도쿄돔은 지붕을 열어놨는데 화창한 봄 날씨를 자랑이라도 하려는 듯 바늘로 찌르면 물이 터져 나올 것만 같은 푸른 하늘이 가득 펼쳐져 있었다.

제2장
8강전
대한민국 VS 푸에르토리코

푸에르토리코는 인구 300만의 작은 나라였지만 대표팀 전원이 메이저리거로 구성되어 있을 정도로 막강한 전력을 보유했다.

저번 대회는 도미니카공화국한테 아깝게 지면서 준우승을 차지했기 때문에 이번 대회는 반드시 우승을 하겠다며 이를 갈고 있는 팀이다.

특히 오늘 선발투수로 나오는 카를로스는 시카고 컵스의 에이스로서 작년 16승을 거뒀을 만큼 대단한 구위를 가진 선수였고, 타자들은 메이저리그에 소속된 팀들의 주력으로 타순이 짜여 누구 하나 만만하게 볼 상대가 없었다.

드디어 심판들이 나왔고, 경기를 위해 양쪽 감독이 진행석으로 모였다.

약간의 주의 사항과 선공을 결정하고 감독들이 더그아웃으로 들어가자 그때부터 팽팽한 긴장감이 경기장을 사로잡기 시작했다.

운명의 8강전.

단판 승부이기 때문에 단 한 번의 실수가 천추의 한으로 남게 된다.

동전 던지기로 결정한 선공이 푸에르토리코였기 때문에 대한민국이 먼저 수비를 하게 되었다.

이미 시합 전 미팅마저 끝낸 상태였기에 공수가 결정되자 선수들은 즉각 수비를 하기 위해 그라운드로 향했다.

이성우 감독이 강찬을 부른 것은 그가 글러브를 챙기고 더그아웃을 빠져나가려 할 때였다.

"무쇠팔!"

"예, 감독님."

"너는 이번에 우리가 어디까지 갔으면 좋겠냐?"

"당연히 우승입니다."

"정말이냐?"

"그럼요. 우승은 저뿐만 아니라 모든 선수들이 원하고 있는 것입니다."

"우승은 나도 하고 싶다. 오만한 일본 놈들의 코를 납작하게 꺾어버리고 우리를 우습게 아는 미국 놈들도 박살 내고 싶단 말이다. 그런데 그게… 아주 어렵단 말이지……."

"……."

이성우 감독이 슬쩍 말꼬리를 흐렸기 때문에 강찬은 의아한 시선을 던진 채 아무 말도 하지 않았다.

뭔가 하고 싶은 말이 있는 사람에게서 나타나는 현상이기 때문이다.

이럴 때는 그저 기다리면 본론이 나온다는 걸 그동안의 경험으로 알고 있기 때문에 감독의 얼굴을 바라보며 다시 입이 열리기를 기다렸다.

그리고 그의 예상은 정확하게 맞아들어 조금의 시간이 지나자 이성우 감독의 입에서 천천히 본론이 흘러나왔다.

"나는 이번 경기에서 투수 교체를 가급적 안 할 생각이다. 너도 원하고 우리 모두가 원하는 우승을 하기 위해서는 네가 이 경기를 완투해 줘야 하기 때문이다."

"최선을 다하겠습니다."

"최선만 다해서는 안 된다. 너는 무슨 수를 쓰든 이 경기를 이겨야 한단 말이다. 봐라. 도쿄돔을 가득 채운 일본 관중들이 푸에르토리코를 응원하는 소리가 들리지 않느냐!"

이성우 감독이 시선을 돌린 곳에는 수많은 일본 관중이 수비를 위해 나서는 대한민국 대표팀을 향해 야유를 던지고 있었다.

"저들에게 너의 위력을 보여줘라. 이웃에 살면서 우릴 철천지원수 대하듯 하는 저들에게 대한민국의 힘을 보여주란 말이다."

"알겠습니다."

"좋다, 네가 오늘 이 경기를 잡아주면 다음 상대인 미국은 나와 다른 투수들이 잡겠다. 어떠냐, 그렇게 해줄 수 있겠나?"

"하겠습니다."

"좋다, 나가라. 그리고 반드시 이겨라!"

이성우 감독의 눈이 붉게 충혈된 것처럼 보였다.

그의 목소리에는 분노가 담겨 있었고, 정말로 이 경기를 이기고 싶어 하는 간절한 염원도 함께 담겨 있었다.

그랬기에 강찬도 한 치의 주저함도 없이 대답했다.

반드시 이긴다. 반드시.

도쿄돔은 어느새 관중들로 가득 차서 빈자리를 찾아보기 어려웠다.

재일교포와 국내에서 건너간 열혈 응원단이 1루 측 스탠드를 장악했음에도 5천 명에 불과했는데 적은 숫자에도 불구하고 그들의 응원은 열정적이고 일사불란해서 국가대표팀에게 승리를 향한 거대한 기운을 불어넣어 주고 있었다.

하지만 이상한 분위기가 감지되기 시작된 것은 대한민국 국가대표팀이 수비에 나설 때부터였다.

관중의 대다수를 차지한 일본 관중들이 푸에르토리코를 응원하며 대한민국 국가대표를 향해 야유를 퍼붓기 시작한 것이다.

"아니, 저 씨발놈들, 뭐하자는 거야!"

잠시 광고를 위해 화면이 넘어간 틈을 이용해서 장춘진이 일본 관중의 반응을 보며 욕설을 퍼부었다.

웬만해서는 욕을 하지 않는 그였지만 오늘은 얼마나 열이 받았는지 자리에서 벌떡 일어나며 소리를 질러댔다.

그런 장춘진을 김동호가 슬며시 말렸다.

주변에는 수많은 일본 언론이 있었고 그를 흘끔흘끔 바라보는 일본 기자도 여럿 있었다.

김동호가 팔을 잡고 자리에 앉히자 아직도 흥분을 가라앉히지 못한 장춘진이 볼펜을 탁탁 두들겼다.

"이웃 나라란 놈들이 하는 짓을 보면 양아치가 따로 없어. 우리가 뭐 어쨌다고 야유질이야, 야유질이!"

"흥분 좀 가라앉혀. 중계방송 해야 하는 사람이 왜 그래?"

"김 위원은 열 안 받아?"

"당연히 받지. 하지만 어쩔 수 없는 거잖아. 지들이 우리나라보다 푸에르토리코를 응원하겠다는데 뭐 어쩌겠어."

"그렇게 단순한 일이 아니잖아. 응원은 못 하더라도 최소한 야유는 보내지 말아야지. 저 새끼들은 스포츠맨십이란 소리도 들어보지 못한 모양이다."

"저런 경우를 우리가 어디 한두 번 봤어? 신경 쓰지 마. 경기에 이기면 모든 게 끝나는 거니까 우린 푸에르토리코를 잡는 데 전력을 기울여야 해. 나는 우리 선수들이 야유에 동요하지 않았으면 좋겠다. 더군다나 이강찬은 아직 신인이라서 걱정이야."

"에잇, 거지 같은 새끼들 같으니라고. 그나저나 정말 걱정이네. 이강찬이 잘해줘야 할 텐데."

장춘진이 마이크를 다시 옷깃에 달면서 걱정스런 눈으로 마운드에 올라가는 이강찬을 바라봤다.

PD의 사인으로 인해 다시 큐 사인이 떨어지자 그는 언제 그랬냐는 듯 차분한 목소리로 멘트를 시작했다.

하지만 그의 얼굴은 아직도 붉게 물들어 흥분을 가라앉히지 못한 것 같았다.

"고국에 계신 국민 여러분, 지금부터 대한민국과 푸에르토리코의 WBC 8강 경기를 중계방송해 드리겠습니다."

텔레비전을 통해 흘러나오는 야구 방송을 지켜보는 사람은 모두 열두 명이었다.

그들은 모두 복장이 제각각이었는데 오전 일과를 마치고 밥을 먹은 후 휴게실에 몰려든 대전의 개인택시 기사들이었다.

대전구장 주변을 주 무대로 택시 영업을 하는 그들은 비용을 갹출해서 월세 30만 원짜리 사무실을 얻어놓고 휴게실로 이용하고 있었는데 오늘따라 많은 기사가 모인 것은 WBC 8강이 벌어지기 때문이었다.

그들은 푸에르토리코의 전력에 대해서 아무것도 몰랐기 때문에 중계방송이 시작되기 전에는 무조건 대한민국이 이길 거라고 생각했는데 막상 중계가 시작되면서 푸에르토리코 선수들이 전원 메이저리그에서 활약한다는 소리를 듣자 얼굴이 슬쩍 어두워졌다.

하지만 그것은 잠깐이었고 이강찬이 수비를 위해 마운드에 올라오자 평소에 가장 말이 많던 김 씨가 소리를 질러댔다.

"정말 강찬이가 나왔네. 그럼 볼 것 없어. 강찬이가 나왔으면 무조건 우리가 이겨."

"당연하지. 강찬이가 누구여. 철완이잖어, 철완. 재들이 전부 메이저리그에서 뛴다고 해도 소용없어. 강찬이는 지금 당장 메이저리그에 가도 20승 이상 할 놈이여."

"그럼, 그럼!"

옆에 있던 장 씨가 팔짱을 낀 채 김 씨의 말을 받자 모여 있던 기사들이 이구동성으로 동조하며 고개를 끄덕였다.

만년 꼴찌 이글스를 우승시킨 이강찬은 대전에서 자라난 그들에겐 불세출의 영웅이었기 때문이다.

기사들은 강찬이 연습 투구를 하기 시작하자 연신 한마디씩 거들며 이번 게임에 대한 예상을 하기 시작했고, 어떤 사람들은 예상 스코어를 알아맞히는 내기를 걸기도 했다.

그들은 대부분 대한민국이 이길 거라고 예상하고 있었는데 진다는 소리는 한 번도 나오지 않았다.

아직 시합이 시작되기 전이라 중구난방으로 떠들던 그들의 목소리가 한꺼번에 멈춘 것은 중계를 하고 있던 아나운서의 멘트를 듣고 나서부터였다.

경기가 벌어지고 있는 도쿄돔이 워낙 크고 관중이 가득 들어차 떠나갈 듯한 함성이 연신 들렸기 때문에 야구 열기가 무척 높다고 생각했는데 아나운서가 관중의 함성이 푸에르토리코를 응원하는 소리라고 말하자 그때부터 정신이 번쩍 들었다.

가만히 듣고 보니 함성과 더불어 누군가를 향해 야유를 퍼붓고 있는 소리도 들렸고, 그 대상이 바로 이강찬이란 걸 알게 되자 성격이 불같은 김 씨가 대뜸 눈꼬리를 치켜떴다.

아나운서가 안타깝다는 목소리로 일본 팬들의 야유에 대해서 유감을 표하자 그는 더 이상 참지 못하고 고함을 질러댔다.

"저 개쓰끼들이 죽을라고 환장했나! 뭔 할 일이 없어서 저런 지랄을 하는겨! 강찬이가 뭘 잘못했다고 야유를 한단 말이여! 저것들, 쫓아가서 싸그리 쥐여 버릴까?"

"독도 때문에 그러는 거여. 저눔들은 독도가 지네 땅이라고 염병하면서 마음대로 안 되니까 저 지랄 하는 거여."

"독도는 독도고 야구는 야구지. 야구하는 데 와서 왜 강찬이를 욕하냐고. 미친 새끼들 아닌가벼!"

"그러게 말이여. 하여간 징한 놈들이여."

기사들이 모두 한목소리로 성질을 냈다.

그들은 푸에르토리코를 응원하면서 대한민국 국가대표에게 야유를 보내는 일본 관중이 눈앞에 있다면 그냥 두지 않을 기세였다.

연습 투구를 마친 강찬은 임관이 다가오자 길게 한숨을 뱉어냈다.

일본어는 모르지만 지금 쏟아지는 야유가 자신을 향한 것이란 걸 눈치로 금방 알 수 있었다.

개의치 않으려 했다.

어차피 일본과의 관계는 여기로 넘어오기 한참 전부터 좋지 않았다는 걸 알고 있었기 때문에 어찌 보면 일본 관중들의 반응은 당연한 것인지도 몰랐다.

그럼에도 임관이 쫓아 나온 것은 강찬이 동요되는 걸 막기 위해서였을 것이다.

“그 새끼들, 엄청 떠드는구만. 귀가 아파서 앉아 있기도 힘들 지경이야.”

“그 말 하려고 왔냐?”

“아니.”

“그럼?”

“긴장한 것 같아서. 그러니까 호흡 좀 가다듬고 최대한 편안하게 몸 좀 풀어.”

“아쭈. 베테랑처럼 말하네. 그렇게 말하니까 명포수 같잖아.”

“흐흐, 내가 요즘 한참 크긴 했지.”

“좋겠다, 인마.”

“강찬아, 저 일본 관중들 말이야. 너를 욕하는 거 아니다.”

“그럼 뭔데?”

“그냥 싸잡아서 하는 거야. 네가 아니라 국가대표팀 전체를 향해서.”

“안다. 그 정도도 모를 줄 알았어?”

“똑똑한 놈.”

“돌아가. 심판이 너 째려본다.”

“강찬아, 쫄지 말고 잘해. 알았지?”

“지랄.”

자신의 어깨를 툭툭 쳐 주고 들어가는 임관을 향해 강찬이 밝은 웃음을 흘려냈다.

이성우 감독은 자신을 선발로 내세우면서 예선전부터 혁혁

한 공헌을 해온 최황을 빼고 임관을 기용했다.

최황은 예선전까지 합하면 4경기에서 3개의 홈런을 기록한 대한민국 최고의 슬러거로 국가대표팀에서도 4번 타자를 맡고 있었는데 그런 그를 빼고 임관을 기용했다는 것은 이성우 감독이 강찬을 얼마나 중히 여기는지 충분히 알게 해주는 대목이다.

임관이 포수석으로 돌아가 자리에 앉자 기다렸다는 듯 베네수엘라 심판이 창을 던지듯 팔을 뻗어내며 플레이볼을 선언했다.

강찬은 잠시 동안 눈을 감았다가 수없이 많은 관중을 넘어 푸른 하늘을 바라봤다.

지금 이 순간,

자신이 공을 던지기를 기다리며 수많은 사람이 지켜보고 있을 것이다.

어깨가 부서져 절망의 늪을 헤맸고, 기적처럼 회복된 후 세상에 내려와 2년 동안 이글스에서 공을 던지며 최고의 투수로 거듭났다.

그 2년 동안 세상에 태어나 가장 커다란 행복을 맛봤고 더 없이 많은 축복 속에서 살아갈 수 있었다.

푸른 하늘에 고마웠던 많은 사람들의 얼굴이 하나씩 떠올랐다.

수녀님과 은서, 아버지와 같은 최인혁 감독, 자신을 여기까지 이끌어준 김남구 감독과 장혁태 코치, 비록 구단의 편에 서서 계약에 관한 일로 자신을 괴롭혔지만 공을 던질 수 있는 기회를 만들어준 황인호 부장, 그리고 최민영과 황주희를 비롯해서 많은 사람들…….

자신이 공을 던질 때마다 보내주었던 팬들의 환호가 마치 영상처럼 하나씩 지나갔다.

은혜를 갚는다는 것.

야구 선수로서 누군가에게 은혜를 갚기 위해서는 최선을 다해 공을 던지고 승리를 쟁취하는 것이 가장 좋은 방법이다.

마음을 다지고 입술을 굳게 깨물었다.

이길 것이다.

이성우 감독에게 약속한 것처럼 반드시 이겨 대한민국이 WBC에서 우승할 수 있는 계기를 만들고 싶었다.

푸에르토리코의 1번 타자 곤잘레스는 볼티모어 오리올스의 톱타자 역할을 하고 있었는데 매년 30개 이상의 도루를 할 정도로 발이 빨랐다.

더군다나 뛰어난 선구안까지 가지고 있어 평균 타율도 3할에 가까워 오리올스의 확실한 주전 자리를 꿰차고 있는 선수이다.

심판의 플레이볼 선언에 따라 타석에 들어온 그는 평소의 습관처럼 껌을 질겅질겅 씹어댔다.

WBC에 참여해서 예선을 포함한 4경기 동안 21타수 8안타를 때려낼 만큼 컨디션이 좋았기 때문에 그는 8강전이 시작되기를 어제부터 간절히 기다려 왔다.

8강 상대로 나선 대한민국은 사실 야구의 변방에 불과한 국가였다.

올림픽과 WBC에서 괜찮은 성적을 올렸다는 것은 알고 있었지만 그것은 각국의 주전이 모두 빠진 상태에서 올린 성적에 불과했고 실력이 좋아서 얻은 것은 아니었다.

그런 그도 이성동에 대해서는 잘 알고 있었다.

3년 전 혜성처럼 메이저리그에 나타나 매년 10승 이상을 올리며 텍사스의 제2선발을 차지하고 있는 이성동은 리그에서도 최상위의 구위를 가진 투수였다.

그런데 오늘 선발로 나온 것은 이성동이 아니라 이름마저 처음 듣는 투수였다.

대한민국 선수들의 이름이 전부 비슷비슷해서 구분이 쉽지 않다는 것을 감안하더라도 오늘 나온 투수는 난생처음 보는 놈이다.

이성동이 나왔어도 막기 어려운 판에 다른 투수가 나왔으니 대한민국은 이 경기에서 박살이 날 수밖에 없을 거란 생각이 들었다.

12강을 통과하기 위해 어쩔 수 없이 이성동을 쓴 모양인데 대한민국은 결국 푸에르토리코란 거대한 산을 넘지 못하고 8강에 만족해야 할 것이다.

곤잘레스는 껌을 질겅질겅 씹으며 가볍게 스윙을 한 후 공이 날아오기를 기다렸다.

마운드에 선 동양인 투수는 메이저리그 투수들에 비해 키가 큰 것도 아니고 몸집도 날렵했다. 연수 투구를 하는 모습을 보니 공도 빠르지 않고 변화구의 각도도 밋밋했다.

동양의 촌놈.

폼은 그럴듯한데 공을 던지는 임팩트가 약하고 무엇보다 타자를 압박하는 기세가 보이지 않았다.

물론 연습 투구였기 때문에 전력을 다하지 않았겠지만 왠지 모르게 언제든지 쳐 낼 수 있을 거란 생각이 든 것은 요즘 그의 컨디션이 최고조에 달했기 때문이다.

배트를 쳐들고 응시하자 동양 촌놈이 와인드업을 하며 투구 폼을 취했다.

아니, 와인드업하는 모습을 본 순간 어느새 투수의 눈이 자신을 향해 다가오고 있었다.

파앙!

이게 뭐지?

너무 놀라 움직일 수조차 없었다.

뭔가 휙 하고 지나갔는데 그게 공이라고는 믿어지지 않았다.

기가 막혀서 심판을 바라보는 순간 자신과 비슷한 눈을 한 채 멍하게 서 있던 심판이 그때서야 생각난 듯 스트라이크를 외쳤다.

포수의 미트를 확인한 후에야 공이 바깥쪽 꽉 찬 코스로 통과했다는 것을 알았다.

심호흡을 하고 천천히 타석에서 물러났다가 다시 들어와 투수를 노려보았다.

전광판에 찍힌 구속은 155㎞/h를 가리키고 있었다.

눈에 공이 들어오지 못한 이유를 그때서야 알았기 때문에 곤잘레스의 표정이 묘하게 변했다.

메이저리그에서 벌써 5시즌을 보내고 있지만 초구가 155㎞/h를 찍는 패스트볼은 처음 본다.

빠르다. 하지만 두려울 정도로 빠른 것은 아니다.

이런 스피드는 메이저리그에 가면 쌔고 쌨다.

초구라 어이없이 당했을 뿐 놈이 가지고 있는 것이 이게 다라면 언제든지 쳐 낼 자신이 있었다.

사람의 능력은 무서울 정도로 뛰어나서 눈으로 보이지 않는 것들도 감각으로 잡아내는 능력이 있다.

타자가 엄청난 스피드로 날아온 공을 때려내는 능력도 그런 것 중의 하나이다.

그리고 곤잘레스는 특히 그런 능력이 뛰어난 선수였다.

하지만 그는 자신을 향해 날아온 공을 보면서 또다시 배트를 움직이지조차 못했다.

몸 쪽으로 날아오는 공을 확인하고 자신도 모르게 주춤하며 자세를 물리는 순간 예리한 각도로 꺾인 공이 포수의 미트로 빨려들었기 때문이다.

한동안 그대로 서서 동양의 촌놈을 노려보았다.

초구 패스트볼에 이어 들어온 슬라이더는 거의 마구 수준으로 느껴질 정도였다.

초구의 빠른 공을 생각하고 있다가 당했기 때문에 그런 것도 있겠지만 놈의 슬라이더는 마치 홈 플레이트에서 누가 잡아당기기라도 한 것처럼 외곽으로 순식간에 흘러 나갈 정도로 각도가 컸다.

단 두 개의 공으로 업신여기던 마음이 언제 그랬냐는 듯 머릿속에서 완전하게 사라졌다.

뇌에서는 경고음이 강하게 울려 나왔고, 본래의 초심으로 돌아가 오리올스의 톱타자답게 정신을 집중하며 다음 공을 기다렸다.

여기서 이대로 물러설 수는 없었다.

저번 대회 때 도미니카공화국에 당한 패배를 되갚고 조국을 우승시키기 위해서는 어떡하든 저놈의 공을 때려내어야 했다.

그 짧은 순간 수많은 생각이 떠올랐다.

155㎞/h에 달하는 패스트볼과 125㎞/h의 슬라이더가 연속으로 들어왔기 때문에 곤잘레스는 다음 공의 정체를 알아내기 위해 머리를 정신없이 굴렸다.

하지만 곤잘레스에게는 강찬에 대한 정보가 하나도 없었다.

국가대표에 합류한 후 미국과 일본, 쿠바, 도미니카공화국 등 우승 후보의 주전 투수들을 분석하는 데도 시간이 빠듯했기 때문에 약체라고 판단한 대한민국에 대해서는 불과 2일 전에서야 수박 겉핥기식으로 확인한 게 다였다.

그랬기에 그는 강찬의 주 무기가 무엇인지, 볼 배합을 어떤 식으로 가져가는지, 유인구는 어떤 코스를 선택하는지 등에 대해서조차 아무것도 몰랐다.

답답했지만 이를 악물고 강찬의 투구 패턴을 지켜봤다.

지금으로서는 오직 공에 온 신경을 집중하는 것만이 최선의 방법이었다.

2스트라이크 노 볼이기 때문에 분명 놈은 유인구를 던질 가능성이 컸다.

하지만 그렇다고 안심할 수도 없으니 스트라이크존에 들어오면 무조건 쳐 내야 한다.

패스트볼에 타격 타이밍을 잡고 기다렸다.

속구에 타격 타이밍을 잡고 기다리면 변화구는 커트가 가능했지만 변화구에 타이밍을 잡으면 패스트볼이 들어왔을 때 손도 대지 못한다.

그렇다고 해서 그것이 좋은 선택이라고는 할 수 없었다.

오직 강찬에 대한 정보가 전무했기 때문에 그가 선택한 최선의 방법이었다.

배트를 곧추세우고 기다리자 투수가 이전과 똑같은 포지션으로 와인드업에 들어가는 것이 보였다.

냉정한 시선.

전혀 동요하지 않는 눈에서 곤잘레스는 그가 얼마나 무서운 투수인지 그때서야 알아볼 수 있었다.

날아오는 공을 바라보며 곤잘레스의 심장이 쿵 하고 떨어졌다.

유인구가 아닐지도 모른다는 생각을 했지만 놈은 영악하게도 인코스에서 폭포수처럼 떨어져 내리는 커브를 던졌다.

급하게 패스트볼에 맞춰놓은 배팅 타이밍을 풀고 커트를 하기 위해 홈 플레이트에서 변하는 공을 향해 짧고 간결하게 스윙을 했지만 공은 유유히 배트를 지나 포수의 미트로 빠져들고 말았다.

저절로 한숨이 몰려나와 배트를 거꾸로 든 곤잘레스는 동양인 투수를 한동안 바라본 채 움직이지 못했다.

삼구 삼진.

메이저리그에서도 삼진을 당하지 않는 것으로 정평이 나 있는 자신이 꼼짝 못하고 3구 만에 타석에서 물러서고 말았다.

그 잠깐 사이에 온몸을 훑는 전율이 느껴졌다.

세 개의 공이 전부 다른 구질이었고 모두 무시무시한 위력을 가지고 있었다.

다른 타자들을 깔보는 것은 아니나 파워 면에서는 몰라도 선구안만큼은 대표팀에서 자신을 따라올 사람이 없었다.

그런 자신이 동양인이 던진 세 가지 구질을 전혀 손대지 못했다.

정보가 부족해서라는 핑계는 둘째 치고 놈의 구질은 하나하나가 위력적이라 알고 들어갔어도 쳐 냈을 거란 자신이 들지 않았다.

번쩍거리며 경고 음이 들려왔다.

이 시합, 위험하다.

이 세 가지 구질이 전부라면 그나마 다음 타석에서는 어떻게든 붙어보겠지만 다른 구질까지 있고 제구력이 뒷받침된다면 힘든 게임이 될 수밖에 없을 거란 생각이 들었다.

머리를 흔들며 더그아웃에 들어와 게임을 지켜보던 곤잘레스는 곧 자신의 생각이 맞았다는 것을 알 수 있었다.

자신에 이어 나간 2번 타자 로베르토 알로마는 5구째 바깥쪽으로 급격히 떨어지는 공에 속아 헛스윙 삼진으로 물러났는데 들어와서 하는 말이 공이 안 보인다는 헛소리를 해댔다.

곤잘레스가 억눌린 신음 소리를 뿜어낸 것은 3번 타자로 나간 코퍼렌이 받아친 타구가 뻗어 나가지 못하고 펜스 10m 전방에서 잡혔다는 것이다.

코퍼렌은 동양인이 던진 3구 패스트볼을 정확하게 받아쳤는데 맞는 순간 홈런이라고 생각한 공은 더 이상 뻗지 못하고 외야수 앞에 떨어지고 말았다.

한 해 평균 20개의 홈런을 때려내는 코퍼렌이 파워가 부족할 리 없으니 놈의 패스트볼이 그만큼 무겁다는 뜻이 된다.

물론 정통으로 맞았다면 무조건 넘어갔겠지만 조금 빗맞았어도 코퍼렌의 파워라면 홈런이 되어야 하는데 뻗어 나가지 못한 것은 놈의 공이 빠르기도 하지만 그만큼 무겁다는 것을 의미하는 것이다.

"휴우……."

곤잘레스는 한숨을 몰아쉬며 자신의 글러브를 들었다.

오늘의 선발투수이자 자신들의 에이스인 카를로스가 작년 16승을 거뒀을 만큼 대단한 투수이지만 왠지 저놈에게는 안 될 것 같다는 불길한 생각이 들었다.

"삼진, 또다시 삼진입니다. 이강찬 선수, 전원이 메이저리그 팀의 주전으로 활약하고 있는 푸에르토리코의 대표팀을 상대로 벌써 8개의 삼진을 뺏어내고 있습니다. 6회가 끝난 지금까지 볼넷 1개와 안타 1개만 허용하는 완벽한 피칭입니다. 정말 대단합니다. 김 위원님, 푸에르토리코 선수들이 이강찬 선수에게 꼼짝하지 못하고 계속 당하고 있는데 어떤 이유 때문인 것 같습니까?"

장춘진이 묻자 옆에서 자료를 들추던 김동호가 마이크를 입에 가져다 댔다.

그는 장춘진의 갑작스러운 질문에 잠깐 멈칫했지만 침착하게 대답을 꺼냈다.

"제가 보기에는 푸에르토리코 선수들이 전혀 이강찬 선수를 분석하지 못하고 나온 것 같습니다. 이강찬 선수가 비록 작년 프로야구계를 완벽하게 석권했지만 루키였기 때문에 국제적으로는 전혀 알려지지 않았습니다. 알고 상대해도 제대로 공략하지 못할 정도로 무시무시한 공을 던지는 이강찬 선수를 아예 분석조차 하지 못하고 나왔다면 오늘 경기는 대한민국이 이길 가능성이 매우 큽니다. 장님이 문고리를 잡는 것은 결코 쉬운 일이 아닙니다."

"김 위원님, 이강찬 선수는 6회가 끝난 지금까지 69개의 공만 던졌습니다. 국내에서 이강찬 선수가 완투한 경기의 평균 투구 수가 138개였으니 아직 많은 여유가 있지 않겠습니까?"

"이성우 감독은 할 수만 있다면 이강찬 선수로 오늘 경기를 잡고 싶을 겁니다. 다음 상대가 미국이라 우리 입장에서는 최대한 투수를 아껴 총력전을 벌일 필요성이 있기 때문이죠."

"그렇군요."

"지금 추세라면 충분히 완투가 가능할 것 같습니다. 문제는 이닝이 지속되면서 이강찬 선수의 체력이 얼마나 뒷받침되느냐는 겁니다."

"이강찬 선수의 완투 능력은 대단해서 9회까지 구위가 떨어지지 않는 것으로 소문났는데 그게 아닌가요?"

"이강찬 선수의 체력이 대단하다는 건 정평이 나 있지만 이강찬 선수도 사람인 이상 투구 수가 많아질수록 구위가 떨어질 수밖에 없습니다. 확실히 초반보다는 후반에 위험도가 커지게 되죠. 실질적으로 데이터를 분석해 보면 이강찬 선수가 실점한 것은 7회와 8회가 가장 많았습니다."

"그렇다면 걱정이군요."

김동호의 설명을 들은 장춘진이 언뜻 불안한 표정을 지었다.

그는 마치 결과가 그렇게 될지도 모른다는 생각을 했는지 인상마저 가볍게 찡그렸다.

김동호가 급하게 입을 연 것은 국내에서 열렬하게 응원전을 펼치고 있을 국민들을 생각했기 때문이다.

장춘진이 저런 표정을 지을 정도로 불안한 멘트였다면 안심시켜 줄 필요성이 있었다.

"걱정은 되지만 믿고 싶습니다. 지금까지 이강찬 선수는 예선에서 뛰지 않았기 때문에 체력적인 안배는 충분했다고 생각합니다. 오늘 경기에서 마지막까지 힘을 내리라 믿습니다."

"아, 말씀드리는 순간 이문승 선수가 나오고 있습니다. 6회 말 우리 팀은 좋은 타순으로 공격이 시작됩니다. 김 위원님,

카를로스 선수가 6회에도 올라왔습니다. 카를로스 선수도 이강찬 선수 못지않게 위력적인 공을 던지고 있는데 어떻게 보십니까?"

"그렇습니다. 아직까지 안타 3개와 볼넷 2개만 허용하며 실점을 하지 않고 있습니다. 하지만 카를로스 선수는 5회에 안타 1개와 볼넷 1개를 내주며 실점 위기에 처했습니다. 저는 카를로스 선수가 5회에서부터 서서히 구위가 떨어지는 것 같다는 생각이 들었습니다. 제가 가지고 있는 데이터에 작년 시즌 카를로스 선수는 6회 이상 던진 기록이 단 다섯 번밖에 없습니다. 따라서 이번 이닝이 우리에게는 찬스가 될 가능성이 큽니다."

"제발 그랬으면 좋겠습니다. 말씀드리는 순간, 초구 스트라이큽니다. 카를로스 선수, 여전히 강력한 패스트볼을 뿌리고 있습니다."

장춘진이 안타깝다는 표정을 지으며 멘트를 날렸다.

그의 말대로 카를로스는 강력한 직구와 절묘한 변화구를 섞어 던지며 대한민국 타자들을 흔들어놓고 있었다.

하지만 벤치의 지시를 받고 나왔는지 이문승은 6회 들어 끈질기게 카를로스를 물고 늘어졌다.

비록 2루수 땅볼로 물러났지만 그는 아홉 개의 공을 던지게 만들며 카를로스의 얼굴을 일그러뜨렸다.

장춘진의 목소리가 흥분으로 울려 퍼진 것은 타석으로 추명훈이 들어섰기 때문이다.

"드디어 추명훈 선수가 타석으로 들어서고 있습니다. 오늘

한 개의 안타와 한 개의 볼넷으로 두 번이나 출루했습니다. 출루율 100%의 추명훈 선수, 과연 이번에도 출루를 해줄지 기대되는 순간입니다."

"추명훈 선수는 양키스에서 뛰면서 작년 시즌 3할 2푼을 때려낸 타격의 귀재입니다. 한 방 터뜨려 줄 거란 기대를 하기에 충분한 선수입니다."

추명훈은 타석에 들어와 배트를 돌리며 카를로스를 바라보았다.

카를로스는 최고의 선수들이 뛴다는 리그에서도 에이스로 활약하고 있는 뛰어난 투수였다.

그런 면에서 볼 때 카를로스는 강찬에 비해 훨씬 불리했다.

전쟁에서 노출되어 있다는 것과 완벽하게 숨겨져 있다는 것의 차이는 삶과 죽음의 경계선을 넘나들게 만들 정도로 중요한 요소이기 때문이다.

추명훈이 양키스에서 주전으로 활약하며 뛰어난 성적을 올리고 있는 것은 타고난 타격 감각도 있지만 상대 투수에 대한 철저한 분석을 통해 공략 타이밍을 알고 들어선 것이 원인이었다.

카를로스는 150㎞/h 중반대의 빠른 패스트볼과 정교한 커브를 주 무기로 가지고 있으나 커브를 던질 때 미세하게 어깨가 올라간다는 단점을 가지고 있었다.

그랬기에 시합이 시작되기 전 동료들에게 카를로스의 단점을 이야기해 줬지만 워낙 강력한 공을 던져 댔고 그 차이가 미묘해서 알고 들어갔어도 공략하는 선수가 거의 없었다.

하지만 그는 달랐다.

4회에 카를로스의 초구를 받아쳐 안타를 만든 것도 그런 그의 습관을 정확하게 알고 있었기 때문에 가능했던 것이다.

긴장이 되었다.

카를로스의 단점을 알고 있다 하더라도 미세한 차이에 불과했기에 그 단점을 공략하기 위해서는 온 정신을 집중시켜 단 한 번의 찬스를 잡아야 했다.

이번에 자신이 출루를 하지 못한다면 이번 경기는 정말 어려운 경기를 해야 될 게 분명했다.

비록 강찬이 잘 던져 주고 있지만 푸에르토리코의 중간 계투 요원들과 마무리는 메이저리그에서 뛰어난 실력을 보이는 투수들도 꽉 채워져 있었다.

초구 패스트볼을 그냥 보냈고 유인구로 날아온 슬라이더는 골라냈다.

1스트라이크 1볼.

이를 슬며시 악물고 3구를 기다리자 드디어 카를로스의 오른쪽 어깨가 위로 미세하게 살짝 들렸다.

와인드업에 이은 투구 모션이 끝나면서 공이 날카로운 궤적을 형성하며 홈 플레이트로 날아오는 것이 보였다.

속도를 짐작했으니 코스만 확인하면 된다.

더군다나 카를로스는 스트라이크를 잡기 위해 바깥쪽으로 뚝 떨어지는 커브를 던졌기 때문에 추명훈은 자신의 장기를 살려 떨어지는 공을 그대로 밀어 쳤다.

따악!

경쾌한 소리와 함께 타구가 라인 선상을 따라 1루수 옆을 빠져나가며 펜스까지 굴러갔다.

추명훈은 타격 솜씨도 타의 추종을 불허했지만 작년 시즌 23개의 도루를 할 정도로 발도 빨랐기 때문에 우익수가 잠시 주춤하는 사이 3루까지 내달렸다.

공이 송구되어 왔지만 추명훈의 슬라이딩이 먼저였다.

오천에 달하는 교민들과 국내에서 날아간 대한민국의 응원단이 그 한 방에 난리가 났다.

지금까지 찾아온 기회 중에서 가장 좋은 찬스.

1사에 3루였으니 점수를 얻어낼 수 있는 절호의 찬스를 만들어낸 것이다.

대한민국의 응원단이 난리가 난 동안 일본의 관중들은 또다시 야유를 퍼부었다.

그들은 알 수 없는 적개심을 가진 채 대한민국의 찬스를 지켜보고 있었는데 이런 빌미를 만든 카를로스를 비난하며 분통을 터뜨렸다.

이성우 감독은 묵묵히 배트를 휘두르던 최성일이 타석으로 들어가기 전 자신을 쳐다보았지만 아무런 말도 꺼내지 않았다.

천재 타자 최성일.

중요한 순간이지만 최성일에게는 해줄 말이 없었다.

오직 그를 믿을 뿐이고 결정적인 한 방을 터뜨려 답답하고 지루하게 진행되고 있는 게임을 바꿔주기를 바랄 뿐이었다.

최성일은 마치 그의 의도를 알기라도 한 듯 잠시 시선을 주었다가 타석으로 들어선 후 천천히 왼발로 땅을 골랐다.

WBC에서 그가 올린 기록은 24타수 9안타였고, 오늘도 그는 1회에 안타를 쳐 냈다.

카를로스의 단점을 알고 만들어낸 것이 아니라 순수하게 자신의 역량으로 만들어낸 안타였기 때문에 추명훈은 그의 안타를 보면서 혀를 내둘렀다.

칼같이 들어온 카를로스의 패스트볼을 정확하게 받아치는 그의 배팅 파워는 메이저리그에서도 통할 정도로 대단했다.

최성일은 여전히 생사의 결투를 앞둔 무사처럼 배트를 들고 카를로스를 노려봤다.

그는 언제나 타석에 들어서면 목숨을 걸고 싸우는 사람같이 맹렬한 시선을 투수에게 던진다.

1구를 그냥 보냈고, 2구와 3구에도 배트를 휘두르지 않았다.

1스트라이크 2볼.

도저히 무슨 생각을 하고 있는지 알 수 없을 정도로 무표정하게 서 있는 최성일은 단칼에 승부를 보기 위해 기회를 노리는 무사처럼 오직 카를로스의 눈만 바라볼 뿐이었다.

영원히 움직이지 않을 것만 같던 그의 배트가 기어코 번개처럼 움직인 것은 카를로스가 온 힘을 다해 한복판으로 패스트볼을 던졌을 때다.

직구 속도 151㎞/h에 달하는 빠른 속구를 향해 움직인 그의 배팅은 빠르고 간결했는데 정확하게 임팩트된 공은 순식간에 투수 옆을 통과해서 2루를 벗어났다.

"와아! 와아!"

연속 안타.

3루에 있던 추명훈이 홈으로 들어온 순간 더그아웃에서 긴장된 눈으로 지켜보던 대한민국 국가대표 선수들과 스탠드의 응원단이 동시에 만세를 불렀다.

6회까지 지루하게 끌어오던 0의 행진이 기어코 끝나는 순간이었다.

최성일은 1루에 안착해서 두 손을 번쩍 치켜들었고, 응원단은 한목소리로 그의 이름을 연호했다.

반면 일본 팬들의 야유는 절정을 이루며 대한민국의 선취득점을 억울한 표정으로 지켜보았다.

"국민 여러분, 기뻐해 주십시오. 드디어 대한민국이 선취점을 올렸습니다. 연속 안타. 그동안 무실점으로 역투하고 있던 카를로스의 공을 추명훈 선수와 최성일 선수가 연속으로 두들기면서 득점에 성공했습니다. 김 위원님, 정말 기가 막히게 받아쳤지요?"

"그렇습니다. 가운데로 몰린 패스트볼을 놓치지 않고 두들겼습니다. 국내 프로야구를 대표하는 타자답게 최성일 선수, 대단합니다."

장춘진은 물론이고 김동호의 목소리도 떨려 나왔다.

그동안 지루하게 이어지던 균형이 깨지며 경기가 우리 쪽으로 유리하게 진행되자 흥분을 감추지 못했다.

하지만 그들은 흥분 속에서도 중계방송에 대한 본분을 잊지 않았다.

"카를로스 선수가 연속 안타를 맞았는데 김 위원님이 보시기엔 구위가 떨어진 것 같습니까?"

"맞습니다. 투수 출신인 저의 눈으로는 분명 구위가 떨어진 것으로 보입니다. 카를로스 선수는 작년 16승을 올렸지만 철저하게 100개의 한계 투구를 지키는 선수였습니다. 지금 현재 던진 공이 109갭니다. 한계 투구 수가 지났고 그만큼 구위가 떨어졌다고 보면 맞을 겁니다."

"그렇다면 비록 이문승 선수가 안타를 치지는 못했지만 큰 역할을 한 것이군요."

"정확하게 보셨습니다. 추명훈 선수나 최성일 선수가 잘 친 것도 있지만 이문승 선수가 끈질기게 승부를 펼친 것이 카를로스를 지치게 만들었다고 볼 수도 있을 겁니다."

"투수를 바꾸지 않을까요?"

"바꿀 가능성도 큽니다."

"그나저나 우리 응원단의 목소리가 하늘을 찌를 기셉니다. 지루한 공방전을 끝내는 한 방으로 응원단의 기세가 완전히 살아난 것 같군요."

"대한민국을 응원하는 모든 분이 선취 득점의 중요성을 알고 있기 때문입니다. 이강찬 선수가 호투를 계속해 준다면 이 점수는 결승점이 될 가능성이 큽니다."

"그렇게 되기를 간절히 기도하고 싶습니다. 그런데 일본 팬들이 정말 심한 반응을 보이는군요. 가급적 언급하지 않으려 했는데 너무나 심하게 야유를 보내고 있어 저절로 눈살이 찌푸려집니다."

"정말 보기가 안쓰러운 모습입니다. 응원을 하지 않는 건 뭐라 할 수 없는 일이겠지만 스포츠 경기에서 특정 팀에 저렇게 야유를 보내는 것은 신사답지 못한 행동이라고 할 수 있습니다."

그동안 일본인들에 대한 반응에 대해서 장춘진이 흥분을 할 때마다 말리던 김동호의 표정도 눈에 띄게 일그러졌다.

그만큼 일본 관중의 야유는 극에 달해 있었는데 도쿄돔이 온통 늑대의 울음소리로 가득 찬 것처럼 느껴질 정도였다.

김동호가 그동안 계속해 오던 만류를 팽개치고 동조해 오자 장춘진의 목소리가 조금 더 격앙되어 울려 나왔다.

"당연한 말씀입니다. 스포츠는 경쟁 속에서도 그 순수함을 잃지 않아야 하는 신성한 것입니다. 정치적인 이유로 경쟁심을 가질 수는 있지만 세계인이 모두 바라보는 앞에서 이런 장면을 보인다는 것은 납득할 수 없는 일입니다. 더군다나 자국에서 벌어지는 경기라는 것을 감안한다면 일본 팬들의 자성이 필요하다고 생각됩니다."

"어려운 환경에서의 싸움입니다. 저는 우리 선수들이 이런 환경 속에서도 꿋꿋이 경기에 임하는 것이 자랑스럽습니다. 당당히 싸워서 푸에르토리코를 물리치고 4강에 올라주기를 간절히 바랍니다."

더그아웃에서 몰려나와 득점을 하고 들어온 추명훈을 축하해 준 강찬과 임관은 흥분을 가라앉히기 위해 애를 쓰며 다시 벤치로 들어와 앉았다.

하지만 벤치에 앉았어도 자꾸 엉덩이가 들썩거릴 만큼 흥분과 긴장감이 계속 몰려와 임관은 잠시도 가만있지 못했다.

"아우, 심장 떨려."

"야, 몇 번이나 말하냐. 좀 떨어져 앉아."

"난 긴장하면 누군가를 붙잡고 있어야 돼. 그러니까 가만히 있어."

"간지러워, 인마!"

임관이 파고들자 어깨를 수건으로 감싸고 있던 강찬의 엉덩이가 기어코 좌측으로 움직였다.

임관은 마치 애인처럼 품으로 파고들었기 때문에 남이 볼까 무서웠다.

하지만 임관은 절대 물러설 기세가 아니었다.

"다음이 이대철 선배님이지? 이왕 이렇게 된 거, 여기서 끝장을 냈으면 좋겠다."

"끝장을 내다니?"

"홈런 하나 때려달라는 얘기지. 여기서 2점 홈런만 나오면 우리가 이기지 않겠어?"

"좋은 얘기다."

"그나저나 재 안 내려보낼까?"

"연속 안타를 맞았기 때문에 가능성이 크긴 하네. 하지만 다음 타자가 이대철 선배니까 안 바꿀 수도 있겠다."

"음, 정말 그냥 갈 모양이네."

강찬의 대답을 들은 임관이 더그아웃에서 아무도 안 나온 상태에서 카를로스가 또다시 공을 받아 들자 입맛을 다셨다.

이대철은 오늘 카를로스의 변화구에 속아 연속으로 삼진을 당한 전력이 있기 때문에 푸에르토리코의 감독은 투수 교체를 뒤로 미루는 것 같았다.

그 모습을 본 강찬이 오른손에 든 공을 꽉 쥐었다.

느낌이 뭔가 이상했기 때문이다.

"관아, 아무래도 이번에 뭔가 일이 벌어질 것 같다."

"무슨 일?"

"성일이한테 안타 맞은 공이 나는 이상하게 가볍다고 느껴졌다. 이전에 던진 공보다 훨씬 말이야."

"그걸 어떻게 느껴? 네가 점쟁이냐?"

"난 투수잖아, 인마."

"그래서?"

"공이 가벼워진다는 것은 그만큼 힘이 떨어졌다는 것을 의미하는 거야."

"그래도 걱정이 된다. 연속 삼진당해서 이대철 선배가 부담감이 클 것 같아."

"일본에서 가장 잘 치는 타자 중 한 명이 이대철 선배다. 우리나라에서 활약할 때 전무후무한 타격 5관왕을 휩쓴 장본인이기도 하지. 이번 타석에서는 절대 그냥 물러서지 않을 거다."

"그렇게만 해준다면 얼마나 좋겠냐. 씨발, 또 오줌 마렵네."

임관이 벌떡 일어서더니 더그아웃 뒤쪽으로 난 통로로 뛰어나갔다.

긴장하면 자주 오줌이 마렵다고 하더니 이번에도 중요한 순간을 참아내지 못하고 화장실을 향해 쏜살같이 달려갔다.

정말 이해하지 못할 정도로 신체 기능이 남다른 놈이었다.

이대철.

일본 오릭스의 4번 타자로 활동하며 매년 100타점씩 올리는 강타자이다.

115㎏에 달하는 체구에서 뿜어져 나오는 파워는 가공할 정도였기 때문에 제대로 임팩트된 공은 거의 홈런으로 연결될 정도였다.

1사 1루의 찬스.

여기서 이대철이 이전 타석처럼 삼진으로 물러난다면 찬스가 무산될 가능성이 크다.

하지만 이대철은 덤덤한 표정으로 타석에 들어서 카를로스를 향해 배트를 내밀었다.

추명훈은 그보다 2년 선배였는데 어젯밤 카를로스의 단점이 커브를 던질 때 미세하게 어깨가 올라간다는 것을 말해주었다.

눈에 익지 않은 단점을 찾아내기 위해 노력한 것이 오히려 연속 삼진이란 결과로 나타났지만 이대철은 추명훈을 믿었고 이전 타석에서 기어코 그런 카를로스의 단점을 눈으로 확인할 수 있었다.

카를로스의 손을 떠난 공이 홈 플레이트에서 변화를 일으킬 때 전력을 다해 돌린 배트에서 벌 떼 울음 같은 소리가 흘러나왔다.

따악!

변화를 일으키려던 공이 엄청난 충격으로 인해 목숨을 잃고 까마득히 공중으로 치솟았다.

맞는 순간 홈런이란 것을 느낀 이대철은 배트를 던지고 두 손을 번쩍 치켜든 채 서서히 그라운드를 돌았다.

대한민국 응원단은 모두 자리에서 일어나 광란에 가까운 환호성을 보낸 반면 일본 관중들은 한숨 속에서 침묵을 지켰다.

믿어지지 않을 만큼 극적으로 터진 홈런은 두 나라 관중을 열광과 침묵 속에 빠뜨리며 경기의 분위기를 완전히 대한민국 쪽으로 이끌었다.

단숨에 6회 말에 3점을 얻어낸 대한민국은 카를로스 대신 올라온 푸에르토리코의 중간 계투진을 더 이상 공략하지 못했지만 강찬이 안타 한 개만 내주며 무사히 7, 8회를 틀어막았기 때문에 9회 마지막 수비를 앞둔 지금까지 실점하지 않고 있었다.

이제 마지막 이닝만 막으면 대한민국은 도미니카공화국을 꺾고 올라온 미국과 4강에서 만나게 된다.

강찬이 어깨를 감싸고 있는 수건을 걷어내고 글러브를 손에 쥐자 많은 선수들이 지나가면서 어깨를 두들겼다.

그들의 손길에 담긴 것은 마지막까지 최선을 다해달라는

격려임이 분명했다.

이성우 감독이 불쑥 다가온 것은 강찬이 더그아웃을 나서기 전이었다.

"강찬, 이제 정말 마지막이다. 놈들이 더 이상 버티지 못하게 숨통을 끊어놓아라. 할 수 있겠지?"

"예, 걱정하지 마십시오."

많은 말을 한 것은 아니었지만 그만큼 강렬한 대화였다.

이성우 감독은 강찬이 이 시합을 완벽하게 잡아주기를 바라고 있었다.

그랬기에 강찬도 다른 때와 다르게 강한 자신감을 내보였다.

LA다저스의 스카우터 폴 콜린스는 망원경까지 동원해서 경기를 관전하고 있었다.

미국 시합이 벌어지는 오사카를 제쳐 두고 오늘 이곳 도쿄돔으로 날아온 것은 오직 이강찬을 보기 위함이었다.

작년 중반까지만 해도 뉴욕 메츠를 비롯하여 몇 개 팀이 이강찬을 노린다는 소식을 듣고 콧방귀를 뀌었다.

동양인은 근본적으로 피지컬이 약하고 지구력이 떨어질 뿐만 아니라 언어 문제로 인해 팀에 동화되기 어려운 약점을 가지고 있었다.

더군다나 이강찬이란 놈은 일본이 아니라 대한민국 출신이란 것 때문에 더욱더 관심을 갖지 않으려 했다.

그는 LA다저스의 스카우터를 맡은 후 10년 동안 대한민국의 유망주를 일곱 명이나 데려왔지만 한 번도 성공한 예가 없었다.

대한민국은 어릴 때부터 선수들을 혹사시키기 때문에 막상 유망주라고 데려온 놈들은 전부 한두 군데씩 골병을 앓고 있는 경우가 대부분이었다.

그것뿐만이 아니었다.

기본기를 무시한 채 오직 시합에서 성과를 얻어낼 목적으로 슬라이더와 커브 등 변화구를 훈련시킨 결과 선수의 어깨가 뒤틀어져 회복이 불가능한 경우도 있었다.

그런 선수들은 대부분 마이너리그에서 활동하다가 결국 퇴출되었기 때문에 폴 콜린스는 3년 전부터 아예 대한민국 출신 선수들에게는 관심조차 갖지 않았다.

그런 이유로 그는 아예 유망주에 대한 환상을 버리고 비록 비싸지만 일본 리그에서 뛰어난 활약을 하는 스타들에게 초미의 관심을 보여왔다.

일본 리그에서 독보적인 활약을 펼치는 스타들은 메이저리그에서도 단숨에 주전으로 활동할 수 있을 만큼 기술적으로 월등한 능력을 가지고 있기 때문에 대규모의 투자를 해야 했으나 실패할 확률이 적었다.

그 대표적인 예가 바로 사사끼였다.

사사끼는 일본 리그에서 5년 연속 수위 타자를 차지했는데 메이저리그에 와서도 여전히 수위 타자를 놓치지 않았다.

그만큼 일본 리그는 메이저리그에 근접할 정도의 수준을 가졌다는 뜻이다.

하지만 대한민국은 야구 수준이 일본에 비해서 현저히 떨어지는 나라였다.

가끔 국제 대회에 나와 일본을 꺾는 것을 봤지만 그것은 일본이 스타들을 전부 제외한 채 사회인 야구와 프로야구 2진급을 내보냈기에 가능한 일이었다.

대한민국에서는 아무리 날고뛰는 실력을 보여도 한계가 있다는 것이 그의 생각이었다.

그러나 그런 그의 생각이 순식간에 바뀐 것은 작년 8월 일본의 자이언츠 투수 미야자끼의 경기를 보러 일본에 날아왔다가 우연히 대한민국에 들러 잠실구장을 방문한 후부터였다.

그 당시 잠실구장에서는 이글스와 트윈스의 경기가 벌어지고 있었는데 이강찬은 선발로 나와 단 3안타만 내주며 트윈스를 완벽하게 농락했다.

타자들의 수준이 한 단계 낮다는 것을 감안하고 보더라도 정말 충격적인 투구 내용이었다.

그때 던진 직구 최고 속도는 157㎞/h였는데 일부러 뺀 공을 제외하고는 전부 완벽하게 제구된 스트라이크가 들어왔다.

그것뿐이었다면 그렇게 놀라지 않았을 것이다.

강력한 패스트볼과 쌍벽을 이룰 만큼 정교한 변화구는 그의 마음을 송두리째 빼기에 충분했다.

커브와 슬라이더의 각도는 타자의 눈을 완벽하게 현혹시켜 헛스윙을 하게 만들었는데 이강찬은 완투를 하면서 열두 개의 삼진을 뺏어냈다.

하루만 휴식하고 떠나려던 그는 결국 대한민국에서 일주일이나 머물며 이강찬에 대해서 집중적으로 조사했다.

알면 알수록 대단한 투수였다.

그때까지의 성적을 확인해 본 결과 무려 15번이나 완투를 했고 그중 14번을 승리했으며 7번이 완봉승이었다.

확인한 패스트볼의 최고 속도는 160㎞/h였으며 변화구의 구종은 슬라이더와 커브뿐이었지만 워낙 정교해서 패스트볼 못지않은 위력을 가지고 있었다.

그러나 가장 무서운 것은 바로 체인지업이었다.

타자들은 강력한 속구를 가진 투수의 패스트볼을 가장 두려워하는데 강찬은 직구를 던질 때와 한 치의 차이도 없는 완벽한 투구 모션으로 체인지업을 던졌기 때문에 타자들을 무력화시켜 버렸다.

한번 필이 꽂힌 폴 콜린스는 수시로 대한민국으로 넘어왔다.

어떡하든 이강찬을 스카우트하고 싶었다.

미야자끼에 대한 관심은 꺼버린 지 오래였고, 그의 관심은 온통 이강찬뿐이었다.

지난 3년 동안 번번이 우승 문턱에서 좌절하고 있는 LA다저스를 생각한다면 이강찬은 반드시 필요한 투수였다.

160㎞/h의 패스트볼을 던져 대며 거의 모든 경기를 완투할 수 있는 능력을 가진 투수를 데려온다면 LA다저스의 감독은 아마 펄쩍펄쩍 뛰며 춤을 출지도 몰랐다.

그러나 그런 그의 간절한 바람은 이강찬의 계약 내용을 확인하는 순간 공염불이 되고 말았다.

2년간의 계약, 그리고 자유, 구단의 방해.

막대한 포스팅 비용을 놓치기 싫은 구단은 이강찬을 상대로 법정 소송까지 감행하며 계약 내용에 대해서 시비를 걸었지만 완강한 이강찬 측의 주장으로 결국 동계 포스팅은 실패하고 말았다.

만약 이강찬 측이 구단의 입장을 받아들여 포스팅에 나왔다면 폴 콜린스는 구단주의 수염을 모조리 뽑는 한이 있더라도 반드시 최고 금액을 써 냈을 것이다.

포스팅에 실패하고 구단의 방해로 이강찬이 훈련조차 제대로 받지 못한다는 것을 알면서 입장이 난처해졌다.

선수가 구단의 방해를 받게 되면 얼마나 어려운 상황으로 몰리는지 그 역시 너무나 잘 알기 때문이다.

만약 이런 상태로 지속된다면 이강찬은 법적 소송에 말려 자칫 메이저리그 진출 자체가 어렵게 될지도 몰랐다.

소송에 말려 있는 선수를 스카우트할 구단은 없기 때문이다.

그런 와중에 벌어진 WBC에 이강찬이 대한민국 대표로 출전한다는 것을 확인하고 폴 콜린스는 잠시의 주저함도 없이 일본으로 날아왔다.

그의 목적은 여전히 이강찬뿐이었다.

반전의 계기.

대한민국의 정서상 이강찬이 WBC에서 엄청난 활약을 펼친다면 이글스 구단은 더 이상 이강찬을 압박하지 못할 수도 있었다.

그리고 오늘.

푸에르토리코와의 8강전에 출전한 이강찬은 마지막 이닝을 앞둔 지금까지 몸이 으슬으슬 떨릴 만큼 완벽하고도 감동적인 투구를 보여주었다.

푸에르토리코의 선수들에 대해서 그만큼 잘 아는 사람은 드물 것이다.

오랜 스카우트 생활을 해왔기 때문에 푸에르토리코의 주전 선수들은 거의 그의 관심을 받은 사람들이었다.

현재 출전 중인 선수 중 비록 LA다저스 소속은 단 한 명뿐이었지만 그들 대부분은 메이저리그에서 뛰어난 활약을 하는 스타들이었다.

그런 선수들이 이강찬의 역투에 휘말려 단 2안타란 빈공에 허덕이고 있었다.

물론 전혀 분석이 안 되었다는 점을 감안하더라도 푸에르토리코의 타선을 완벽하게 잠재우는 강찬의 구위는 메이저리그에서 충분히 통한다는 것을 알려주는 것이다.

그랬기에 그는 손에 땀을 쥐며 이강찬의 마지막 투구를 지켜보고 있었다.

강찬은 공을 손에 쥔 채 걸어 나오는 타자를 응시했다.

로진백을 들었던 손은 꺼칠하게 변해 공을 움켜쥐었는데 그 감촉이 강찬은 너무나 좋았다.

타자가 타석에 들어서서 자신을 바라보자 심장이 강렬하게 떨리는 소리가 들려왔다.

9회 초 2아웃.

1번 타자 곤잘레스는 유격수 땅볼로 처리했고, 2번 타자 알로마는 좌익수 플라이로 잡아냈다.

그리고 마주한 마지막 타자는 3번 타자 코퍼렌이다.

메이저리그에서 평균 20개의 홈런을 때려낸다는 거포.

그는 육중한 체격을 가지고 있었고, 오늘도 빗맞은 공이 두 번이나 외야에 있는 펜스까지 날아갈 정도로 대단한 파워를 지닌 선수였다.

두 번 다 패스트볼이었다.

물론 정통으로 맞았다면 넘어갔을 테지만 코퍼렌은 정확하게 임팩트를 가져가지 못해서 외야수 플라이로 물러나고 말았다.

마지막 타자 코퍼렌.

코퍼렌만 잡으면 모든 사람이 원하고 간절하게 바라는 4강전에 진출할 수 있다.

임관을 바라보자 마치 텔레파시가 통한 듯 바깥쪽 가장 높은 쪽 스트라이크존을 통과하는 패스트볼을 원하고 있다.

과연 저놈도 자신과 생각이 똑같은 것일까?

갑자기 미치도록 궁금해졌지만 달려가 물어볼 수는 없었다.

자칫 볼로 판정될 수 있을 정도로 꽉 찬 스트라이크가 외곽으로 통과하자 움찔했던 코퍼렌이 배트를 휘두르지 않고 뒤로 물러섰다.

아마 망설여졌을 것이다.

볼이라는 판단도 들었지만 스트라이크일 수도 있다는 생각도 들었을 게 분명했다.

그랬기에 그는 심판의 우렁찬 스트라이크 사인을 듣고도 잠깐 고개를 흔든 후 다시 타석으로 들어섰다.

워낙 경계선에 틀어박힌 공이었기 때문에 그는 심판을 바라보지도 않았다.

강찬은 한숨을 내쉬고 사인을 확인한 후 이젠 임관의 생각이 자신과 50% 이상 같다는 것을 확인했다.

이번에 그가 요구한 공은 바깥쪽 낮은 슬라이더였다.

와인드업을 거쳐 물 흐르듯 유연한 폼이 이어지며 강찬의 손에서 떠난 공이 코퍼렌의 몸 쪽으로 향하다가 거의 45도 각도로 떨어지며 땅바닥으로 처박혔다.

의심의 여지조차 없는 볼.

하지만 코퍼렌은 간신히 배트를 부여잡고 뒤로 물러서고 있었다.

워낙 몸 쪽으로 바짝 붙은 채 스트라이크존으로 들어오다가 변화를 일으키며 급격하게 떨어지는 공이었기 때문에 그는 배트를 반쯤 내밀기까지 했다.

극도의 긴장 상태에서 겨우 멈췄으니 식은땀이 흐를 만했다.

강찬은 코퍼렌의 행동을 바라보며 뛰는 가슴을 진정시켰다.

코퍼렌에게 안타를 맞거나 홈런을 맞는 것이 두려워서 생겨난 신체 반응이 아니었다.

3점이란 점수 차가 있기 때문에 만약 홈런을 맞는다 해도 아직 여유가 충분한 상황이다.

지금 가슴이 뛰고 있는 것은 WBC에 처음 출전해서 국가를 위해 승리를 거둘 수 있다는 기쁨 때문이었다.

수많은 관중이 자신을 향해 환호를 보내고 있다.

물론 대다수를 차지하고 있는 일본 관중들은 침묵 속에서 자신의 마지막 투구를 지켜보고 있었지만 대한민국의 응원단은 연신 이강찬이라는 자신의 이름을 연호하며 뜨거운 함성을 지르는 중이다.

하지만 그들이 전부가 아니라는 것을 강찬은 너무나 잘 알고 있었다.

보이지는 않지만 고국 대한민국에서는 자신의 일 구 일 구에 환호하는 수많은 국민이 있을 것이다.

임관의 생각이 자신과 똑같다는 것을 확신한 것은 그가 타자의 몸 쪽 높은 패스트볼을 원하는 걸 확인한 후였다.

몸 쪽 꽉 찬 스트라이크존을 통과하는 패스트볼.

초구처럼 이 공만 스트라이크로 판정된다면 이제 코퍼렌을 잡아내는 건 일도 아닐 것이다.

심호흡을 하고 코퍼렌의 자세를 확인한 후 전력을 다해 공을 뿌렸다.

쐐애액!

무서운 속도로 날아간 공이 코퍼렌의 허리 쪽에서 솟구치며 포수의 미트에 박혔다.

작정하고 던진 공이었기 때문에 전광판에 찍힌 구속은

158㎞/h였다.

코퍼렌 역시 기다리고 있던 듯 맹렬하게 배트를 돌렸지만 공의 스피드를 잡지 못했고 궤적마저 조금 아래쪽을 통과하면서 헛스윙을 하고 말았다.

"와아! 와아!"

볼카운트가 1볼 2스트라이크로 변하는 순간 관중석은 함성과 함께 팽팽한 긴장 속에 빠져들었다.

그것은 더그아웃을 지키고 있는 이성우 감독을 비롯해서 대한민국 선수들도 마찬가지였다.

그들은 백 미터 달리기 선수들처럼 그라운드를 향해 달려나갈 자세를 취하고 있었는데 눈은 긴장으로 인해 번들거리는 중이다.

이제 마지막 공만 남았다.

코퍼렌은 방금 전 타석에서 헛스윙을 한 것이 무척이나 아쉬운 듯 뒤로 물러나 맹렬하게 두 번의 스윙을 한 후 천천히 타석에 들어서서 헬멧을 고쳐 썼다.

코퍼렌이 자세를 잡자 강찬의 얼굴에서 슬며시 웃음이 피어올랐다.

귀신같은 놈.

임관은 자신의 마음을 꿰뚫어 보기라도 한 것처럼 바깥쪽 코스의 뚝 떨어지는 커브를 요구하고 있었다.

높은 코스의 패스트볼로 두 개의 스트라이크를 잡아낸 이유는 바로 이 공을 던지기 위해서였다.

강찬의 손을 떠난 공은 타자의 가슴 높이로 들어오다가 홈 플레이트에서 급격한 변화를 일으키며 마치 거짓말처럼 툭 떨어졌는데 코퍼렌은 배트를 제대로 휘두르지도 못한 채 무릎을 꿇고 말았다.

완벽하게 타이밍을 빼앗긴 타자는 허리를 고정시키지 못하는 법이니 그는 엉덩이가 빠진 상태에서 어설프게 배트를 휘두른 후 무릎을 꿇고 한동안 움직이지 못했다.

코퍼렌을 삼진으로 잡아내는 순간 벼락같은 함성이 도쿄돔을 강타했고, 더그아웃에서 달려 나온 선수들이 이강찬을 향해 달려들었다.

그들의 손에는 물병이 들려 있었는데 마치 분수처럼 강찬을 향해 물을 뿌린 후 얼싸안고 춤을 추었다.

눈부시도록 시린 웃음.

강찬을 비롯해서 대한민국 국가대표 선수들의 얼굴에 들어있는 것은 푸른 하늘처럼 더없이 맑고 밝은 웃음이었다.

제3장
4강전 대한민국 VS 미국

"안녕하세요, 황주희입니다. 오늘 우리 대표팀이 강적 푸에르토리코를 완파하고 4강에 올랐습니다. 정말 자랑스럽고 기쁜 일인데요, 먼저 오늘 벌어진 경기의 하이라이트를 보시고 얘기를 나눠보겠습니다."

불과 보름 전 프로그램에 복귀한 황주희가 흰색 투피스를 입은 아름다운 모습으로 오프닝을 했다.

그녀의 복귀는 찬반 여론 속에서 어려움이 많았으나 워낙 많은 팬을 보유하고 있었기 때문에 CBS 사장의 결단으로 이루어지게 되었다.

황주희의 옆에는 여전히 김명호와 양일석이 자리를 같이했는데 그들의 얼굴에는 다른 때와 다르게 가벼운 홍분이 들어 있었다.

경기의 하이라이트가 끝나자 밝은 미소를 지은 황주희의 멘트가 다시 시작되었다.

"양 위원님, 오늘의 영웅을 꼽으라면 단연 이대철 선수겠지요?"

그녀가 던진 멘트는 일종의 잽이다.

본론으로 들어가기 전에 잽을 던져 반응을 이끌어내고 그 반응을 극대화해서 시청자들에게 전달하는 것이 앵커들의 기본적인 수법이다.

당연히 오늘의 히어로는 이강찬이었지만 이대철을 건드린 것은 그런 이유 때문이다.

하지만 그 수법도 쿵짝이 맞아야 효과를 보는데 그러라고 옆에 있는 사람들이 바로 해설위원이다.

황주희의 질문에 기다렸다는 듯이 대답하고 나온 것은 김명호였다.

그는 타자 출신답게 이대철의 활약상을 소개하면서 거품을 물었다.

"그렇습니다. 추명훈과 최성일 선수의 연속 안타에 이어 이대철 선수의 한 방이 대한민국을 4강으로 견인시켰습니다. 비거리 120m짜리 커다란 홈런이었는데요, 기막히게 제구된 카를로스의 커브를 통타한 것이었습니다."

"이대철 선수는 연속 삼진으로 물러나서 팬들을 안타깝게 했는데 결정적 한 방을 터뜨려 줬습니다. 역시 스타는 위기에서 빛을 발하는 것 같습니다. 예선전부터 8강전이 끝난 지금까지 대한민국 타자들의 활약은 정말 대단했습니다. 메이저리그에서 뛰는 투수들을 상대로 엄청난 화력을 퍼붓고 있죠?"

"추명훈 선수와 최성일 선수, 그리고 이대철 선수 등이 3할을 훌쩍 넘는 타격감을 보이고 있습니다. 더군다나 거포 최황 선수마저 결정적일 때마다 홈런을 때려내고 있기 때문에 우리 대표팀의 화력은 어느 팀에 못지않다고 생각됩니다."

"아, 그러고 보니 8강전에서 최황 선수 대신 임관 선수가 출전했는데요, 당연히 이강찬 선수와의 호흡 때문이겠죠?"

"이성우 감독의 결단이었을 겁니다. 거포인 최황 선수를 뺄 만큼 이강찬 선수가 우리 팀에 미치는 영향이 컸다는 것을 의미하는 것이겠지요."

"이 시점에서 이제 이강찬 선수에 대해서 이야기를 해봐야 될 것 같습니다. 이강찬 선수는 불과 두 개의 안타와 한 개의 볼넷만 내주며 푸에르토리코의 강타선을 꽁꽁 묶었습니다. 정말 대단한 호투였습니다."

슬며시 본론을 꺼낸 황주희가 양일석을 바라보았다.

지금까지 대화를 주도해 오던 김명호가 슬쩍 빠지고 양일석이 나선 것은 투수 출신인 그가 훨씬 더 심도 있는 해설이 가능했기 때문이다.

"제가 봤을 때 8강전의 히어로는 단연 이강찬 선수입니다. 타자들도 잘해주었지만 이강찬 선수는 150㎞/h 후반대의 빠른 패스트볼과 정교한 변화구로 푸에르토리코 선수들을 셧아웃시켜 버렸습니다. 시합이 끝나고 푸에르토리코의 톱타자 곤잘레스는 이강찬 선수의 공이 마치 마구처럼 들어왔다고 말했답니다. 곤잘레스 선수는 메이저리그 오리올스에서 톱타자를 맡고 있으며 매년 3할의 타율을 기록할 정도로 정교한 타잡니다. 그런 선수가 이강찬 선수의 공을 마구라고 할 정도면 얼마나 위력적인 투구를 했는지 충분히 알 만할 겁니다."

"도대체 어떤 공을 던졌기에 주전 전원이 메이저리그에서 활약하는 푸에르토리코 타선을 완벽하게 잠재울 수 있었던 걸까요?"

"오늘 이강찬 선수는 직구와 변화구, 그리고 체인지업을 40 : 40 : 20 비율로 가져갔습니다. 워낙 강력한 패스트볼을 가지고 있기 때문에 이강찬 선수의 절묘한 변화구는 곤잘레스 선수의 말처럼 마구로 보일 만큼 위력적으로 통했는데요, 푸에르토리코 선수들이 당한 열두 개의 삼진 중 무려 아홉 개가 변화구와 체인지업에 의한 것이었습니다."

"그야말로 푸에르토리코 감독의 입장에서는 답답할 정도의 빈공이었습니다. 안타가 단 두 개뿐이었고 볼넷도 한 개였지요?"

"이강찬 선수의 무서운 점은 바로 볼넷이 적다는 것입니다. 던지고 싶은 곳에 던질 수 있는 제구력을 지녔기 때문에 이강찬 선수의 공은 단 하나도 허투루 상대할 수 없는 것이죠. 이강찬 선수가 매 게임 열 개에 달하는 삼진을 잡아내는 것은 무섭도록 정교한 코너워크가 있기 때문입니다."

"양 위원님의 말을 듣고 보니 소름이 끼치는데요. 이강찬 선수는 루키로서 프로야구 MVP를 차지했지만 구단과의 계약 분쟁 때문에 걱정을 많이 했는데 중요한 경기에서 여전히 막강한 위력을 보여주었습니다. 정신적으로 상당히 힘들었을 텐데도 조국을 위해 최선을 다해준 이강찬 선수에게 박수를 보내주고 싶습니다."

"아마 이강찬 선수가 살아온 험난한 인생이 그런 역경을 이겨내게 만드는 원동력이 된 것 같습니다. 야구인으로서, 한 명의 인생 선배로서 이강찬 선수에게 진심을 담아 존경과 성원을 보내는 바입니다."

양일석이 카메라를 향해 정중하게 고개를 숙였다.

그는 진심을 담아 인사를 했는데 세계를 상대로 대한민국이란 이름을 걸고 조국을 위해 싸워준 이강찬이란 선수에게 한 명의 국민으로서 감사함을 나타낸 것이다.

오늘 진행되고 있는 프로그램은 양일석의 행동으로 더욱 빛이 났다.

대선배가 새까만 후배에게 감사의 인사를 한다는 것은 결코 쉬운 일이 아닐 텐데 그는 전혀 개의치 않고 공개적인 자리를 통해 인사를 해 이강찬의 활약을 더욱 돋보이게 만들었다.

양일석으로 인해 잠시 침묵이 흘렀지만 황주희는 재치 있게 분위기를 추스르고 다음 이야기를 진행했다.

그녀는 꽤 오랜 시간을 쉬었는데도 방송 감각이 생생하게 살아 있었다.

"그나저나 지금까지 숨겨오던 이강찬이란 대한민국의 비밀무기를 8강전에서 쓰고 말았습니다. 이제 대한민국은 4강에서 도미니카공화국을 쓰러뜨리고 올라온 미국을 상대로 싸워야 하는데요, 김 위원님, 4강전을 어떻게 예상하시나요?"

"미국은 메이저리그 올스타가 모두 출전했을 정도로 막강한 라인업을 구축하고 있는 팀입니다. 출전 선수의 면면을 보더라도 세계 최강이라고 할 만한데요, 단순하게 몸값을 따지더라도 미국팀은 대한민국 대표팀보다 연봉이 서른다섯 배가 많을 정돕니다. 그만큼 이번 WBC 출전 선수들의 면면은 화려하고도 강력합니다. 결코 쉬운 경기가 되지는 않을 것입니다."

"그렇다면 우리 팀이 진다는 뜻인가요?"

"어려운 것은 사실입니다. 하지만 반드시 질 거란 생각은 하지 않고 있습니다."

"무슨 뜻이죠?"

"미국은 도미니카공화국과의 8강전에서 최고의 에이스 커트 화이나를 썼습니다. 물론 우리도 에이스인 이강찬을 썼기 때문에 상황은 비슷하지만 미국은 도미니카공화국과의 결전에서 난타전을 주고받는 접전을 펼쳤기 때문에 무려 다섯 명의 투수를 투입하는 손실을 입었습니다. 투수의 운용 측면에서는 우리가 유리한 상태입니다."

"미국은 4강전에서 커트 화이나와 원투펀치로 불리는 래리 버드 선수를 선발 출전시킬 것으로 예상되는데 래리 버드 선수에 대해서 간략하게 소개 부탁드립니다."

"사실 제가 4강전이 어렵다고 말한 것은 바로 래리 버드 때문입니다. 커트 화이나로 인해 미국팀의 에이스라고 불리지는 못했지만 래리 버드는 작년 시즌 18승을 올린 시카고 컵스의 에이스입니다. 150km/h대의 패스트볼을 지녔고 파워커브를 장착해서 위력적인 투구를 하는 투수입니다."

"막강 화력을 자랑하는 대한민국 타자들조차 공략하기 힘든 정돈가요?"

"쉽지는 않을 거라고 생각합니다."

"그렇다면 무척 걱정되는군요."

"하지만 우리에게도 이성동 선수가 있습니다. 더군다나 백강현 선수를 비롯해서 윤강혁, 정민한 등 막강 선발진이 버티고 있으니까 총력전을 벌인다면 어떤 결과가 나타날지 알 수 없습니다. 저는 우리 선수들이 최선을 다해 좋은 결과를 나타내 줄 거라 믿고 있습니다."

"그렇게만 된다면 얼마나 좋을까요. 저는 지난 대회 예선 탈락이란 치욕을 씻어내고 파죽지세로 4강까지 올라선 국가대표 선수들이 정말 자랑스럽습니다. 그 기세를 몰아 우리 선수들은 세계 최강이라는 미국과 맞서 한 치도 물러서지 않고 당당하게 싸울 것이라 믿습니다. 국민 여러분께서도 모든 정성을 다해 우리 대표팀을 성원해 주십시오. 모레 벌어지는 4강전을 우리 CBS에서는 2시부터 직접 생중계할 예정입니다. 많은 시청 부탁드리겠습니다."

*　　　*　　　*

시간은 정말 쏜살같이 지나갔다.

8강전의 흥분이 가라앉기도 전에 벌써 4강전이 코앞으로 다가서고 있었다.

지난 대회 예선 탈락이라는 충격적인 결과로 인해 시큰둥

하던 국내의 반응은 대표팀이 4강까지 파죽지세로 올라서자 뜨거워질 대로 뜨거워진 상태였다.

이름으로만 들어본 슈퍼스타들이 총출동했고 참가국이 24개국으로 늘어난 세계 대회에서 4강까지 올라선 것은 커다란 성과임이 분명했다.

하지만 세계 최강이라는 미국과의 4강전이 당장 내일로 다가오자 여론은 난리가 났다.

스포츠신문은 둘째 치고라도 5대 일간지와 메이저 방송들이 일제히 미국과의 4강전에 초점을 맞추고 연신 가십거리를 양산하며 치열한 보도전을 벌였다.

거기에는 대회 개최국이 일본이라는 특수성이 커다란 영향을 미쳤다.

독도 분쟁으로 인해 정치적으로 첨예하게 맞선 일본에서 대회가 개최되었고 일본 관중들이 대한민국 대표팀에게 일방적인 야유를 퍼붓는 것이 언론과 방송을 통해 노출되면서 금번 WBC 대회는 전 국민의 초미의 관심사가 되었다.

미국과의 경기가 확연하게 열세라는 것을 알면서도 국민들이 뜨거운 성원을 보내는 것은 적의에 차 있는 일본과 결승에서 만날 수도 있기 때문이었다.

국민들은 이번 대회에서 첨예하게 맞서고 있는 일본을 꺾고 태극기를 도쿄돔에 휘날려 주기를 간절하게 바라고 있었다.

"감독님, 국내 여론이 엄청납니다. 거의 전 언론이 4강전에 집중되어 있습니다."

"그것참."

김남구의 말에 이성우 감독이 한숨을 내쉬었다.

국가대표 수석 코치를 맡은 김남구는 이성우 감독을 보좌하며 대소사를 관장하고 있었는데 워낙 철두철미하게 움직여서 조금의 빈틈도 만들지 않았다.

이성우 감독이 모든 것을 그와 의논하는 것은 김남구가 그만큼 뛰어난 능력을 가졌기 때문이다.

"분명히 우리가 불리하다는 것을 알면서도 국내 언론은 4강전에서 우리가 이길지도 모른다는 희망 섞인 전망을 계속해서 내놓고 있습니다. 그래서 그런지 국민들은 이제 당연히 우리가 미국을 이길 거라고 생각하는 모양입니다."

"지면 역적이 되겠군."

"그럴 것 같습니다."

"4강에 올라온 것만 해도 잘한 건데 왜 이러는 거야?"

"사회적인 분위기 때문이죠. 대회가 일본에서 벌어진 게 결정적인 이유인 것 같습니다."

"하아, 그 새끼들, 대충 하고 떨어져 주면 얼마나 좋아."

이성우 감독이 볼펜으로 탁자를 두들기면서 고개를 흔들었다. 일본은 내일 오사카에서 같은 시간대에 쿠바와 준결승을 치른다.

이성우 감독이 일본을 걸고넘어진 것은 그만큼 부담감이 크다는 걸 알려주는 것이었다.

미국을 넘어서고 만약에 일본이 결승에 올라온다면 정말 그건 야구 경기가 아니라 생사를 건 전쟁으로 변하게 된다.

대한민국 대표팀을 맡고 있는 그로서는 절대 생기지 않았으면 하는 최악의 시나리오였다.

김남구의 얼굴에서 희미한 쓴웃음이 생겨난 것은 동질의 감정을 느끼고 있기 때문이다.

"일본이 생각보다 훨씬 뛰어난 전력을 지녔습니다. 아주 작정을 했는지 부상 타령을 하던 놈들도 전부 나왔어요. 지네 나라에서 하니까 우승하려고 안달이 난 것 같습니다."

"다른 놈은 몰라도 마사끼까지 나올 줄은 정말 몰랐어."

"그러니까 말입니다. 팔목 인대를 부상당했다는 놈 타율이 5할을 넘고 있습니다. 이 새끼, 부상당했다는 거 처음부터 뻥이었던 모양입니다."

김남구가 콧구멍을 벌렁거리자 이성우 감독이 피식 웃었다.

사사끼가 메이저리그에서 펄펄 날아다닌다면 마사끼는 재팬리그를 휩쓰는 최고의 타자였다.

그는 두 달 전에 팔목 인대를 다쳤다는 기사가 났는데 WBC 대회에 출전하며 맹타를 휘두르고 있었다.

"메이저리그에서 활약하는 열두 명이 전부 들어왔으니 그 놈들만 가지고도 한 팀을 만들 정도야. 그러니 오죽하겠어."

"일본이 쿠바를 이기면 난리가 나겠는데요."

"그렇지. 그렇게 되면 일본 전체가 들썩거릴 거야."

"그나저나 당장 내일이 걱정입니다. 우리 작전이 통해야 할 텐데요."

"최선을 다해야겠지. 우린 가지고 있는 패를 전부 동원할 뿐이야. 그러고도 안 된다면 할 수 없는 거 아니겠어?"

"만약 진다면 국민들이 무척 실망할 겁니다."

"지금은 언론이 난리를 피우는 통에 국민들 기대 심리가 하늘을 찌를 정도지만 막상 시합 당일이 되면 차분하게 가라앉을 거다. 사람은 막상 일이 닥치면 냉정해지는 경향이 있거든. 미국의 슈퍼스타들과 싸우는 우리 선수들을 국민들은 최선을 다해 응원해 줄 거고, 진다 해도 걱정하는 것만큼 나무라지는 않을 거야. 국민들은 생각보다 훨씬 현명하거든. 그러니까 김 코치, 우린 최선을 다해 싸우기만 하면 돼!"

* * *

미국과의 4강전이 벌어지는 2시가 가까이 오자 대한민국이 모두 정지되었다.

도로에는 차량이 모두 멈춰 한산했고, 거리에는 사람들의 모습을 보기 어려웠다.

많은 회사가 단체로 응원전을 펼치며 임시 휴무를 했는데 그렇지 못한 회사들도 암묵적으로 직원들이 텔레비전 앞으로 모여드는 것을 방치했다.

회사뿐만이 아니었다.

공무원들조차 눈치를 보며 슬금슬금 모였고, 민원 때문에 온 사람들까지 같이 편승했기 때문에 관공서의 텔레비전 앞에는 사람들로 가득 찼다.

공항도 마찬가지였고 버스터미널도 마찬가지였다.

어떤 이들은 버스가 출발할 시간이 되었음에도 안절부절못하다가 경기가 시작되려 하자 결국 텔레비전 앞에 주저앉고 말았다.

그들은 잠시 동안 갈등하는 모습을 보였지만 주저앉고 나서는 중계하는 아나운서의 말에 귀를 기울이며 온 정신을 화면에 집중시켰다.

화면에는 지금까지 대한민국이 펼쳐 온 경기의 하이라이트가 연속해서 방송되고 있었다.

파죽의 5연승.

대한민국은 무패의 전적으로 4강까지 올라왔기 때문에 국민의 성원은 그 어느 때보다도 열렬했다.

"아이고, 살 떨리네. 저 새끼들 하나하나가 전부 다 중소기업이구만."

"그러게 말이야. 저거 다 합치면 도대체 얼마야?"

유진기업에 다니는 박 차장은 동기인 원 차장과 함께 텔레비전을 보면서 입에 거품을 물었다.

그들은 회사 구내식당에서 밥을 먹은 후 잠시 업무를 보다가 휴게실로 내려와 중계방송을 지켜보는 중이었는데 휴게실은 이미 직원들로 북적대었다.

그럼에도 회사 측에서는 직원들의 근태를 따지지 않았기 때문에 그들은 편안한 마음으로 느긋하게 자리를 잡을 수 있었다.

화면에 나타난 미국팀의 선발 라인업 연봉은 상상을 초월하는 금액이었다.

국내 프로야구 선수의 연봉이 엄청나다고 부러워한 적이

있는데 그건 미국 선수들에 비하니 껌값에 불과했다.

미국팀의 에이스이자 뉴욕 양키스의 제1선발 커트 화이나의 연봉은 우리나라 돈으로 환산하면 370억이었다.

추명훈과 이성동, 그리고 일본에서 뛰고 있는 이대철의 연봉을 제외한다면 커트 화이나의 연봉은 대한민국 대표팀 전체 연봉을 합한 것보다 많았다.

그러나 박 차장의 표정이 변하기 시작한 것은 연봉도 연봉이지만 미국팀이 지니고 있는 월등한 기량 때문이었다.

CBS의 해설자로 나선 김명호는 국내 프로야구에서 뛰고 있는 외국인 선수들에 관한 분석 데이터를 화면에 띄워놓았는데 올해 17승을 올린 에르난데스는 메이저리그에 잠깐 얼굴을 비췄을 뿐 선수 생활 대부분을 마이너리그에서 보냈고, 홈런을 42개나 때려낸 마크 트웨인은 메이저리그에서 퇴출되어 대한민국으로 넘어온 케이스였다.

메이저리그에서 잠시 몸담은 수준으로도 국내 프로야구 판을 들었다 놨다 한다는 건 단순 비교하기에는 뭐하지만 그만큼 대한민국 프로야구와 메이저리그는 수준 차가 분명히 있다는 걸 의미했다.

현재 미국 국가대표로 출전한 놈들은 전부 최고의 리그에서 날아다니는 놈들이었고, 만약 그런 놈들이 국내 프로 리그에 넘어온다면 투타의 모든 분야를 싹쓸이할 게 분명했다.

시작 전부터 방송에서 내보내는 데이터를 보면서 사람들은 기가 죽었다.

워낙 무패 가도를 달려왔기 때문에 이길 수도 있다는 희망을 품어왔는데 막상 시합 당일 세밀한 전력 분석이 흘러나오자 이건 골리앗과 다윗의 싸움보다 더 지독하게 보였다.

그나마 다행인 것은 이성동이 당당하게 국가대표에 자리를 차지하고 있다는 것이었다.

추명훈은 국내 리그에서 활약하지 않았지만 이성동은 프로리그에서 뛰어난 성적을 올려 메이저리그에 진출했고, 3년 동안 활약하면서 매년 13승 이상을 올려왔다.

그 말은 곧 백강현을 비롯하여 대한민국의 주력 투수들이라면 메이저리그에 진출해도 충분히 통한다는 걸 알려주는 것이다.

이성동과 국내 리그에서 라이벌 체계를 구축하며 활약하고 있는 선수들이 바로 지금 국가대표에 포함되어 있는 백강현과 윤강혁이다.

그랬기 때문인지 한숨짓고 있던 박 차장은 도쿄돔의 그라운드로 대한민국 국가대표팀이 들어서자 새삼스럽게 주먹을 움켜쥐었다.

"래리 버든지 지랄인지 지가 잘 던지면 얼마나 잘 던지겠어. 씨발, 한번 해보는 거야."

"이성동이가 큰 경기에는 강해. 기죽을 거 없다고. 충분히 해볼 만해."

"그럼, 당연하지. 그리고 설혹 지면 어때. 이 정도로 열악한 환경에서 4강까지 온 것만 해도 기적이야. 돈 차이 봐라. 저 새끼들은 우리 애들보다 33배를 많이 받는 놈들이야. 그러니까 우리 선수들이 여기까지 온 것만 해도 충분히 칭찬받을 만해. 난 우리 선수들이 끝까지 포기하지 않고 싸워주기만 하면 더 이상 바랄 게 없을 것 같아."

도쿄돔은 그야말로 관중의 바다였다.

빈자리를 찾아볼 수 없는 완전 매진.

3루 측에는 대한민국 응원단이 자리를 잡았고 1루 측에는 미국 응원단이 자리를 잡았는데 세계에서 몰려든 대부분의 기자들은 1루 측 가까운 곳에 카메라를 설치하고 있었다.

그들의 예상은 당연히 미국이 이길 거란 것이었는데 얼마나 큰 점수 차가 나느냐가 관건이라며 경기가 시작되기 전부터 결승전의 상대로 일본과 쿠바 중 누가 나설지에 대한 궁금증을 이야기할 정도였다.

대한민국의 응원단은 5천에 가까울 정도로 대규모였지만 미국의 응원단 숫자도 만만치 않았다.

준결승 경기였고 자국 리그의 올스타가 총출동했기 때문인지 많은 미국인이 경기를 관전하기 위해 도쿄돔으로 몰려들었다.

그러나 아무리 많은 숫자가 동원되었다고 해도 대한민국의 응원단에는 한참이나 못 미치는 숫자였다.

지리적으로 일본은 지척에 있었고 일본에 거주하는 재일교포도 상당했기 때문에 응원단 숫자에서는 상대가 되지 않았다.

문제는 일본 관중이었다.

그들은 여전히 대한민국 국가대표팀에게 적의를 나타내며

일방적으로 미국 응원단 쪽에 붙었는데 그렇게 되자 응원단 숫자가 열 배나 차이가 났다.

말이 열 배 차이지 막상 그렇게 비교하자 대한민국의 응원단은 바다에 떠 있는 섬처럼 보일 지경이었다.

하지만 대한민국은 세계에서 응원을 가장 잘하는 나라였다.

5천에 달하는 응원단은 일사불란하게 움직이며 도쿄돔을 가득 채운 5만 관중을 완벽하게 제압해 버렸는데 얼마나 대단했는지 보도를 위해 취재를 나온 기자들의 입을 떡 벌어지게 만들었다.

마치 도쿄돔에는 오직 대한민국 응원단만 있는 것처럼 느껴질 만큼 하늘과 땅을 장악하며 울려 퍼지는 소리는 대한민국의 노래와 대한민국을 사랑하는 사람들의 함성뿐이었다.

"막상 닥치니까 떨리는군요."

"한국시리즈도 치러본 사람이 별소리를 다 하네."

"도쿄돔은 잠실보다 두 배나 큽니다."

"관중 숫자가 많아서 떨린다는 거야?"

"그럴 리가요. 저는 5만이 넘는 미국과 일본 관중 때문에 떨리는 게 아니라 저기 목 놓아 이겨달라고 외치는 우리 응원단 때문에 오한이 든단 말입니다."

"미치겠군."

이성우 감독은 김남구의 말을 듣고 3루 측 스탠드에서 태극기를 흔드는 응원단을 바라보았다.

무슨 뜻인지도 알고 정말 가슴이 터질 것처럼 심장도 뛰었다.

프로야구 판에서 내리 5년 동안 한국시리즈를 제패하며 산전수전 다 겪은 명감독으로 통했지만 이런 기분은 처음 느끼는 것이다.

지금까지 야구 시합을 하면서 응원단의 응원이 지금처럼 귓가에 생생히 들려온 것이 처음이다.

자신도 모르게 한숨이 나왔다.

조국을 위해 싸운다는 것은 자신과 팀을 위해 싸우는 것과는 또 다른 차원의 압박감을 주고 있었다.

두려워서가 아니었다.

지금 같아서는 슈퍼스타가 포진되어 있는 미국이 아니라 미국 할애비가 와도 무섭지 않았다.

진정 무서운 것은 저토록 승리를 갈망하는 국민의 기대에 부응하지 못할 수도 있다는 것이었다.

최선을 다한다는 것과 국민을 실망시키는 것은 또 다른 문제였다.

하지만 김남구는 그런 마음을 눈치채지 못한 듯 응원단에게서 눈을 돌려 수비 연습을 하고 있는 선수들을 바라보며 무겁게 입을 열었다.

이제 시합은 코앞으로 다가왔기 때문에 선수들은 마무리 훈련에 열중하고 있었다.

"재들도 떨리겠지요?"

"아마 우리보다 더하면 더하지 못하지는 않을 거야. 우리야

지켜보는 사람이지만 저 친구들은 직접 몸으로 뛰어야 될 테니 더 부담감이 크겠지."

"이성동이가 잘해줘야 할 텐데 걱정입니다."

"잘해줄 거야."

"3회까지만 막아주면 우리 계획의 반은 성공이라고 볼 수 있습니다. 제발 그래줬으면 좋겠습니다."

"어제 성동이가 나한테 그러더군. 마운드에서 쓰러질 각오로 던지겠다고 말하면서 씨익 웃는데 그 모습이 우는 것보다 더 비장했어."

"이놈의 WBC가 사람 여럿 잡겠습니다."

"심판들이 나오는군. 우리도 가볼까?"

이성우 감독이 굳은 표정으로 중얼거리는 김남구의 독백을 흘려듣고 자리에서 일어났다. 오늘의 심판을 맡은 베네수엘라의 앙겔스가 양쪽 벤치를 불러 모으는 것이 보였기 때문이다.

화살은 이미 시위를 떠났고 피할 곳은 어디에도 보이지 않았다.

이제 남은 것은 오직 하나, 거인 골리앗을 상대로 회심의 창을 던지는 것뿐이었다.

"야, 재진아, 그만 왔다 갔다 해라. 정신 사납다."

"긴장돼서 그런지 자꾸 오줌이 마려워요. 가는 길에 우리 선수들 사진도 몇 장 덤으로 찍어 왔습니다."

"장하다. 오줌 싸는 와중에도 일은 잊지 않는구나."

"난 아무래도 기자가 천직인 모양입니다."

김혁의 통박에 홍재진이 밝게 웃었다.

하지만 곧 수비에 나서는 대한민국 선수들을 확인하고는 몸을 부르르 떨었다.

선수들은 경기장에 나서는 게 시합을 위해서가 아니라 전쟁터에 나가는 병사처럼 비장한 눈을 하고 있었다.

"꼭 이겨줬으면 좋겠는데 쉽지 않겠죠?"

"쉽진 않을 거야. 하지만 그냥 물러설 것 같지도 않아."

"명성에서 차이가 나고 몸값에서도 비교조차 안 되잖아요. 쫄아서 실력 발휘조차 못 하는 게 아닌가 걱정됩니다."

"절대 그럴 리는 없다. 걔들 눈빛 봐라. 저게 쫀 눈빛이냐?"

김혁이 가리키는 손가락을 따라 선수들의 면면을 확인한 홍재진이 그때서야 길게 신음을 흘려냈다.

공을 돌리는 야수들은 물론이고 선발로 나온 투수 이성동과 포수 최황의 눈이 번들거리고 있었다.

그들의 눈에 들어 있는 것은 반드시 이기겠다는 투지였다.

"그것참 이상하네요. 도대체 이성우 감독이 어떻게 했기에 선수들이 저런 눈을 하고 있을까요?"

"뭔가 있어. 그런데 그게 뭔지를 모르겠어. 하지만 내 직감에는 미국을 깰 비책을 마련한 것 같아. 사람은 아무리 정신력이 강해도 희망이 없으면 투지가 생기지 않는 법이거든. 아마 우리 선수들은 이성우 감독을 믿고 전력을 다할 생각인 것 같다."

"형님은 사람을 궁금해서 미치게 만드는 재주가 있는 것 같아요. 그렇게 말하고 입을 닫으면 난 어쩌란 말입니까?"

"그럼 어떡하냐. 나도 자세한 건 모르는데."

"허어, 참."

"지켜보면 알겠지. 뭘 그리 안달해. 곧 경기 시작하면 알게 될 테니 조신하게 기다려."

궁금증을 유발해 놓고 시치미를 뚝 떼버리는 김혁의 행동에 홍재진은 입을 떠억 벌리고 황당하다는 표정을 숨기지 못했다.

그럼에도 대놓고 따지지 못한 것은 그의 예측이 결정적일 때마다 들어맞았기 때문이다.

그리고 선수들의 표정을 확인하자 반드시 그럴 거란 판단도 들었다.

김혁의 말대로 사람은 희망이 없다면 절대 투지를 불사르지 못한다.

잠시 혼자서 뭔가를 생각하던 홍재진의 눈이 번쩍 들린 것은 대한민국 응원단 쪽에서 천둥 같은 함성이 터져 나왔기 때문이다.

마치 폭풍 전야처럼 조용하던 경기장은 심판이 플레이볼을 선언하자 무섭게 요동치고 있었다.

"형님, 저는 이런 경우를 처음 봅니다. 프로야구를 취재하기 위해 수없이 많은 경기장을 쫓아다녔지만 이렇게 무서울 정도로 결집된 응원은 처음이에요."

"나도 그렇다."

"우리나라 사람들은 한번 미치면 물불을 가리지 않는 것 같아요.”

“저 사람들만 그런 게 아냐. 사실은 나도 지금 미치기 직전이다.”

“문득 선수들이 저런 눈을 하고 있는 게 꼭 이성우 감독의 작전 때문만은 아닐지도 모른다는 생각이 드네요.”

“그럼 뭔데?”

“애국심이죠. 왜 그런 거 있잖아요. 전쟁터에서 뻔히 죽을 걸 알면서도 칼을 빼 드는 병사의 마음과 같은 거 아닐까요?”

이성동은 연습 투구를 마치고 심판이 플레이볼을 선언하자 숨을 깊게 들이마셨다.

타석에는 메이저리그 전체에서 가장 빠른 발을 가지고 있다는 해밀턴이 들어서 있었다.

시즌 평균 45개의 도루를 해대는 총알탄 사나이.

일단 진루만 하면 내야를 휘저으며 2루든 3루든 무조건 훔치기 때문에 투수에게는 가장 골치 아픈 존재였다.

하지만 이성동은 숨을 내쉬며 깊은 눈으로 그를 향해 시선을 던졌다.

메이저리그에 진출하기 전 대한민국을 대표하는 투수로 활동했고 미국에 진출해서도 성공적인 시즌을 보내고 있다.

분명 야구 선수로는 더없이 행복한 나날을 보낼 정도로 성공한 삶이다.

너무 열심히 살아오다 보니 조국에 대한 그리움이나 사랑은 거의 생각해 본 적도 없었다.

그런데 막상 WBC에 출전해서 태극기를 가슴에 달고 공을 던지자 자신도 모르게 뜨거움이 복받쳐 올라왔다.

이겨달라고 목 놓아 외쳐 대는 응원단의 모습에서 어릴 때 텔레비전을 보면서 국가대표를 응원하던 자신의 모습이 투영되었다.

국민의 성원, 그리고 자신에 대한 기대.

한편으로는 부담이 되었지만 그렇다고 피할 생각은 눈곱만큼도 없었다.

선발투수로 활동해 왔기 때문에 이성우 감독이 전력을 다해 3회만 막아달라고 말했을 때 의아한 표정을 지었다.

자신은 대한민국 최고의 에이스인데 3회만 막아달라는 말은 절대 이해할 수 없었다.

그러나 무거운 표정으로 자신에게 설명하는 이성우 감독의 의중을 알고 난 후에는 웃음을 흘려냈다.

웃음에도 비장함이 들어갈 수 있다는 걸 그때 처음 알았다.

얼굴은 웃고 있었으나 자신이 3회만 막아준다면 이길 수 있다는 이 감독의 말에 그는 최선을 다해 반드시 약속을 지키겠다며 이를 악물었다.

선발투수는 언제나 9회까지 완투한다는 생각을 가지고 출전한다.

투구 수를 조절하며 볼 배합을 적절하게 혼합하는 것도 힘을 아끼기 위해서이다.

최고 속도의 공을 던지지 않고 상황에 따라 조절해 나가는 것도 체력을 아끼기 위함이다.

하지만 3회를 목표로 던지는 것이라면 그런 것은 의미가 없었다.

오직 전력을 다해 던져야 한다는 뜻이다.

그랬기에 그는 오늘 평소보다 훨씬 많은 50개에 가까운 연습구를 던지고 들어왔다.

가장 위력이 강한 공은 충분히 어깨를 풀었을 때 나타나기 때문이었는데 그 덕분인지 겨드랑이에서는 땀이 축축하게 배어 나오는 중이다.

슬쩍 눈을 돌리자 아직 시합도 시작되지 않았는데 세 명의 투수가 불펜에서 몸을 푸는 게 보였다.

이성우 감독은 자신의 약속처럼 오늘 세계 야구사에 유례없는 무서운 일을 벌일 생각인 모양이다.

해밀턴이 뛰어난 건 발도 빠르지만 타격도 뛰어나다는 것이다.

눈도 좋아 볼넷을 자주 골라냈는데 그때마다 2루타를 친 것과 같은 효과를 냈기 때문에 감독의 입장에서 봤을 때는 보배와 같은 선수였다.

하지만 이성동은 두려워하지 않았다.

그가 인코스에 약점이 있다는 사실을 알고 있으니 승부를 피할 생각이 전혀 없었기 때문이다.

초구부터 강력한 패스트볼을 구사했다.

147㎞/h의 속도가 나올 정도로 빠른 속구였다.

역시 연습 투구를 많이 했기 때문인지 다른 때보다 초구의 속도가 훨씬 높게 나왔다.

바깥쪽에 꽉 찬 직구가 빠르게 들어오자 해밀턴이 의외라는 표정을 지으며 타석에서 물러났다.

그는 이성동의 공이 초구부터 이 정도로 빠르게 파고들 줄은 생각하지 못한 모양이다.

예상대로 해밀턴이 초구를 그냥 보내자 포수석에 앉은 최황이 몸 쪽 패스트볼을 다시 요구했는데 가슴 높이로 던지라는 사인이다.

일종의 유인구이자 효과적으로 3구를 던지기 위한 사전 작업이었다.

눈이 좋은 해밀턴은 이성동의 손을 떠난 공이 몸 쪽으로 근접해서 높게 들어오자 즉각 발을 뒤로 빼고 타석에서 물러섰다.

전혀 흔들리지 않는 모습이다.

하지만 그것은 이성동도 예상하고 있었는지 표정에 아무런 변화를 보이지 않았다.

드디어 3구.

최황이 요구한 것처럼 몸 쪽으로 바짝 붙는 기가 막힌 코스로 커브가 들어가자 해밀턴의 배트가 어쩔 수 없이 따라 나왔다.

가장 싫어하는 코스지만 가장 많은 안타를 만들어낸 코스기도 했다.

그의 약점이 노출되면서 수많은 투수가 이 코스를 노렸기 때문에 삼진도 많이 당했지만 안타도 가장 많이 때려냈다.

따악!

배트가 날카롭게 돌아갔으나 왠지 소리가 청아하지 않고 뭉툭했다.

정확하게 맞지 않았을 때 나는 소리다.

예상대로 공은 배트의 하단에 맞으며 유격수를 향해 굴러갔는데 조금 뒤쪽에서 수비하던 최성일이 득달같이 달려들어 유연하게 1루로 송구했다.

해밀턴이 아무리 빨라도 공보다 빠를 수는 없었다.

비록 빗맞으면서 속도가 줄었지만 최성일의 송구 동작은 군더더기 하나 없을 정도로 완벽했기 때문에 윤태균이 잡고도 한참이나 지나서 해밀턴의 발이 들어왔을 정도이다.

한숨이 저절로 흘러나왔다.

가장 까다로운 타자인 해밀턴을 잡아내자 공을 잡은 손에 힘이 들어갔다.

하지만 위기는 금방 찾아왔다.

2번 타자 조 버드를 우익수 뜬공으로 잡아내고 잠시 방심한 사이 3번 타자 게리 로즈에게 좌중간을 완전히 넘어가는 2루타를 맞은 것이다.

게리 로즈.

정말 무서운 놈이다.

실투라고 보기 어려울 정도로 조금 안쪽으로 밀렸을 뿐인데 게리 로즈는 정확하게 받아쳐 2루타를 만들어냈다.

1회부터 득점 찬스를 맞이하자 미국 응원단과 일본 관중들이 박수를 치면서 흥분했다.

타석에는 작년 메이저리그 홈런왕 클레이 톰슨이 들어서고 있었다.

195㎝에 115㎏의 체구를 가진 톰슨이 타석에 들어서자 포수의 모습이 반만 보이는 것 같았다.

그냥 서 있는 것만으로도 위압적인 모습.

작년 시즌 53개의 홈런을 때려낸 톰슨은 배트를 마치 여의봉처럼 휘둘러대고 있었다.

어디로 던져도 걸리면 넘어갈 수밖에 없는 파워.

톰슨은 메이저리그에서도 괴력의 사나이로 불리는 강타자이다.

이성동은 이를 악물었다.

1회부터 점수를 준다면 자신을 철석같이 믿으며 내보낸 이성우 감독의 믿음을 깨뜨리고 만다.

안타를 맞더라도 장타를 맞으면 안 된다는 생각에 이성동은 악착같이 바깥쪽 낮은 코스로 승부를 걸어갔다.

강타자들의 특성은 공통적으로 몸 쪽 높은 코스의 직구를 가장 좋아하는데 반대로 가장 싫어하는 것이 지금 이성동이 집중 공략하는 바깥쪽 낮은 코스로 파고드는 구질이다.

다행히 낮게 제구된 구질이 연속으로 파고들면서 2스트라이크 2볼을 만들었다.

톰슨은 이성동이 계속해서 바깥쪽으로 도망가는 피칭을 하자 견디지 못하고 4구째 뚝 떨어지는 볼에 배트를 휘둘러 이성동의 어깨를 가볍게 만들어주었다.

로진백을 던진 이성동의 눈이 최황의 사인을 확인하고 번득였다.

그가 전혀 예상하지 못한 구질을 원했기 때문인데 모험이 통한다면 다행이지만 그렇지 못한다면 한 방에 골로 갈지도 몰랐다.

하지만 이성동은 최황의 사인을 확인하고 곧바로 셋업 자세로 들어갔다.

호랑이를 잡으려면 호랑이 굴로 들어가라는 격언이 있다.

최황이 원한 것은 거대한 창으로 호랑이의 명줄을 단숨에 끊어놓자는 것이었다.

쐐애액!

이성동의 손을 떠난 패스트볼이 톰슨의 몸 쪽 가까이 빠르게 날아들었다.

계속해서 바깥쪽으로 슬라이더와 커브를 던지며 볼카운트를 조절하던 이성동은 최황의 요구에 따라 몸 쪽 패스트볼로 승부를 걸었다.

부웅!

잠시 주춤하던 톰슨의 배트가 공을 향해 무섭게 뻗어 나갔다.

괴력의 타자답게 그가 휘두른 배트에서는 태풍이 불 때 나는 굉음이 흘러나왔다.

그러나 아무리 괴력의 타자라도 공을 맞추지 못하면 홈런을 칠 수 없는 법이다.

몸 쪽 패스트볼은 그가 전혀 예상하지 못한 공이었기 때문에 배팅을 하기에는 이미 타이밍을 잃어버린 상태였다.

톰슨이 삼진으로 물러나고 위기를 무사히 넘기자 이번에는 대한민국의 응원단이 벼락같은 함성을 터뜨렸다.

시합 전에는 1회에 10점 정도 뽑아낼 것 같던 미국팀이 실전에서는 안타 1개만 쳐 내고 무득점으로 끝내자 대한민국의 응원단은 충분히 해볼 만하다며 전의가 가득 찬 눈으로 잠시 멈췄던 응원가를 목이 터져라 불러댔다.

래리 버드는 메이저리그를 대표하는 투수답게 대단한 구질로 대한민국 타자들을 압박했다.

최고 구속 155㎞/h에 달하는 패스트볼과 포크볼, 그리고 슬라이더는 2회까지 삼진 두 개를 뺏어내며 단 하나의 안타도 허락하지 않았다.

대한민국의 타자들이 래리 버드의 위력에 밀려 삼자범퇴로 물러나는 동안 이성동도 만만치 않은 역투를 거듭했다.

비록 2회에서 선두 타자로 나온 제임스 하든에게 안타를 맞았지만 6번 타자 데이비드를 루킹 삼진으로 잡아냈고, 7번 타자 어빙을 유격수 땅볼로 유도해서 병살타를 만들었다.

3회 들어와서도 그의 역투는 멈추지 않았다.

8번 타자 고든을 삼진으로 잡아낸 그는 9번 타자 플럼리를 우익수 플라이로 처리했기 때문에 약속한 이닝에서 단 한 타자만 남겨놓은 상태이다.

이성동은 이마에 흘러내린 땀방울을 손등으로 훔쳐 냈다.

단 3회를 던졌는데 마치 9회를 던진 것처럼 숨이 가빠왔다.

전력투구.

단 한 타자도 허투루 상대하지 않고 온 힘을 다해 던진 결과이다.

이제 해밀턴만 잡아내면 이성우 감독과 약속한 3회를 버텨낼 수 있다는 생각에 공을 쥔 그의 손아귀에 힘이 잔뜩 들어갔다.

하지만 힘이 들어가면 오히려 구속이 떨어진다.

그것을 알면서도 힘이 들어간 것은 마지막까지 거의 다 왔다는 안도감 때문일 것이다.

3구로 던진 커브를 해밀턴은 기가 막히게 타이밍을 잡고 간결한 스윙으로 유격수 옆을 빠져나가는 안타로 만들었다.

역시 메이저리그 최고의 톱타자다웠다.

최대한 배트를 짧게 잡고 정해진 라인을 따라 공을 보내는 능력은 타의 추종을 불허할 만큼 대단했다.

이성동은 모자를 벗은 후 이마에 흐르는 땀을 다시 닦아냈다.

고개를 돌려 슬쩍 더그아웃 쪽을 바라보았으나 이성우 감독은 어디에 있는지 보이지 않았다.

해밀턴이 나갔으니 또다시 위기가 왔다.

놈은 무조건 2루로 뛸 게 뻔하기 때문에 투구 패턴을 새롭게 가져갈 필요가 있었다.

최황이 타임을 걸고 마운드로 뛰어온 것은 그가 모자를 쓰고 투구를 위해 공을 글러브에 넣을 때였다.

"성동아, 저 새끼 뛸 거다."

"압니다."

"하지만 우리 저놈 신경 쓰지 말자."

"선배님, 그게 무슨 말씀입니까?"

"2아웃 상태야. 저 새끼는 왔다 갔다 하며 네 타이밍을 뺏으려 할 게 분명해. 저놈 때문에 투구 밸런스가 무너지면 더 위험하다는 뜻이다."

"음……."

"줄 건 주고 타자만 상대하자. 저놈이 아무리 빨라도 타자만 잡으면 이번 이닝 끝이야. 감독님 부탁 들었지? 우리 욕심 부리지 말자."

"알겠습니다."

최황의 말대로 해밀턴은 뛸 듯 말 듯하면서 계속 이성동의 신경을 건드렸다.

만약 2루를 내주자는 최황의 말이 없었다면 투구 밸런스가 무너질 수 있을 만큼 해밀턴은 시야의 범위 내에서 움직이며 공을 던질 때마다 뛰는 시늉을 했다.

그러면서도 뛰지 않았다.

어떡하든 투수의 밸런스를 무너뜨려 타자로 하여금 유리한 승부를 하게 만들려는 수작이었다.

하지만 이성동은 아예 해밀턴을 없는 놈 취급하며 2번 타자 조 버드와의 승부에 집중했다.

계속 반복된 이야기지만 현재 미국의 국가대표는 최고의 에이스로 구성되어 있기 때문에 당연히 조 버드도 무서운 타자였다.

다이아몬드의 간판타자이며 강한 팔을 가지고 있어 3년 내리 우익수 부문에서 골든글러브를 수상한 선수이다.

조 버드는 껌을 질겅질겅 씹으며 타석으로 들어섰는데 3구까지 배트를 휘두르지 않고 먹이를 노리는 하이에나처럼 끈질기게 기다리는 중이다.

도대체 무슨 생각을 하는지 알 수 없을 정도로 무심하게 가라앉은 그의 눈은 오히려 눈을 부릅뜬 것보다 더욱 살벌했다.

1스트라이크 2볼.

정말 완벽한 배팅 찬스다.

4구가 이번 승부에서 얼마나 중요한지는 조 버드도 알고 이성동도 잘 알고 있다.

팽팽한 긴장감.

해밀턴의 리드 폭이 점점 커져도 이성동은 이를 악물고 오직 조 버드의 오른쪽 무릎에 시선을 고정시킨 채 있는 힘껏 공을 던졌다.

왼손 타자인 조 버드의 배트가 기다렸다는 듯 빠져나와 공을 향해 움직였다.

그는 마치 장작 패듯 배트를 휘둘렀는데 공이 생각보다 조금 낮았기 때문인 것 같았다.

따악!

외야를 향해 새까맣게 떠오른 공이 떨어지지 않을 것처럼 뻗어 나갔다.

깊숙이 수비를 하던 중견수 이경우가 전력을 향해 뒤로 뛰어갈 만큼 커다란 타구였다.

공이 뻗어 나가는 순간 5만여 관중이 모두 자리에 일어서며 함성을 터뜨렸다.

누가 봐도 홈런으로 보이는 장쾌한 타구였다.

하지만 공은 뒤로 미친 듯이 달려간 이경우가 펜스 앞에서 감각적으로 내민 글러브 속을 향해 거짓말처럼 빨려들어 갔다.

대단한 호수비.

좌우측으로 방향을 잡았다면 충분히 홈런이 되었을 만큼 커다란 타구였으나 펜스 길이가 가장 긴 중앙으로 향했고, 약간 깎아 맞으며 비거리에서 손해를 봤기 때문에 벌어진 현상이었다.

벌떡 일어섰던 미국 응원단과 일본 관중들이 아쉬움이 가득 찬 탄식을 터뜨리며 자리에 앉자 이번에는 조마조마하게 지켜보던 대한민국 응원단이 벌 떼처럼 자리에서 일어나 함성을 내질렀다.

이경우를 연호하는 그들의 목소리는 악에 받쳐 있었다.

또다시 벗어난 위기.

약속한 3회를 마친 이성동이 허리를 숙인 채 한동안 움직이지 못했다.

그는 단 3회 동안 얼마나 전력을 기울였는지 얼굴이 온통 땀으로 범벅이었다.

7번 타자로 나온 윤태균이 래리 버드의 실투를 놓치지 않고 중견수 앞 안타를 만들어냈으나 후속 타자들의 불발로 인해 대한민국의 3회 말 공격은 무득점으로 끝나고 말았다.

가슴을 두들길 만큼 아쉬웠지만 무사에 주자를 내보낸 래리 버드는 마치 작정이나 한 것처럼 무섭게 빠른 패스트볼과 포크볼을 내세워 후속 타자들을 무력하게 돌려세웠다.

공격이 끝나고 4회 들어 이성동을 대신해서 대한민국의 두 번째 투수로 나온 것은 백강현이었다.

이성동과 함께 최근 7년 동안 대한민국의 야구계를 이끌어 온 에이스 중의 에이스이다.

그가 해외 진출을 하지 않고 국내 프로야구계에 남은 것은 병상에 누워 있는 아내 때문이지 실력이 모자라서가 아니었다.

그의 아내는 결혼한 후 불과 3년 만에 백혈병으로 병원에 입원해서 투병 생활을 하고 있었는데 백강현은 시합이 끝나면 언제나 병원으로 달려가 그녀를 간호하곤 했다.

아내를 지극한 정성으로 간호하는 백강현의 모습에 대한민국의 모든 여성들은 아낌없는 성원을 보냈었다.

한 여자를 위해 끝없이 노력하는 그의 모습을 보며 여자들은 오히려 투병 생활을 하는 그의 아내를 부러워하기까지 했다.

누군가에게 한없는 사랑을 받는다는 것은 여자들의 로망인 모양이다.

어쨌든 그런 이유로 국내에 남은 백강현은 작년 시즌 이글스에게 한국시리즈에서 패배하기 전까지 라이온즈를 5년 연속 우승의 금자탑에 올려놓은 넘사벽의 에이스였다.

150㎞/h에 육박하는 컷 패스트볼과 파워커브는 그의 전매특허였는데 특히 파워커브의 속도는 135㎞/h까지 나왔기 때문에 처음 대하는 타자들은 속수무책으로 당할 수밖에 없었다.

백강현은 마운드에 서서 타석으로 들어서는 게리 로즈를 지켜보았다.

1회에 이성동으로부터 2루타를 빼어낸 강타자이다.

마운드에서 죽겠다는 심정은 이성동만 가진 것이 아니었다.

그 역시 무슨 수를 쓰든 점수를 주지 않겠다는 각오를 다지며 마운드에 올라섰다.

하지만 적의 클린업트리오와 맞선다는 것은 부담이 될 수밖에 없는 일이다.

백강현은 천천히 최황의 사인을 확인하고 초구를 장기인 파워커브로 결정했다.

야구의 속설 중 바뀐 투수의 초구를 노리라는 말이 있다.

그 말은 구원으로 나온 투수가 대부분 볼카운트를 유리하게 가져가기 위해 직구를 던지는 경우가 많기 때문에 생겨난 것이다.

신인이라면 모를까, 산전수전 다 겪은 최고의 포수 최황이 그런 기본적인 것을 그냥 넘어갈 리 없었다.

그런데 웃기게도 게리 로즈는 그런 속설을 철석같이 믿고 있기 때문인지 초구부터 적극적으로 배트가 따라 나왔다.

파워커브는 각도가 낮은 반면 홈 플레이트에서의 변화가 크다는 장점이 있기 때문에 자칫 직구에 타이밍을 맞췄을 경우라면 정확하게 맞추기가 무척 어려운 구질이다.

더군다나 게리 로즈처럼 홈런을 의식하고 작정한 상태에서 휘두른 스윙은 더욱 그럴 수밖에 없다.

배트 하단에 맞은 공이 비실거리며 굴러오자 백강현이 침착하게 글러브를 가져다 댔다.

게리 로즈는 백강현의 글러브에 공이 들어가는 걸 보고 열 발자국 정도 뛰다가 멈춘 후 더 이상 뛰지 않고 더그아웃으로 들어가 버렸다.

첫 타자를 손쉽게 처리하자 바짝 긴장되었던 마음에 조금의 여유가 생겼다.

다음 타자가 톰슨이란 사실이 여전히 부담으로 다가왔지만 백강현은 공을 돌려 손가락을 푼 후 투구 발판을 문질렀다.

이성우 감독은 어젯밤 그에게 이성동을 구원하라고 말하며 5회까지만 책임지라는 부탁을 해왔다.

5회라면 단 2이닝을 던지란 뜻이다.

메이저리그에서 뛰어난 활약을 하고 있는 스타들이 총출동했으나 단 2이닝이라면 충분히 해볼 만하다고 생각했다.

그러나 그런 생각은 3구째 던진 패스트볼이 정면으로 몰리며 톰슨의 강력한 배팅에 휘말려 좌측 스탠드 상단에 떨어지는 대형 홈런으로 이어지자 단숨에 사리지고 말았다.

전력을 다한다는 생각으로 1구마다 정성을 기울였는데 힘이 과하게 들어갔는지 코너워크가 흔들리고 말았다.

미국 측 응원단과 도쿄돔을 가득 채운 일본 관중들이 동시에 일어나 환호를 보내는 것이 보였다.

톰슨은 마치 포식한 맹수처럼 어슬렁거리며 그라운드를 돌고 있었는데 손을 흔들어 열광하는 관중들의 성원에 인사하는 것을 잊지 않았다.

단 한 방으로 깨져 버린 균형.

솔로 홈런에 불과했지만 선취점을 뺏겼다는 건 엄청난 부담으로 다가올 수밖에 없다.

상대 팀의 투수들이 그만큼 무섭기 때문이다.

메이저리그를 호령하는 최강의 투수진을 상대로 점수를 빼낸다는 것은 결코 쉬운 일이 될 수 없었다.

그것을 증명하려는 듯 래리 버드는 3회까지 단 한 개의 안타를 내주며 대한민국 타자들을 압도하고 있다.

이런 와중에 선취점을 내줬으니 경기는 대한민국에게 절대적으로 불리한 쪽으로 흐르게 될 것이다.

백강현은 4번 타자 톰슨에게 홈런을 맞은 후 컨트롤이 흔들리며 다음 타자 제임스 하든을 볼넷으로 내보냈다.

연속되는 위기에서 6번 타자 데이비드의 2루 땅볼과 7번 타자 어빙의 1루 땅볼로 하든이 3루까지 진출했으나 8번 타자 고든이 우익수 플라이로 물러나면서 길고 긴 4회를 끝낼 수 있었다.

선취점을 빼앗기고 들어오는 선수들의 표정은 어두웠다.

강력한 투수력을 가지고 있는 미국팀을 상대로 선취점을 내줬다는 것은 분명 기분 나쁜 일일 수밖에 없기 때문이다.

그러나 운명의 여신은 대한민국에게 위기 후의 찬스를 만들어주었다.

메이저리그에서 7시즌을 활약한 추명훈이 선두 타자로 나와 래리 버드의 변화구를 받아쳐 좌중간을 완전히 뚫는 2루타를 만들어주었던 것이다.

무사 2루.

이성우 감독은 타석에 들어선 것이 천재 타자 최성일이었지만 미련 없이 번트를 대게 만들었다.

어떡하든 동점을 만들겠다는 강력한 의지였다.

최성일의 절묘한 번트로 추명훈이 3루까지 진출하자 대한민국의 더그아웃이 순식간에 활기를 띠었다.

이제 4번 타자로 나서는 최황이 깊은 외야 플라이만 날려줘도 동점을 만들 수 있기 때문이다.

최황은 배트의 중간을 왼손으로 붙잡고 타석을 골랐다.

이성우 감독이 최성일에게 번트를 지시한 것은 자신이 타점을 올려줄 거란 믿음을 가졌기 때문이다.

다음 타자이자 대한민국 프로야구계의 살아 있는 전설인 이청화는 이번 대회 기간 내내 부진을 면치 못하고 있었기 때문에 자신이 삼진을 당하거나 내야 땅볼을 치게 된다면 이 찬스는 무산이 될 가능성이 컸다.

그랬기에 최황은 래리 버드를 바라보면서 입안에 고인 침을 삼켰다.

마운드에 서 있는 래리 버드는 정말 대단한 투수였다.

어떤 구질을 던지든 전혀 투구 폼에 변화가 없었고 던지는 구질마다 너무나 까다로워 맞추는 것조차 힘들 지경이다.

자신도 모르게 흘러나온 헛기침을 뱉어내고 최황은 배트에 담겨 있는 힘을 최대한 뺐다.

운동을 해본 사람은 알겠지만 어깨나 팔, 다리에 힘이 들어가면 절대 공을 멀리 보낼 수 없다.

그것은 축구든 농구든 야구든 골프든 절대 변하지 않는 물리학적 원칙이다.

어떡하든 공을 맞춰서 외야로 보내기 위해서는 최대한 힘을 빼고 하나의 구질을 선택해야 한다.

최황이 선택한 것은 변화가 심한 포크볼이나 슬라이더가 아니라 직구였다.

바깥쪽 스트라이크존을 완벽하게 파고든 슬라이더를 그냥 보냈고, 몸 쪽 낮게 들어온 포크볼에도 배트를 내보내지 않았다.

1스트라이크 1볼.

왠지 머릿속에서 이번에는 패스트볼이 들어올 거라는 경고음이 번쩍거렸다.

평소보다 배트를 3㎝ 정도 짧게 잡았다.

지금까지 야구 인생을 살아오면서 배트의 끝단을 놓쳐 본 적이 없는데 이번만큼은 조금이라도 배팅 스피드를 올리고 싶었다.

래리 버드의 손을 떠난 공이 마치 화살처럼 날아오는 것을 확인한 최황의 배트가 무서운 속도로 빠져나갔다.

맞는 순간의 그 감촉을 잊을 수가 없을 것이다.

배트를 짧게 잡아서 걱정은 되었지만 이 정도의 감촉이라면 깊숙한 외야 플라이는 문제가 없을 것 같았다.

"와아! 와아!"

쭉쭉 뻗어가는 공을 한없이 바라보면서 주춤주춤 1루를 향해 게걸음을 했다.

이제 되었다.

좌익수가 미친 듯 뒤쪽으로 달려가는 걸 보면서 최황은 배트를 내던진 후 두 손을 번쩍 들고 1루로 뛰었다.

그러고는 펄쩍펄쩍 뛰면서 그라운드를 돌았다.

공을 좇아 달리던 좌익수 게리 로즈가 허탈한 듯 멈춰 섰는데 공은 펜스를 훌쩍 넘어 일본 관중들이 몰려 있는 곳으로 떨어졌다.

선취점을 뺏겨 잠시 주춤하던 대한민국의 응원단이 벌 떼처럼 모두 일어났고, 조마조마한 심정으로 최황의 타격을 지켜보던 이성우 감독과 선수들이 모두 만세를 불렀다.

순식간에 전세를 역전시키는 최황의 투런포가 터지는 순간 텔레비전을 지켜보던 대한민국의 국민들 역시 모두 공중으로 뛰어오르며 똑같이 만세를 불렀다.

5회에 전세를 역전시킨 대한민국은 여전히 백강현을 마운드에 올렸다.

4회에 한 개의 홈런과 볼넷을 내주며 흔들렸던 백강현은 5회에 들어서서도 1아웃 상태에서 1번 타자 해밀턴에게 중전 안타를 허용했다.

발 빠른 해밀턴이 루상에 나갔다는 것은 그만큼 실점 위기가 높다는 뜻이다.

1아웃 상태에서는 뛸 가능성이 적지만 만약 후속 타자가 내야를 벗어나지 못하는 범타를 치거나 삼진을 당한다면 해밀턴은 2루를 훔칠 가능성이 컸다.

김남구 코치가 타임을 걸고 천천히 그라운드에 올라온 것은 백강현이 한숨을 내쉬며 여유 있게 1루에서 껌을 씹고 있는 해밀턴을 바라볼 때였다.

2이닝.

아직 이성우 감독이 부탁한 2이닝을 채우지 못했는데 수석 코치가 그를 향해 서서히 걸어오고 있다.

불안했다. 그리고 미안했다.

여기서 강판당한다면 아주 오랫동안 그는 마음속에 커다란 상처를 입을 것만 같았다.

간절한 눈으로 김남구 코치를 바라봤지만 그의 손은 냉정하게 앞으로 내밀어졌다.

천천히 고개를 떨어뜨리며 공을 건넨 후 마운드를 내려가는 백강현의 어깨가 더없이 무겁게 보였다.

백강현에 이어 마운드에 오른 것은 좌완 정민한이었다.

타이거즈의 에이스로 평균 15승을 올릴 정도로 강력한 왼손 투수였기 때문에 지켜보던 전문가들조차도 조 버드를 상대하기 위한 원 포인트 릴리프인지 아니면 롱 릴리프로 나온 건지 헛갈릴 정도였다.

하지만 그 결과는 금방 나왔다.

이성우 감독은 정민한이 조 버드를 우익수 플라이로 아웃시키자 즉시 투수를 교체했다.

세 번째 투수로 등판한 것은 전혀 예상하지 못한 사이드암 스로우의 최문용이었다.

그는 작년 시즌 히어로즈에서 5승을 올렸으나 잦은 부상으로 1군과 2군을 오르내리며 제대로 활약을 하지 못한 선수였기 때문에 이성우 감독이 그를 대표팀에 발탁했을 때 엄청난 구설수에 오른 투수였다.

이성우 감독과 같은 고등학교를 나온 것이 빌미가 되어 연줄 발탁이라는 오명을 뒤집어썼던 것이다.

하지만 이성우 감독은 그런 낭설을 단숨에 일축시키고 그를 대표팀에 승선시킨 후 예선전을 치르며 두 번이나 릴리프로 출전시켰는데 그는 3이닝을 던지며 단 한 개의 안타만 허용했다.

최문용의 특기는 특이한 폼에서 흘러나오는 무차별적인 변화구였다.

정통파 투수들이 던지는 변화구와는 다르게 그의 변화구는 천지사방으로 움직였는데 홈 플레이트에서 마치 살아서 움직이는 것처럼 느껴질 정도였다.

최강 미국과의 전쟁.

거기서 최문용은 전혀 기대하지 않은 호투를 펼치며 오늘 2루타를 때려낸 게리 로즈를 삼진으로 잡아낸 후 6회에도 마운드에 올라 톰슨과 제임스 하든을 범타로 처리했다.

대한민국 벤치에서 다시 투수를 바꾼 것은 최문용이 2아웃 상태에서 6번 타자인 데이비드에게 좌중월 2루타를 얻어맞았을 때다.

이번에 나온 것은 최문용과 정반대 스타일의 좌완 정통파로 빠른 직구를 주 무기로 하는 자이언츠 소속의 이상엽이었다.

그는 150㎞/h 초반대의 빠른 패스트볼을 던졌는데 코너워크가 일품이었기 때문에 자이언츠의 마무리 투수로 활약하면서 작년 36세이브를 기록했다.

전혀 다른 투구를 펼치는 투수들의 조합.

눈에 익을 만하면 바꾸는 대한민국 벤치의 작전 때문에 미국팀은 또다시 주자를 2루에 놓은 채 공격을 멈추고 말았다.

벌떼작전은 8회까지 멈추지 않았다.

대한민국은 5회에 점수를 역전시킨 후 단 3안타의 빈공에 허덕였지만 미국은 선취점을 얻은 이후에도 8회까지 6안타와 두 개의 볼넷을 얻어내고도 점수를 뽑아내지 못했다.

안타를 얻어맞을 때마다 투수를 교체하는 이성우 감독의 교묘한 벌떼작전을 미국은 깨뜨리지 못한 것이다.

무려 열 명의 투수 교체.

이성우 감독은 8회가 끝난 지금까지 이강찬과 오석환을 제외한 모든 투수를 총출동시키며 미국의 강타선을 힘겹게 막아냈다.

게임 스코어 2 대 1.

이제 미국팀의 공격은 9회만 남았을 뿐인데 그때 이성우 감독은 마지막까지 아껴오던 라이온즈의 수호신 오석환을 마운드에 올렸다.

미국팀은 대한민국 투수가 바뀔 때마다 불만을 터뜨렸고 미국을 응원하는 관중들은 늑대 같은 야유를 퍼부었으나 이성우 감독은 눈 하나 깜짝하지 않았다.

오석환.

일명 돌직구를 던지며 타자를 압도하는 언터처블의 투수이다.

일본에서도 3시즌을 활약하면서 127세이브를 기록할 정도로 압도적인 구질을 가지고 있는데 그가 블론세이브를 기록한 것은 8시즌 동안 단 11개에 불과했다.

오석환은 미국팀을 전혀 두려워하지 않는 것 같았다.

워낙 해외 경험이 많고 국가대표로 뛰면서 커리어가 쌓였기 때문인지 미국팀의 하위 타선을 상대로 무차별적인 폭격을 가했다.

어빙을 5구 헛스윙으로 잡아낸 그는 8번 타자 고든마저 유격수 땅볼로 잡아낸 후 여유 있게 로진백을 들어 올렸다.

이제 남은 아웃 카운트는 오직 하나.

타석에는 미국팀에서 가장 타격이 약하다는 플럼리가 들어서고 있었다.

"강찬아, 오줌 누러 갈까!"

"너 정말 죽는다. 좀 조용히 해. 잘못하면 맞아 죽어, 인마!"

임관이 엉거주춤한 자세로 서 있다가 선배들의 눈치를 본 강찬이 잡아당기는 바람에 벽 쪽으로 머리를 기댔다.

주변에는 기라성 같은 대한민국 국가대표 선수들이 오석환과 플럼리의 대결을 지켜보고 있는 중이다.

일 구 일 구에 대한민국의 응원단은 오석환을 연호하며 경기를 끝내주길 간절히 바라고 있었는데 그것은 국내에서 중계방송을 지켜보는 국민들도 모두 마찬가지 심정일 게 분명했다.

"아이고, 조금 빠졌는가 보다."

심판이 옆으로 고개를 돌리며 볼을 선언하자 임관의 입에서 안타깝다는 탄성이 터졌다.

1스트라이크 2볼.

마음 같아서는 정중앙에다 강력한 패스트볼을 팡팡 찔러 넣고 끝내줬으면 좋겠지만 오석환은 끝까지 신중함을 잃지 않고 있었다.

"오 선배님 정말 대단해. 불과 공 반 개가 빠졌어. 더군다나 바깥쪽 낮은 공이었기 때문에 건드리면 무조건 파울이었을 거다."

"그 새끼, 대충 건드려 주고 빨리 끝내줬으면 좋겠구먼. 오줌도 마렵고 환장하겠네."

"긴장되긴 하네. 이번에는 승부할 것 같은데. 더 밀리면 위험해져."

"그렇겠지."

강찬이 예상하자 임관이 즉시 맞장구를 쳐 왔다.

둘이 그라운드에 있었어도 이번에는 승부를 걸 수밖에 없었을 것이다.

하지만 야구는 변수의 연속이었고 두뇌 싸움이 끝없이 이루어지는 경기이다.

반드시 스트라이크가 들어올 거란 고정관념을 갖는 순간 허를 찔릴 가능성이 컸다.

"어, 어, 어……."

딱!

대화를 마치고 기다리는 순간 오석환이 던진 공을 플럼리가 받아치자 두 사람이 입에서 동시에 혀 짧은 비명 소리가 흘러나왔다.

하지만 공중으로 솟구친 공이 뻗지를 못하고 좌익수 추명훈이 달려 나오며 두 손을 치켜들자 언제 비명을 질렀냐는 듯 급하게 옆에 있던 물병을 주워 들었다.

그런 후 미친놈들처럼 그라운드를 향해 달려 나갔다.

추명훈은 공을 관중 쪽으로 던진 후 오석환을 향해 뛰어오고 있었는데 그런 그를 중견수 이경우가 달려가 덥석 안고 춤을 추었다.

이성우 감독의 벌떼전술이 통하며 미국을 꺾고 대한민국이 결승에 진출하는 감격적인 순간이었다.

제4장
폭풍 전야

“아이고, 씨발! 이거 정말 난리 났다.”

거함 미국을 꺾었다는 승리의 기쁨에 도취해서 펄쩍펄쩍 뛰어다니던 김혁이 핸드폰을 확인하고는 얼굴이 하얗게 변했다.

액정에는 일본이 쿠바를 4 대 3으로 꺾고 결승에 올랐다는 속보가 미친 듯 올라오고 있었기 때문이다.

도쿄돔이 수많은 일본 관중의 벼락같은 함성에 파묻힌 것은 전광판에 일본의 승리 소식이 전해졌을 때다.

대한민국의 응원단도, 일본 관중도 자국의 승리를 기뻐하며 날뛰었기 때문에 그동안 일본을 등에 업고 열심히 응원하던 미국인들만 침통한 표정을 지은 채 허탈한 모습으로 자리를 떠났다.

김혁이 허둥거리는 건 꿈에서조차 바라던 빅 매치가 성사되었기 때문이다.

이건 정말 금세기 최대의 빅 매치라 봐도 충분한 대형 사건이 터진 것이다.

더운 콧김을 내뿜으며 홍재진이 달려온 것은 김혁이 부지런히 기자석을 빠져나가려 할 때였다.

"형님, 어디 가세요?"

"여기서 이러고 있을 때가 아니잖아."

"어쩌려고요?"

"큰 판이 벌어졌으니 특종을 잡아내야지."

"어떤?"

"너희 회사는 좋은 회사인 모양이다. 우리 국장은 빨리 특종 잡아내라면서 협박하는 메시지를 보냈던데."

"형님도 이제 보니 걱정을 너무 하시는군요."

"무슨 뜻이냐?"

"꿈속에서도 원하던 대형 판이 깔렸는데 특종 걱정을 한단 말입니까? 지금부터는 무슨 보도를 해도 전부 특종이란 말입니다."

"그래서 넌 안 된다는 거다. 넌 특종의 뜻이 뭔지 알기나 해?"

"형님!"

"이놈아, 특종이란 다른 놈들이 전부 건드리면 특종이란 말을 붙일 수 없는 거야. 이런 판에서도 홀로 우뚝 서는 것이야말로 진짜 능력 있는 것이지. 네 말대로 대형 판이 깔렸다. 이런 대형 판에서 잭팟을 터뜨린다면 그 여파는 상상도 하지 못하게 된다."

"…형님은 도대체 뭘 생각하고 계신 겁니까?"

"태풍의 눈을 찾아야겠지."

"그게 누굽니까?"

"이강찬, 그리고 사사끼, 이성우 감독과 일본팀을 맡고 있는 하라 감독."

"그 사람들을 단독으로 인터뷰하자는 말이군요?"

"재진아."

"말씀하십시오."

"지금 내가 말한 사람들은 앞으로 벌어질 결승전에서 가장 중요한 태풍의 눈이다. 하지만 지금은 그 사람들보다 더 중요한 사람들을 만나야 한다."

"더 중요한 사람들? 그들보다 대체 누가 더 중요하단 말입니까?"

김혁의 대답에 홍재진이 눈을 치켜떴다.

아무리 생각해도 방금 말한 네 사람보다 더 중요한 사람은 떠오르지 않았기 때문이다.

하지만 김혁의 얼굴은 차갑게 가라앉아 있을 뿐이다.

"너희 신문사에 미우라 총재와 선이 닿는 사람이 있다고 했지?"

"그런데요?"

"이충호 회장은 우리가 맡겠다. 그러니까 너희 쪽에서는 미우라 총재를 맡아라."

"좀 설명을 해주고 스트레이트를 날리든 훅을 때리든 하세요. 뭘 알아들어야 오케이 사인을 내죠."

"대한 야구 협회의 이충호 회장과 일본 야구 협회의 미우라 총재는 태풍의 눈이 아니라 태풍 그 자체를 만들어낼 수 있는 사람들이다. 그 두 사람만 잘 엮는다면 너와 나는 엄청난 특종을 때릴 수 있다."

"더 자세히……."

"바보 같은 놈아, 일본과 우리나라의 관계를 생각해 보란 말이다. 지금 우리나라와 일본은 독도 문제 때문에 야구가 아니라도 터지기 일보 직전까지 와 있는 상태다. 그래선지 미우라 총재와 이충호 회장은 서로 한 치도 물러서지 않는단 말이다. 두 사람을 인터뷰하면 양쪽 나라 국민들이 전부 자리에서 벌떡 일어날 특종을 만들어낼 수 있다는 걸 모르겠어?"

"형님은… 정말 무서운 사람이군요."

"지랄, 그냥 감이 좋을 뿐이야."

"그렇다면 언제 합니까?"

"당장 내일 아침에라도 따야 된다. 다른 놈들은 전부 아까 말한 네 사람을 취재하기 위해 몰려다닐 때 뒤통수를 때리는 거야. 어때, 할 수 있겠어?"

"무슨 수를 쓰더라도 해야지요."

"좋아, 그럼 나는 오늘 저녁에 귀국해서 이충호 회장을 만나겠다."

"돌아오실 겁니까?"

"당연히 돌아와야지. 결승전은 3일 후니까 인터뷰만 끝내고 기사를 정리해서 터뜨린 후 바로 돌아올 거다."

"고맙습니다. 형님 덕분에 내가 먹고삽니다."

"엄청난 판이 열렸으니 한시도 긴장을 늦추면 안 된다. 일단 1탄으로 양국의 수장들을 맞불 놓게 만들고 다른 놈들이 허둥거릴 때 우린 2탄을 기획해야 돼."

"2탄이라니요?"

"그런 게 있어. 그건 내가 물밑 작업을 할 테니까 넌 지켜만 봐. 기대해라. 지금은 말하기 곤란하지만 만약 2탄이 성공만 한다면 우린 WBC 때문에 엄청난 행운을 거머쥐게 될지도 모른다."

대한민국이 드림팀 미국을 제압하고 결승에 오르자 온 나라가 난리가 났다.

절대 이기지 못할 것이라 예상한 적을 극적으로 물리쳤을 때의 카타르시스는 상상을 초월할 정도의 쾌감을 주는 법이다.

각 방송국의 정규 뉴스가 온통 미국전의 소식을 전했고, 스포츠 채널은 계속해서 준결승전의 하이라이트를 방송했다.

'오늘의 프로야구' 팀 역시 초점을 WBC 결과에 놓고 방송하고 있었는데 국가대표팀이 파죽지세로 결승까지 진출하자 온 신경을 일본에 맞춰놓은 상태였다.

황주희는 오늘 경기 결과와 하이라이트가 끝난 후 양일석을 향해 시선을 고정시킨 채 질문을 시작했다. 그녀의 뒤에는 이성우 감독의 비장한 표정이 클로즈업되어 떠올라 있었다.

"양 위원님, 이성우 감독이 세계 야구 역사상 유례를 찾아보기 어려운 전략으로 미국이라는 거함을 깨뜨렸습니다. 투수 엔트리 열두 명 중 이강찬 선수를 뺀 나머지 투수를 전부 투입했는데요, 과거에도 이런 경우가 있었나요?"

"제가 부랴부랴 각종 데이터를 다 찾아봤지만 토너먼트로 진행된 국제 대회뿐만 아니라 프로야구 역사에도 찾아보기 어려운 일이었습니다. 아마 이성우 감독의 투수 교체 수는 세계신기록인 것 같습니다."

"어쨌든 미국의 강타선을 적절한 투수 교체를 통해 단 1점으로 틀어막았습니다. 이성우 감독의 용병술이 기가 막히게 들어맞은 거 아닌가요?"

"화면을 보면서 설명드리겠습니다. 보시는 것처럼 메이저리그에서 평균 13승을 올리며 퀄리티 스타트를 15회 이상 기록한 이성동 선수가 단 3회를 던지고 허리를 숙인 채 숨을 고르고 있습니다. 체력이 고갈될 정도로 전력을 다했다는 뜻입니다. 제가 들은 소식에 따르면 이성동 선수는 감독의 지시에 의해 3회까지만 던지는 것으로 되어 있었답니다. 아마도 이성동 선수는 3이닝을 막기 위해 온 힘을 다했던 것 같습니다. 다음 화면을 보시지요. 최황 선수의 홈런으로 경기를 뒤집은 후 백강현 선수가 해밀턴에게 안타를 맞고 오른손 강타자 조 버드가 타석에 들어왔을 때 정민한 선수가 마운드에 올라옵니다. 저는 이때 정민한 선수를 원 포인트 릴리프로 쓰리라고는 꿈에도 생각하지 못했습니다. 하지만 이성우 감독은 좌완에

약한 조 버드를 잡아내자 곧바로 한 치의 망설임도 없이 사이드암 스로우인 최문용 선수로 투수를 교체시켰습니다. 명예의 전당에 헌액되어 있을 정도로 뛰어난 투구의 전설적인 투수 월터 존슨이 있었지만 메이저리그에서 사이드암 스로우 투수는 굉장히 귀하기 때문에 이성우 감독은 최문용 선수를 기용한 것으로 보입니다. 약점을 찌른 것이지요. 실질적으로 최문용 선수는 무사히 2회를 막아내며 감독의 기대에 부응했습니다. 연속해서 다음 그림을 보시면…….”

양일석은 투수를 교체할 때마다 타자와 교체 투수의 상관관계에 대해서 면밀히 분석한 후 이성우 감독의 전략이 얼마나 훌륭했는지를 침을 튀겨가며 강조했다.

그의 말에 따르면 이성우 감독은 사전에 미국 타자들에 대한 철저한 조사 분석을 통해 가장 치기 어려운 투수 유형에 대해서 매치를 해놨을 거라며 그의 치밀함에 혀를 내둘렀다.

양일석의 길고 긴 분석이 끝나자 듣는 동안 감탄을 거듭하던 황주희의 입이 다시 열렸다.

“우리의 결승 상대로 일본이 결정되었습니다. 일본의 대표팀을 맡고 있는 하라 감독은 일본 언론과의 인터뷰에서 이성우 감독의 벌떼작전에 대해 평가 절하하는 발언을 해서 물의를 일으키고 있습니다. 잠시 들어보시죠.”

황주희의 말이 끝나자 이성우 감독의 얼굴을 클로즈업했던 화면이 바뀌며 수많은 기자들에 둘러싸여 있는 하라 감독의 모습이 보였다.

그는 결승에 진출한 홍분이 채 가시지 않았는지 얼굴이 붉은빛으로 물들어 있었고, 대한민국과의 결승전에 상당한 자신감을 보였는데 닛칸스포츠의 기자가 대한민국이 미국을 상대로 한 벌떼작전에 대해서 묻자 가소롭다는 듯 웃음을 흘렸다.

그의 발언 요지는 간단했다.

대한민국의 변칙 작전을 미국팀 감독이 제대로 대응하지 못했기 때문에 졌다는 것이다.

미국의 야구 스타일은 힘을 근본으로 하고 변칙 작전에 대응하는 능력이 떨어지기 때문에 이성우 감독의 벌떼작전이 통했지만 아시아의 맹주 일본의 야구에는 그런 변칙이 통하지 않을 것이란 게 그의 주장이었다.

화면에서 하라 감독의 모습이 사라지자 양일석을 향해 질문을 던지는 황주희의 표정이 신중해졌다.

야구계에 종사하다 보니 하라 감독이 무슨 말을 하고 있는지 대략적으로 감이 왔기 때문이다.

"양 위원님, 하라 감독은 대한민국과의 결승전에 상당한 자신감을 보이면서 일본팀에게는 준결승전에서 보여준 변칙 작전이 통하지 않을 거라고 말했습니다. 양 위원님의 의견은 어떻습니까?"

"인정하고 싶지 않지만 상당히 일리가 있는 말입니다. 메이저리그로 상징되는 미국 야구는 힘에 의존하는 경향이 많기 때문에 작전의 의미가 상당히 퇴색되어 있죠. 일례로 희생번트 작전이나 히트앤드런 작전 등은 메이저리그에서 점점 사라지고 있는 추세입니다. 그렇기 때문에 미국팀 감독은 가장 훌륭한 엔트리로 정면승부를 한 겁니다. 만약 상대가 작전 능력이 우수한 하라 감독이었다면 결과는 확연히 달라졌을 것입니다. 이성우 감독의 벌떼작전에 대응해서 그는 대타 작전으로 맞섰을 테니까요."

"최상의 패를 꺼내서 맞불 작전을 놨을 거란 거군요."

"그렇습니다."

"그나저나 하라 감독은 결승전에서 낙관에 가까운 자신감을 나타내고 있습니다. 양 위원님이 보시기에는 어떤가요? 하라 감독의 말대로 우리나라가 상대가 안 될 정도로 불리한가요?"

"대한민국은 현재 7승 무패의 전승 가도를 달리고 있습니다. 지금 시점에서 일본이 아니라 어떤 나라도 대한민국을 우습게 볼 수 없다는 뜻입니다. 이성우 감독의 벌떼작전은 오직 미국을 타깃으로 했을 뿐 결승전에서는 이강찬 선수를 앞세워 정면승부를 벌일 것입니다. 그리되면 대한민국 야구는 누구와 붙어도 해볼 만한 진용을 갖추게 됩니다. 분명 우리나라 국가대표팀은 결승전에서도 무서운 집념으로 일본팀을 압도할 것이라 믿습니다."

*　　*　　*

예상한 대로 일본 야구 협회 미우라 총재는 인터뷰에서 이틀 후에 벌어질 결승전을 언급하며 대한민국이 상대조차 되지 않을 것이라는 주장을 펼쳤다.

야구의 역사가 다르고 수준이 다르다는 게 그의 일관된 주장이었다.

하지만 연줄을 동원해서 미우라와의 단독 인터뷰에 성공한 미래스포츠의 홍재진은 집요하게 질문 공세를 퍼부어 그를 흥분하게 만드는 데 성공했다.

그의 질문 내용은 미우라를 교묘하게 자극하는 것이었는데 최근에 벌어진 역대 전적을 언급하며 수차례에 걸쳐 일본을 꺾은 전력을 주지시켰다.

더군다나 결승전에는 이강찬이 선발로 출전하기 때문에 결코 만만치 않을 것이라며 미우라의 주장에 반격을 가했다.

대한민국을 상징하는 언터처블 이강찬의 작년 시즌 기록을 언급한 후 선발 전원이 메이저리그 스타들로 구성된 푸에르토리코를 단 2안타로 틀어막은 것을 상기시켜 일본 타자들 역시 쉽지 않을 거란 쪽으로 이야기를 끌어나갔다.

그러자 기어코 다혈질인 미우라의 입에서 특종거리가 쏟아져 나왔다.

일본이 결승전에서 대한민국에게 진다면 총재 자리를 내놓고 깨끗이 물러나겠다는 것이다. 속으로 만세라도 부르고 싶었지만 홍재진은 이를 악물고 그의 이야기를 끝까지 들은 후 인터뷰를 마쳤다.

씩씩거리며 떠나는 그의 뒷모습이 멧돼지를 닮았으나 홍재진은 그 모습이 너무나 예뻐 달려가 안아주고 싶을 정도였다.

다음 날 아침.

김혁의 스포츠내일과 홍재진의 미래스포츠는 일면 전체를

양국 야구 수장들의 인터뷰 내용으로 도배하는 특종을 터뜨렸다.

단순한 인터뷰 내용이었다면 양국 국민이 이렇게 흥분하며 열광하지는 않았을 것이고 특종이라 부르지도 못했을 것이다.

하지만 이충호 회장과 미우라 총재는 마치 약속이나 한 것처럼 결승전의 결과에 따라 수장 자리를 내놓겠다고 공언했다.

그들의 의지는 단호하고 무서웠다.

절대 지지 않는다.

만약 진다면 목숨이라도 내놓겠다는 의지를 언론에 공공연하게 터뜨리며 그들은 필승의 각오를 다졌다.

수장들의 공언으로 인해 양국 국민의 분위기는 용광로처럼 뜨겁게 달아올랐다.

그들은 마치 전쟁을 앞둔 전사들처럼 한 치도 물러서지 않으며 승리의 의지를 다졌는데 지켜보기 무서울 정도로 격앙되어 갔다

* * *

강찬은 최민영의 전화를 받고 반가운 마음으로 호텔 로비를 향해 내려갔다.

계약 문제 때문에 자신을 압박하는 구단에 맞서 단독 파업까지 할 정도의 강단을 보인 그녀는 WBC 대회 때문에 거의

두 달 동안 얼굴을 볼 수 없었는데 갑자기 찾아오자 반가운 마음을 숨길 수 없었다.

여자로서가 아니라 자신을 늘 생각해 주고 응원해 주는 사람에게 나타내는 인간으로서의 호의였다.

하늘색 투피스를 입은 최민영은 옷이 너무도 잘 어울려 마치 영화배우를 보는 것 같았다.

그녀는 여전히 아름답고 우아해서 호텔 로비에 있는 많은 사람들의 이목을 한 몸에 집중시켰다.

"민영 씨, 어쩐 일이에요?"

"보고 싶어서 왔죠."

"하하, 또 총각 가슴 뛰게 만드는군요. 구단 일 때문에 온 건가요?"

"결승전이 끝나면 바로 리그가 시작되잖아요. 그래서 감독님을 찾아뵙고 상의할 일이 있어서 겸사겸사 왔어요. 물론 강찬 씨 보고 싶어 온 것도 사실이구요."

여전히 의미가 잔뜩 담긴 시선으로 똑바로 부딪쳐 오는 그녀에게서 눈을 돌리며 강찬은 쓴웃음을 지었다.

그녀는 언제나 자신의 감정을 숨기는 법이 없는데 너무나 솔직하기 때문인지 오히려 부담이 덜했다.

"감독님은 보셨어요?"

"내일 오전에 만나기로 했어요. 오늘 저녁은 선약이 있어서 시간 빼기가 곤란하다고 하네요."

"그랬군요."

"그래서 말인데요, 비록 대표팀에 보내서 잠시 떠나 있지만 선수들 관리하는 이글스의 실무팀장으로서 우리 식구들과 저녁을 같이하고 싶은데 괜찮을까요?"

"감독님이 허락하실지 모르겠네요."

"아까 허락받았어요. 밥만 먹고 들어오는 거라면 괜찮다고 했어요. 대신 지금 분위기가 좋지 않으니까 9시까지는 돌아오라고 하더군요."

"잘됐네요. 그럼 선배님들한테는 내가 연락하겠습니다. 아마 약속이 없으면 가실 겁니다. 윤태균 선배님이나 이태진 선배님 모두 민영 씨라면 껌벅 죽거든요."

"호호, 난 강찬 씨만 껌벅 죽으면 여한이 없는 여자예요."

"또 그러신다."

"그럼 30분 후에 여기서 봐요. 나는 잠시 볼일 좀 보고 올게요."

최민영이 되돌아가는 것을 보며 강찬은 몸을 돌렸다.

국가대표팀에 이글스 소속 선수는 자신을 포함해서 모두 네 명이다.

임관이야 자신과 같은 방을 쓰기 때문에 오늘 다른 일이 없다는 것을 알지만 윤태균과 이태진은 사정이 어떤지 알아봐야 했다.

급하게 숙소로 올라가 최민영의 제안을 이야기하자 윤태균은 오케이를 했지만 이태진은 몸이 아프다는 이유로 거절했다.

이태진은 어제부터 감기 기운이 돌더니 오늘은 꽤나 심해진 상태였다.

김혁이 양국의 야구 수장들에 이어 특종을 기획한 것은 바로 강찬에 관한 것이었다.

현재 초미의 관심을 받고 있는 국가대표팀은 기자들과 공식적인 기자회견을 제외하고는 인터뷰를 거의 하지 않았기 때문에 결승전 선발투수로 예상되는 이강찬을 만난다는 건 극히 어려운 일이었다.

그럼에도 그의 집념은 끈질겼다.

기자로서 살아남는다는 것은 끊임없이 특종을 잡아내야 가능하다는 게 그의 일관된 생각이었다.

이강찬을 단독으로 만난다는 건 쉬운 일이 아니었으나 호텔 주변을 맴돌며 포기하지 않고 기다리자 드디어 기회가 생겼다.

일이 되려는지 오늘 아침 평소에 가깝게 지내던 최민영이 공항에서 기다리는 무료함을 견디지 못하고 일본으로 날아온다는 소식을 전해왔는데 잘하면 이강찬과 저녁 식사를 같이 할 수도 있다고 말한 것이다.

천운이고 다시는 만들어낼 수 없는 기회였기에 최민영을 설득해서 저녁 식사 장소를 알아내려 했으나 그녀는 비밀이라며 입도 벙긋하지 않았다.

공과 사는 정확하게 구분했고, 친분이 있어도 자신은 기자였기 때문에 정보를 누출해서 이강찬이 피해 입을 수 있다는 사실을 극도로 경계했다.

그랬기에 오후부터 호텔에서 죽치고 기다려야 했다.

최민영이 호텔에 나타난 것은 오후 5시가 훌쩍 넘었을 때니까 두 시간이 넘도록 기다려야 했지만 그는 몸을 잔뜩 도사린 채 이강찬의 출현을 기다렸다.

알려주지 않는다고 포기한다는 건 기자로서 있을 수 없는 일이었다.

김혁이 강찬 일행을 따라 도착한 곳은 '이케부쿠로'라는 일식집이었다.

규카츠라고 우리나라의 돈가스처럼 생긴 고기를 팔았는데 도쿄에서 무척 유명한 맛집으로 소문난 곳이었다.

강찬 일행이 자리를 잡고 음식을 시키는 걸 보며 김혁은 부지런히 전화를 걸어 상대방에게 위치를 확인시킨 후 잔뜩 흥분한 표정으로 초조하게 누군가를 기다리기 시작했다.

강찬을 비롯해서 윤태균과 임관, 최민영은 연신 유쾌하게 웃으며 음식을 먹고 있었는데 전부 이글스 식구들이라 그런지 매우 화기애애한 분위기였다.

김혁이 그렇게 간절히 기다리던 사람이 나타난 것은 강찬 일행이 거의 식사를 마쳐 갈 때였다.

짙은 감색 재킷에 선글라스를 낀 사내의 뒤에는 두 명의 사내가 더 있었는데 사내들이 나타나자 사람들로 북적이던 메이지 거리가 순식간에 난리가 났다.

그들은 바로 현재 일본에서 가장 큰 인기를 끌고 있는 일본 국가대표야구팀의 주장 사사끼와 결승전 선발로 예상되는 히데토시, 그리고 수비의 귀재로 알려진 소프트뱅크의 유격수 이가라시였다.

사사끼 일행은 여기에 온 목적이 있는 듯 수많은 팬들을 제치고 곧장 이케부쿠로를 향해 들어섰는데 홍재진이 그들의 뒤에서 은밀하게 따르고 있었다.

김혁이 사진기를 빼어 들고 급하게 다가서자 사사끼를 따르던 홍재진이 오른손을 살짝 들어 브이 자를 그렸다.

그의 얼굴은 흥분으로 인해 붉게 물들어 있었다.

"고생했다."

"뭘요. 알려만 주니까 지들이 스스로 안달하며 달려옵디다."

"이렇게 일이 잘 풀리는 거 보니까 우리 조만간 떼부자 될 모양이다."

"흐흐, 분명히 그럴 겁니다."

홍재진의 웃음을 뒤로하고 김혁이 부지런히 움직여 사주를 경계했다.

아무리 뒤져 봐도 사사끼 일행을 보기 위해 몰려든 사람들 중에는 기자로 보이는 놈을 찾아볼 수 없었다.

이젠 되었다.

아무리 급하게 첩보를 접수하고 뛰어온다 해도 일본 기자들은 절대 강찬 일행과 사사끼 일행이 만나는 장면을 찍기 어려울 것이다.

사사끼 일행이 이케부쿠로 안에 들어온 것은 즐겁게 식사를 마친 강찬 일행이 자리를 정돈하며 일어서려 할 때였다.

그들이 들어서자 식사를 하던 모든 일본인이 동시에 자리에서 벌떡 일어났다.

슈퍼스타 사사끼의 출현은 그들 모두를 멘붕 상태에 빠뜨렸는지 밥을 먹고 있었다는 것을 잊어버리게 만들었다.

하지만 사사끼의 걸음은 그들을 의식하지 않고 곧바로 강찬 일행이 앉아 있는 탁자를 향해 다가왔다.

다가오는 사사끼를 바라보는 강찬의 얼굴이 슬며시 일그러졌다.

직접 본 적은 없으나 다가오는 자는 메이저리그에서 3년 연속 수위 타자를 차지하고 있는 슈퍼스타 사사끼였고, 그 뒤에 있는 놈은 2년 전 레드삭스에 입단해서 연속 16승을 따내며 괴물투수로 불리는 히데토시가 분명했다.

히데토시의 최고 구속은 160㎞/h라고 알려져 있다.

텔레비전에서나 보던 놈들을 직접 본다는 건 분명 놀라운 일이었으나 그렇다고 해서 강찬은 표정을 변화시키지 않았다.

놈들이 왔다는 건 자신에게 볼일이 있다는 뜻이고, 지금과 같은 상황에서 위축된 모습을 보여주는 건 죽기보다 싫은 일이다.

처음부터 예의를 차릴 생각이 없는 모양이었는지 사사끼는 탁자까지 다가와 불쑥 입을 열었는데 일본말로 했기 때문에 무슨 소린지 알아듣지 못한 강찬은 멀뚱한 표정으로 지켜볼 수밖에 없었다.

그때 최민영이 나섰다.

최민영은 5개 국어를 구사하는 재원이었기 때문에 일본어에도 능통했다.

"누가 이강찬이냐고 묻는데요."

"먼저 소개하라고 그러세요. 그게 예의라고 전해주십시오."

강찬이 뻗대자 최민영의 표정이 묘하게 변했다.

분명 표정이 변하는 걸 보면서 상대가 누군지 안다는 걸 눈치챘는데 강찬은 사사끼를 향해 똑바로 시선을 던진 채 당당히 맞서고 있었다.

시시때때로 수많은 장소와 수많은 시간 속에서 매력을 느끼던 남자이지만 이럴 때마다 심장이 미친 듯이 뛰는 것을 말릴 수가 없다.

슈퍼스타의 앞에서도 한 치도 물러서지 않는 당당함은 그녀의 가슴을 설레게 만들기에 충분했다.

강찬의 말을 최민영이 전하자 사사끼의 얼굴에 일그러진 웃음이 피어났다.

그 웃음에는 강찬의 수작이 가소롭다는 의미가 담겨 있었다.

"네가 내일 선발로 나온다는 소릴 들었다."

"그래서?"

"조선에서 모레 열리는 결승전을 가지고 말이 많은 모양인데 나는 너에게 제안을 하나 하려고 일부러 여기까지 왔다."

"무슨 제안 말이냐?"

"지는 팀이 이기는 팀에게 무릎을 꿇는 것이다. 세계의 모든 사람이 볼 수 있도록 말이다. 어떤가?"

"미친 소리를 하는군."

"겁나는 모양이군. 자신 없으면 안 해도 된다. 내가 여기 온 것은 너희가 얼마나 하찮은 존재인지 알려주기 위해서였을 뿐이니까."

"네 제안을 받아들이지 못하는 건 내가 그만한 위치에 있지 않기 때문이다. 나는 우리 팀 선배님들의 허락 없이 그런 내기에 응할 수 없다. 하지만 너와 나 단둘의 내기라면 하겠다."

"정말이냐?"

"그렇다."

"좋군, 좋아. 조선 놈들은 모두 겁쟁이만 있는 줄 알았더니 무모한 놈도 있구나. 두려움 때문에 숨는 놈보다 무모한 만용을 부리는 놈이 더 멋있게 보이기는 하지. 하지만 너는 그 만용으로 평생 씻을 수 없는 치욕을 느끼게 될 것이다."

"진짜 강한 자는 큰소리치지 않는 법이다. 시합에서 너에게 그것을 보여주마."

"새끼, 무사 흉내를 내고 싶은 모양이구나. 하지만 너에게는 어울리지 않는다. 조선 놈들에게는 언제나 비굴한 모습이 어울린다. 여러분!"

강찬의 대답에 이를 지그시 깨문 사사끼가 식사를 하던 일본인들과 가게 바깥에서 추이를 지켜보는 사람들을 향해 소리쳤다.

그런 후 큰 목소리로 강찬과 자신의 내기에 대해서 떠들었다.

사사끼는 강찬이 다른 말을 하지 못하도록 수많은 사람이 보는 앞에서 마치 도장을 찍듯 소리쳤는데 얼굴에는 반드시 무릎을 꿇게 만들겠다는 의지가 활활 타오르고 있었다.

김혁과 홍재진은 사진을 여러 각도로 찍은 후 미친 듯 프레스센터로 달렸다.

사사끼가 대한민국 야구를 극도로 우습게 여긴다는 사실을 미리 알았고 결승전 선발인 이강찬에 대해서도 도발적인 언사를 숨기지 않는다는 걸 알았기에 강찬의 위치를 슬쩍 흘린 것이 이런 결과를 이끌어냈다.

사실 특종을 꿈꾸면서도 긴가민가했고, 과연 될 수 있을까 하는 의문도 끊임없이 들었다.

강찬이 호텔 바깥으로 나온다는 보장이 없었을 뿐만 아니라 일본 국가대표를 만나게 만드는 건 무척이나 어려운 일이었기 때문이다.

그런데 하느님이 도우려고 작정하셨는지 하필이면 일본 국가대표 중에서도 가장 영향력이 큰 사사끼를 메이지 거리에 보내주셨으니 정말 미치고 펄쩍 뛸 일이었다.

정말 하느님 만세다.

김혁과 홍재진은 정보를 충분히 교환한 후 각자 이강찬과 사사끼가 벌여놓은 일에 대해서 미친 듯 기사를 작성한 후 본사에 송고를 마쳤다.

그들은 취재 때문에 저녁을 굶었으나 배가 고프다는 것을 잊어버릴 정도로 정신없이 움직였다.

다음 날 아침.

대한민국은 이강찬과 사사끼에 관한 특종 기사를 대하면서 또 한 번 뒤집어졌다.

이건 양국 야구 수장들의 일선 후퇴는 게임이 안 될 정도로 엄청난 사건이었다.

양국을 대표하는 최고의 스타가 게임의 승패에 따라 전 세계 야구팬이 모두 보는 자리에서 상대에게 무릎을 꿇는다는 건 경악할 만한 일이었다.

이건 개인의 문제가 아니었다.

양국의 결승전 결과에 따라 누가 무릎을 꿇느냐가 결정되기 때문에 이강찬이 꿇는 것이 아니라 대한민국 전체가 꿇는 것이기 때문이다.

그랬기에 여론은 미친 듯 들끓었다.

일각에서는 이강찬의 경솔한 행동을 성토하며 함부로 행동해서 나라를 욕보이게 만들 수도 있다는 점을 강하게 주장했지만 대부분의 국민은 사사끼의 제안에 결연히 맞선 이강찬의 행동을 지지하며 반드시 일본을 꺾어주길 바라는 목소리를 냈다.

갈수록 태산이라더니 이웃 나라이면서 영원한 숙적인 대한민국과 일본의 결승전은 온 세계의 이목을 집중시키며 갈수록 첨예하게 맞섰다.

야구보다 훨씬 인기가 있다는 월드컵에서조차 유례를 찾아볼 수 없는 일이니 양국 국민을 사로잡은 열기는 폭풍처럼 전국을 휩쓸었다.

과연 누가 이길 것인가.

객관적인 전력으로는 일본이 훨씬 유리한 것이 사실이었으나 대한민국은 세계 최강이라는 미국마저 꺾으며 무패의 전적으로 결승전에 올랐기 때문에 어떤 때보다 사기가 충천한 상태였다.

더군다나 결승전의 선발투수는 바로 수많은 신화를 창조해 나가고 있는 무쇠팔 이강찬이었다.

대한민국 국민이 승리에 대한 의심을 조금도 갖지 않은 채 대표팀에게 열렬한 성원을 보내고 있는 것은 바로 이강찬이라는 괴물투수가 생생하게 버티고 있기 때문이었다.

* * *

결승전 전날 밤.

대한민국 국가대표팀이 묵고 있는 웨스틴호텔 15층은 깊은 정적에 사로잡혀 있었다.

아무도 웃지 않았고 아무런 농담도 건넬 수 없었다.

내일 벌어지는 경기는 단순한 시합이 아니라 전 국민을 대표해서 싸워야 하는 전쟁이란 걸 선수들은 너무나 잘 알고 있었기 때문이다.

선수단이 저녁 식사를 마치고 회의장에 모인 것은 오후 8시 무렵이었다.

언제나 시합 전날이면 시행하는 전략 회의였기 때문에 28명의 선수 전원이 모였는데 표정은 전부 굳어 있는 상태였다.

강찬은 임관과 함께 맨 뒤쪽에 앉아서 고개를 숙인 채 침묵을 지켰다.

아무런 말도 할 수 없었다.

불현듯 나타나 자극한 사사끼의 행동에 울컥하는 마음으로 내기에 응했는데 그것이 이렇게 대형 사고로 이어질 줄은 꿈에도 생각하지 못했다.

몇몇 선수는 괴로워하는 자신의 등을 두드려 주며 위로를 건넸지만 몇몇 선수는 그의 경솔함을 지적하며 불쾌함을 드러냈다.

가뜩이나 긴장된 상태였는데 사사끼와의 내기로 인해 대한민국 전체가 술렁거리자 선수들은 심적인 부담감 때문에 신경이 잔뜩 곤두서 있었다.

억울한 부분도 있지만 잘한 일이 아니란 걸 알기에 강찬은 침묵을 지키며 방 안에서 나오지 않았다.

오늘도 종일 숙소에 틀어박혀 움직이지 않았는데 자신으로 인해 심적인 부담감이 커질 대로 커져 버린 선배들 보기가 너무나 미안해서였다.

역사적으로 한일전은 경기 이외의 변수들이 작용하며 국가대표들에게 엄청난 압박감을 주었지만 이번은 그런 차원을 훨씬 넘어서고 있었다.

가히 전쟁으로 부를 만큼 첨예하게 대립하게 되었으니 만약 경기에서 진다면 정말 현해탄에 몸을 던져야 할지도 몰랐다.

아직 코치진이 들어오지 않았기 때문에 회의장에는 선수들만 들어와 있었는데 주장인 이청화가 자리에서 일어나 앞으로 나간 것은 8시에서 5분이 모자랄 때였다.

코치진은 정확하게 8시에 들어오기 때문에 아직 5분이란 여유가 있었다.

"잠깐 내 말을 들어주기 바란다. 코치님들이 오시기 전에 대표팀의 최고 연장자로서, 그리고 주장으로서 나는 너희들에게 부탁할 게 있어서 나왔다."

이청화는 잠시 말을 멈추고 선수들의 면면을 확인했다.

자신에게 집중되어 있는 선수들의 눈은 굳어 있는 와중에도 궁금증이 들어 있었다.

"우리는 내일 일본과 마지막 한판 승부를 벌인다. 잘 알다시피 내일 경기를 이기면 우리는 우승을 하게 된다. 하지만 우리에게 우승보다 더 중요한 게 있으니 그것은 바로 일본을 이기는 것이다. 어제 강찬과 사사끼의 기사로 인해 심적인 부담이 훨씬 커졌다는 것을 잘 안다. 하지만 나는 이강찬이 뒤로 물러서지 않은 것에 대해서 단 한 순간도 불쾌함을 가진 적이 없다. 나 또한 대한민국 국민이자 한 명의 당당한 야구인으로서 그런 상황이 되었더라면 강찬처럼 했을 테니 말이다. 나는 여러분도 이강찬이나 나처럼 그런 마음을 가졌으리라 생각한다. 사내가 되어 조국을 업신여기는 놈의 도발에 고개를 숙일 수는 없는 일 아니냐. 나는 몇몇 선수가 강찬의 행동에 불만을 터뜨리는 걸 들은 적이 있다. 하지만 그것은 심리적 불안감 때문에 나온 것일 뿐 진심이 아니란 걸 너무나 잘 알고 있다. 지금은 누구의 잘잘못을 따질 때가 아니라 하나가 되어 오직 승리하고자 하는 결의를 다질 때다. 나는 내일 만약 경기에서 진다면 이강찬과 함께 일본팀 앞에서 무릎을 꿇을 것이다. 내일 경기는 이강찬 혼자 하는 게임이 아니라 우리 모두가 함께 하는 것이기 때문이다."

이청화의 폭탄선언에 정적에 사로잡혀 있던 선수단이 술렁거렸다.

전 세계인이 주목하는 가운데 그라운드에서 무릎을 꿇는다는 건 절대 하고 싶지 않은 일이다.

하지만 이청화는 선수들의 술렁임을 일축하는 마지막 말을 꺼냈다.

"그 옛날 이순신 장군께서는 살고자 하면 죽을 것이고 죽고자 하면 살 것이란 명언을 남기셨다. 나는 내일 경기에서 목숨을 걸라 해도 그렇게 할 의향이 있는 사람이다. 그런데 그까짓 무릎 꿇는 게 뭐가 무섭겠나. 나는 너희들에게 강요하기 위해 이런 말을 하는 것이 아니다. 불굴의 투지로 하나가 되어 싸우지 않는다면 우리보다 뛰어난 전력을 가진 일본을 이기기 어렵기에 한 말이다. 너희들의 부모 형제와 친구, 그리고 사랑하는 사람들 모두가 우리의 승리를 바라고 있다. 그러니 조국의 명예를 위해 나 자신을 버리고 목숨을 버린다는 각오로 싸우는 게 어떠냐!"

전략 회의를 마치고 이성우 감독과 함께 방으로 들어온 김남구는 냉장고에서 캔맥주를 꺼냈다.

가슴이 답답할 때는 시원한 맥주가 보약처럼 느껴져 어제부터 입에 달고 살았다.

맥주를 탁자에 내려놓은 김남구의 입이 열린 것은 이성우 감독이 깍지 낀 손을 입에 물고 뭔가를 생각할 때였다.

"감독님, 맥주 한잔하시죠."

"고마워."

"뭘 그렇게 생각하십니까?"

"애들 표정."

"표정이라뇨?"

"아까 회의장에서 말이야. 김 코치가 봤을 때 애들 표정에서 살기가 느껴지지 않았어?"

"살기라기보다는 투지겠죠. 반드시 이기겠다는 투지 말입니다."

"그래, 투지겠지. 그런데 그 투지가 너무 강하다 보니까 마치 살기가 느껴질 정도더군."

"언제나 이럴 때면 고민입니다. 감독님은 저보다 더하시겠지만 말입니다."

"부담감을 버린 지는 오래됐어. 어차피 이 경기를 지게 되면 역적이 될 테니까 그런 걸 느낀다는 게 사치로 생각될 정도야. 하지만 정말 나를 힘들게 하는 건 나 역시 일본을 이기고 싶다는 거지. 옛날 선수 생활 할 때도 그랬지만 이번에는 그 어떤 때보다 더 이기고 싶단 말일세."

이성우 감독은 말을 끝내고 탁자에 놓인 맥주를 집어 들어 벌컥벌컥 들이켰다.

그 모습만 봐도 그가 얼마나 애를 태우는지 알 것 같았다.

국가대표의 사령탑.

부담 되는 자리가 아닐 수 없다.

WBC 대회가 열릴 때마다 수많은 명감독이 갖은 핑계를 대며 국가대표 사령탑을 맡지 않으려 했다.

잘해봤자 본전이고 못하면 오만가지 욕설과 무능력하다는 말을 온몸에 매달고 살아야 하기 때문이다.

그런 측면에서 이성우 감독의 사령탑 수락은 의외의 일임에 틀림없었다.

그는 2회 대회 때 이미 사령탑을 맡은 전력이 있었기에 거부한다 해도 비난할 사람이 아무도 없었지만 그는 이충호 회장의 간절한 부탁을 뿌리치지 않고 국가대표를 맡는 결단을 내렸다.

5회 연속 한국시리즈를 제패한 감독으로서의 책임감을 다하겠다는 것이 그의 소신이었다.

그랬기에 김남구는 안타까운 표정을 숨길 수 없었다.

메지 않아도 될 총대를 스스로 멘 사람.

수석 코치의 자격으로도 느끼는 압박감을 혼자서 온몸으로 받아내고 있는 이성우 감독은 볼 때마다 저절로 고개가 숙여질 만큼 대단한 의지를 가진 사람이었다.

* * *

운명의 한일전.

역대 어떤 경기 때보다 국민들의 감정이 극도로 달아올라 반드시 승리를 해야만 하는 게 지상 과제가 되어버렸고, 양국의 언론은 끊임없이 상대방을 비방하는 목소리를 보도하면서 적의를 키워 나갔기 때문에 이젠 완전히 돌아올 수 없는 다리를 건넌 상태였다.

"감독님, 혹시 저 모르게 생각해 놓으신 것 있습니까?"

"없어."

"준결승 때처럼 필승 비책 같은 거 있으면 좋을 텐데요."

"그런 게 있으면 얼마나 좋겠나. 하지만 그런 게 있을 리 없잖아. 준결승 때는 운이 좋아 벌떼작전이 통했지만 결승전은 그렇게 될 수 없다는 거 김 코치가 더 잘 알면서 그래."

"저… 솔직하게 묻고 싶습니다. 감독님이 보기에는 우리 팀이 이길 수 있을 것 같습니까?"

"어제까지만 해도 내가 예상한 승률은 30%였어. 그런데 오늘 우리 애들 보니까 조금 더 올려도 될 것 같다는 생각이 들더군. 선수들이 부담감 대신 저렇게 투지를 내보인다는 건 자기 실력 이상의 시너지 효과를 낼 테니까 말이야."

"그렇게만 된다면야 고마운 일이지요. 그나저나 강찬이가 걱정입니다. 사사끼와의 약속 때문에 컨디션에 지장 있으면 큰일인데 말입니다."

"오늘 하루 종일 방에만 틀어박혀 있었다면서?"

"그렇다고 하네요. 제가 가볼까 하다가 그만뒀습니다. 오히려 더 부담스러워할까 봐 접근하기가 쉽지 않았습니다."

"괜찮을 거야. 강찬이는 어깨만큼 심장도 튼튼한 놈이니까 견뎌내겠지."

"그래주면 다행이죠."

김남구가 한숨을 내리쉰 후 남은 맥주를 들이켰다.

이성우 감독의 말처럼 그 역시 강찬을 믿고 있었으나 전신을 내리누르는 압박감을 생각한다면 결코 낙관할 일이 아니었기에 표정은 밝아지지 못했다.

드디어 운명의 시간이 다가왔다.

오전에 간단한 훈련을 마친 대표팀은 시합 한 시간 전 버스를 이용해서 도쿄돔으로 이동했다.

버스에서 바라본 도쿄는 온 도시가 결승전의 열기로 뜨거워져 있었는데 도시 곳곳에 일본팀을 응원하는 격문과 응원단이 자리를 잡은 채 경기가 시작되기를 기다리고 있었다.

승리를 향한 염원.

일본 국민들의 승리에 대한 갈망은 절대 대한민국 국민에 비해 뒤처지지 않을 만큼 광기에 가까운 것이었다.

도쿄돔에 들어서자 눈에 보이는 것은 오직 푸른 물결뿐이다.

일본을 상징하는 파란색으로 통일한 사람들이 개미떼처럼 몰려들어 사방이 온통 푸른 바다로 뒤덮였다.

버스에서 내려 긴 복도를 지나 더그아웃으로 들어서자 도쿄돔의 스탠드를 가득 채운 일본 응원단이 눈에 들어왔다.

구장 바깥에도 온통 푸른색이더니 경기장 안은 아예 청색으로 도배를 해놓은 것 같았다.

도쿄돔을 가득 채운 일본 응원단은 대한민국 국가대표가 도착하자 일제히 이리가 울어대는 것처럼 듣기 싫은 야유를 보내왔다.

그 야유 소리는 5만 관중이 한꺼번에 터뜨리자 굉음으로 변해 경기장을 들썩이게 만들었다.

하지만 그 야유 소리는 3루 쪽 스탠들 장악한 채 포진하고 있던 붉은악마의 함성 속에 금방 수그러들었다.

"대~ 한민국!!"

일본 응원단과는 비교조차 되지 않는 숫자였으나 푸른 바다의 한가운데 당당하게 자리한 7천의 붉은악마가 목이 터져라 응원을 시작했던 것이다.

그들은 그 옛날 청산리에서 적의 대군에 맞서 죽기를 각오하고 싸운 독립군 부대처럼 혼연일체가 되어 대한민국 대표팀의 승리를 기원하고 있었다.

"강찬아, 괜찮은 거지?"

"괜찮아. 걱정하지 마."

"그때 내가 나섰어야 되는 건데……."

"웃기는 소리 하지 마라. 놈은 처음부터 나를 노리고 온 거야."

"어쩔 건데?"

임관이 슬쩍 어두운 표정으로 물었다.

말은 하지 않았지만 정말 진다면 무릎을 꿇을 거냐는 물음이다.

"사내가 약속을 지키지 않는다면 그땐 사내가 아니다. 특히 이번 일은 내가 지키지 않을 경우 대한민국 전체가 비겁하다는 소리를 듣게 된다."

"아, 씨발……."

"하지만 난 무릎을 꿇지 않을 것이다."

"무슨 소리야? 약속을 지킬 거라며?"

"무릎을 꿇는 것은 시합에서 졌을 때의 일이다. 나는 이번 경기를 반드시 이길 테니 무릎 꿇는 일은 없을 거란 뜻이다."

"좋군, 좋아. 그 자신감, 아주 훌륭해."

강찬의 대답에 임관이 얼굴이 활짝 펴졌다.

오늘 아침부터 내내 강찬의 눈치를 보면서 걱정하느라 입이 바짝 마를 지경이었는데 시합을 눈앞에 두고 강찬이 자신감을 내보이자 십 년 묵은 체증이 다 내려가는 것 같았다.

코치들은 물론이고 이청화를 비롯해서 하늘 같은 선배들이 강찬의 컨디션을 걱정하고 있었다.

결승전에서 선발투수가 컨디션 난조를 보인다면 낭패도 그런 낭패가 없다.

더군다나 이강찬은 대한민국 최고의 에이스였고 결승전을 위해 예선전부터 준비해 온 카드였기 때문에 최상의 컨디션으로 경기에 임해야 하는데 사사끼의 도발에 휘말리면서 사람들의 걱정을 한 몸에 받아야 했다.

드디어 심판들이 나오고 일본의 선공이 결정되자 이성우 감독이 선수들을 한자리에 불러 모았다.

수비를 위해 시합에 나가는 선수는 아홉 명에 불과했지만 28명의 선수가 이성우 감독을 중심으로 둥그렇게 둘러쌌다.

선수들을 바라보는 이성우 감독의 표정은 비장하기 그지없었는데 목소리는 묵직하게 가라앉아 있었다.

"다들 꿈 잘 꿨나?"

"예!"

"혹시 여기가 일본이라서 이기면 죽을지도 모른다고 걱정하는 사람 있으면 손들어봐!"

"없습니다."

"정말이지?"

"예!"

"좋아, 그럼 나가서 이기고 와. 나와 너희의 동료들, 그리고 저기 보이는 대한민국의 응원단 모두가 눈이 빠지게 기다리고 있을 테니까 박살 내고 오란 말이다!"

제5장
결승
대한민국 VS 일본

은서는 유정과 함께 청주구장에 앉아 있었다.

옛날 월드컵에서 시작된 거리 응원은 거리의 혼잡을 최대한 피하기 위해 지자체에서 경기장을 응원 장소로 활용했기 때문에 국제적인 경기가 벌어질 때마다 사람들은 청주구장으로 몰려들었다.

청주구장은 도쿄돔과 다르게 붉은 티를 입은 사람들로 물결을 이루고 있었는데 스탠드뿐만 아니라 그라운드까지 꽉 들어차 있는 상태였다.

은서는 대한민국 국가대표팀이 수비를 위해 그라운드로 나오자 두 손을 꼭 쥐고 두 눈을 부릅떴다.

꿈속에서조차 그리던 강찬이 천천히 마운드로 올라서고 있었던 것이다.

한 달 전 일본으로 떠난 후 시간이 날 때마다 통화를 했지만 막상 얼굴을 보자 눈물부터 새어 나왔다.

왠지 모르게 수척해진 느낌이다.

마음고생을 해서일까?

이틀 전 터진 기사로 인해 강찬이 일본에서 가장 유명하다는 야구 선수와 내기를 했다는 사실을 알게 되었다.

너무나 어이없는 사실에 처음에는 믿지 않으려 했다.

그까짓 야구의 승패 때문에 사내들이 치욕적으로 무릎을 꿇는다는 건 상상조차 해보지 않은 일이다.

그러나 그것은 사실이었고, 수많은 사람들이 그 일로 인해 찬반양론을 펼치는 걸 눈으로 확인했다.

물론 많은 사람들이 강찬을 응원하고 있었으나 반대하는 사람들의 목소리도 만만치 않았다.

하지만 그런 목소리는 경기가 시작되는 지금 씻은 듯 사라져 버렸고, 강찬이 마운드로 오르자 그를 향한 연호가 끝없이 터져 나왔다.

아름다운 사람, 나의 영원한 연인.

세상에 단 하나밖에 없는 내 사랑이 수많은 사람들 속에서 고독한 싸움을 하기 위해 당당하게 걸어 나오고 있었다.

강찬은 마운드에 올라 정해놓은 코스로 구질마다 하나씩의 공을 던졌다.

감이 좋다. 그리고 임관의 가슴팍이 한없이 넓어 보였다.

일본의 국가대표는 메이저리그에서 활약하는 열두 명의 선수가 포함되어 있었는데 그들 모두가 각 팀의 주전으로 활약할 정도로 뛰어난 선수들이다.

지금 1번 타자로 나온 미우라도 그중 하나이다.

현재 일본의 타순 중 메이저리그에서 활약하는 선수는 다섯 명이었고 나머지 네 명만이 재팬리그에서 뛰고 있었다.

미우라는 빠른 발과 정교한 타격을 바탕으로 재팬리그에서 3년 연속 도루왕을 차지했고, 빅 리그에서도 3할에 가까운 타율을 기록할 정도로 타격이 좋은 선수였다.

톱타자들의 특징은 언제나 똑같다.

찬스를 만들어야 하는 1번 타자는 발이 빠르고 홈런보다는 안타를 많이 양산해야 되기 때문에 최대한 배트를 짧게 잡는 경향이 있다.

그것은 미우라도 마찬가지였다.

그는 결승전 선발로 출전하는 강찬을 면밀하게 분석하고 나왔는지 최대한 타격 라인에 바짝 붙어서 배트를 치켜들었다.

몸 쪽 공을 쉽게 던지지 못하게 만들려는 수작이다.

자신의 최대 장점인 밀어치기 타법을 활용하기 위해 바깥쪽으로 공을 유인하기 위함인데 공이 몸에 맞는 것도 두려워하지 않는 모습이다.

그 하나만 봐도 일본 선수들이 이 승부에 얼마나 강한 의지를 가지고 있는지 알 만했다.

하지만 그 의지는 강찬을 비롯한 대한민국 선수들도 만만치 않았다.

미우라의 의지를 간파한 임관이 여러 가지의 사인을 내놨으나 강찬은 단호하게 고개를 저은 후 몸 쪽 패스트볼을 구사했다.

초구.

153㎞/h의 강력한 패스트볼이 몸 쪽으로 날아오자 칼이 날아와도 그대로 맞겠다는 자세를 취하고 있던 미우라가 휘청거리며 깜짝 놀라 뒤로 물러났다.

미우라의 낭심과 불과 10㎝밖에 차이가 나지 않는 강력한 몸 쪽 패스트볼이었다.

본능적으로 몸을 피한 미우라가 강찬을 향해 눈을 부라렸다.

맞아 죽겠다는 각오로 타석에 섰지만 워낙 강력한 공에 자신도 모르게 몸을 피했다는 자괴감이 과한 액션을 취하게 만든 것 같았다.

볼로 선언되었으나 그렇다고 타자를 맞추기 위해 터무니없는 공을 던진 것은 아니었다.

워낙 미우라가 타석 끝에 달라붙어 있었기 때문에 벌어진 일이었을 뿐 강찬의 초구는 평상시라면 훌륭한 몸 쪽 유인구로 인식될 정도였다.

그러나 일본 관중들은 벌 떼처럼 일어나며 야유를 퍼부었고, 일본 대표팀의 더그아웃 선수들의 입에서 욕설이 터져 나왔다.

워낙 첨예하게 맞서고 있기 때문인지 선수들도 응원단도 흥분의 도가 지나친 면이 있었다.

베테랑인 미국 심판 도널드가 양손을 번쩍 들고 타임을 외치며 흥분한 일본 더그아웃 쪽을 향해 조용히 하라는 신호를 보냈다.

그의 표정은 별거 아닌 걸 가지고 흥분해서 시합을 망친다면 그냥 두지 않겠다는 의지가 담겨 있었다.

심판의 지시에 의해 다시 타석에 들어선 미우라는 이를 악물고 다시 타석 맨 앞쪽에 바짝 섰다.

초구는 본능적으로 물러섰지만 그의 표정으로 봤을 때 다시는 그런 일은 없을 것 같았다.

미우라가 타석에 바짝 서자 인코스는 바늘구멍처럼 보였다.

그야말로 인코스를 던진다면 몸에 맞히는 것도 각오를 해야 할 정도로 미우라는 포수 쪽에 바짝 붙은 상태였다.

그러나 그런 미우라의 행동에도 강찬의 표정은 전혀 변함이 없었다.

쐐애액!

강찬이 또다시 선택한 것은 인코스 패스트볼이었다.

하지만 이번에는 스트라이크의 경계선을 파고들었기 때문에 심판의 손이 힘차게 올라갔다.

초구와 불과 5㎝ 안쪽으로 통과한 공이었다.

미우라는 움찔하면서도 피하지 않았지만 배트를 휘두르지는 못했다.

워낙 가슴 쪽으로 파고든 공이었기 때문에 현재의 타격 위치로 봤을 때는 전혀 손조차 대지 못할 공이었다.

그랬기에 그의 표정은 더할 나위 없이 심각하게 변했다.

몸에 맞는 것을 각오한 채 바깥쪽 공을 기다렸는데 놈은 연속해서 인코스로 승부를 해오고 있었다.

계속해서 이런 승부를 해온다면 결론은 두 가지 중의 하나이다.

삼진을 당하거나 몸에 맞는 것.

몸에 맞을 각오까지 하면서 바깥쪽 공을 유인한 것은 투수의 코너워크를 흔들 수 있을 거란 판단 때문이었다.

아무리 정교한 컨트롤이 있는 투수라도 이렇게 타석에 바짝 붙으면 결국 바깥쪽을 던질 수밖에 없다는 걸 수많은 경험으로 알고 있었다.

하지만 마운드에 서서 자신을 노려보는 놈의 표정은 전혀 흔들림이 없었다.

포커페이스.

무슨 생각을 하는지 전혀 알 수 없었다.

그러나 표정이 아니라 몸짓에서 놈의 의지를 읽어낼 수 있었다.

놈은 자신이 타석에 바짝 붙어 있는 한 몸에 맞추는 일이 있어도 인코스로 계속해서 승부할 거란 생각이 들었다.

자신도 모르게 한숨이 나왔다.

만약 판단이 맞는다면 자신의 전략은 완전히 잘못된 것이다.

삼진을 당하거나 몸에 맞는 것은 결코 원하지 않았다.

프로 선수가 아무리 조국을 위해서 싸우는 시합이라도 무리를 해서 몸에 공을 맞는다는 것은 바보 같은 짓이기 때문이다.

더군다나 강찬의 패스트볼은 150㎞/h 중반대의 구속을 지

넜기 때문에 만약 몸에 맞는다면 어디 한 군데 부러질 각오까지 해야 한다.

머리가 깨질 듯 복잡했지만 미우라는 침을 내뱉고 다시 타석에 바짝 붙어 섰다.

다른 타석은 몰라도 이번 타석에서는 끝장을 보고 싶었다.

놈의 심장이 얼마나 두꺼운지 이번 타석에서 확실하게 알아본 후 전략의 변화를 고려해 볼 생각이다.

시합 초반부터 경기장의 분위기는 후끈 달아올랐다.

미우라의 행동에 강찬이 맞서면서 양쪽 응원단은 긴장된 상태로 둘의 승부를 주시했기 때문에 경기장의 분위기는 폭발 일보 직전처럼 느껴졌다.

강찬은 연속해서 인코스로 패스트볼을 던졌다.

미우라가 두 개의 공을 던져도 타석에 바짝 붙어 있자 강찬은 작정한 듯 인코스를 고집했다.

2스트라이크 2볼.

네 개의 공이 전부 인코스 강력한 패스트볼이었고, 미우라는 초구 이후부터는 타석에서 꼼짝도 하지 않았다.

강한 심장이다.

조금만 빠져도 심각한 부상을 당할 수 있는 직구가 연이어 들어왔지만 미우라는 끝까지 버티며 자신이 원하는 공을 기다렸다.

하지만 강찬은 마지막 5구 역시 인코스로 던졌는데 이전 공들과 다른 점이 있다면 폭포수처럼 떨어지는 커브를 던졌다는 것이다.

미우라는 꼼짝하지 못했다.

150㎞/h 중반대의 속구가 연이어 들어오다 거의 스트라이크존의 엔드라인을 걸치며 파고든 커브에 배트조차 내밀지 못했다.

강찬은 끝까지 그의 강요를 받아들이지 않고 몸 쪽으로 승부해서 삼진을 잡아냈다.

톱타자를 삼진으로 돌려세우자 7천의 대한민국 붉은악마들이 열광의 함성을 질러댔다.

미우라가 워낙 타석 끝에 근접해서 버텼기 때문에 초조한 심정으로 지켜보던 응원단은 강찬이 삼진을 잡아낸 후 손을 번쩍 쳐들자 그때서야 안도 한숨을 흘려냈다.

대한민국 응원단은 한국팀을 열렬히 응원했지만 이번 승부가 얼마나 위험한 것인지 잘 알고 있었다.

톱타자부터 공을 몸에 맞히게 된다면 가뜩이나 달아오른 경기장에 어떤 일이 벌어질지 알 수 없었다.

첫 타자를 삼진으로 돌려세운 강찬은 정상적인 타격 자세를 취한 두 번째 타자 쿠로다에게 특유의 절묘한 컨트롤과 무시무시한 패스트볼을 섞어 던지기 시작했다.

빠른 승부.

강찬은 절대 불리한 볼카운트로 끌어가지 않았다.

자신이 이 경기를 끝내야 한다는 생각을 가지고 있기 때문에 무조건 5구 이내에서 승부를 본다는 전략이었다.

쿠로다를 바깥쪽 슬라이더로 유인해서 유격수 땅볼로 처리한 강찬은 냉정한 시선으로 로진백을 집어 든 후 어깨를 폈다.

이제 2아웃.

한 타자만 더 잡으면 1회를 무사히 끝마치게 된다.

타석에는 천천히 세계 최고의 타자라는 사사끼가 들어서고 있었다.

비릿한 웃음.

사사끼는 타석에 들어선 후 강찬을 향해 비릿한 웃음을 베어 물었다.

강찬은 그런 그를 향해 무표정으로 대응했다.

놈이 세계 최고가 된 데에는 실력 외에도 무수한 요인이 작용했을 것이다.

그중 하나가 지금 자신을 향해 벌이는 심리전임이 분명했다.

투수의 평정심을 흩뜨려 자신이 원하는 페이스로 끌고 가는 노련함.

그런 노련함으로 얼마나 많은 투수들을 농락했을까.

사사끼의 심리전에 말려들지 않기 위해서라도 강찬은 미리 짜놓은 전략대로 초구부터 적극적인 승부를 가져갔다.

초구는 바깥쪽 스트라이크존의 구석을 통과하는 패스트볼이었고, 2구는 반대로 사사끼의 무릎을 아슬아슬하게 통과하는 패스트볼이었다.

두 개 다 155km/h를 기록하는 쾌속구였는데 초구에 이어 2구마저 스트라이크로 선언되자 사사끼는 심판을 스윽 쳐다본 후 타석에서 물러났다.

2스트라이크 노 볼.

처음에도 그랬지만 사사끼는 마치 검객처럼 빈틈을 보이지 않았다.

다시 타석에 들어서서 강찬을 바라보는 그의 눈은 마치 독수리처럼 번들거리고 있었다.

그런 시선을 강찬은 피하지 않고 마주 바라봤다.

나이로 따지면 일곱 살이나 많고 야구 경력이나 인지도를 감안해도 비교조차 되지 않을 정도로 대선수였지만 강찬은 사사끼의 번들거리는 눈길을 피하지 않았다.

마치 불과 얼음의 싸움처럼 확연하게 비교되는 모습이었다.

너의 투지, 조국을 사랑하는 마음, 일본 야구에 대한 자부심이 타석에 선 모습에서 절절히 느껴진다.

그러나 그런 의지와 사랑, 그리고 자부심은 여기 서 있는 나도 너에 못지않다는 걸 확실하게 보여주마.

강찬은 공을 손가락으로 감싼 후 임관을 향해 고개를 끄덕였다.

두 개의 패스트볼을 던졌으니 커브나 슬라이더를 요구할 줄 알았는데 임관은 의외로 몸 쪽 높은 공을 요구하고 있었다.

무슨 뜻인지 알 만했다.

사사끼는 분명 스트라이크존으로 비슷하게 들어오는 공엔 무조건 배트가 나올 것이고 특히 변화구에 무게중심을 둘 가능성이 컸다.

임관이 노린 것은 역으로 유인구를 던져 허를 찌르자는 것이다.

좋은 생각이었다.

하지만 볼을 던질 생각은 없었다.

이왕 던진다면 몸 쪽 높은 곳에 꽉 찬 스트라이크를 던지는 것이 훨씬 현명할 거란 판단이다.

강찬의 손을 떠난 공이 마치 화살처럼 홈 플레이트로 날아갔다.

앞에 던진 두 개의 공보다 30㎝ 이상 높은 쪽의 강속구였다.

완벽한 제구.

공은 생각한 것처럼 완벽하게 컨트롤되며 사사끼의 가슴 아래쪽을 향해 미끄러지듯 빨려들어 가고 있었다.

사사끼의 배트가 움직인 것은 바로 그때였다.

변화구를 노렸다면 절대 칠 수 없는 공이었으나 사사끼는 왼발을 좌측으로 반보 정도 움직인 후 번개가 무색할 정도로 배트를 휘둘렀다.

따악!

경쾌한 타구 소리가 울려 퍼지며 5만에 달하는 일본 응원단이 동시에 자리를 박차고 일어났다. 공은 외야를 향해 쭉쭉 뻗어 나갔고, 공이 멀리 날아갈수록 일본 응원단의 함성은 더욱 커졌다.

하지만 공은 더 이상 뻗지 못하고 펜스 앞 10m 전방에서 우익수 추명훈이 내민 글러브 안으로 빨려들어 갔다.

벌떡 일어섰던 일본 응원단이 탄식을 터뜨리자 이번에는 붉은악마가 자지러지는 함성을 질렀다.

일본이 자랑하는 최고의 타자들을 깔끔하게 삼자범퇴로 마무리하자 붉은악마는 강찬의 이름을 연호하며 호투에 대한 칭찬을 아끼지 않았다.

일본팀은 강찬에 대해서 꽤 많은 연구를 해 왔으나 아무것도 써먹지 못한 채 타순이 일순할 동안 한 개의 안타도 뽑아내지 못하고 무기력하게 당했다.

불과 일주일도 안 되는 시간에 만들어낸 대비책은 백지장에 선을 그려낸 것처럼 아무런 쓸모조차 없었다.

강력한 패스트볼과 절묘한 변화구, 타자를 현혹시키는 체인지업의 배합에 3회가 지날 동안 일본 타자들은 공에 전혀 손도 대지 못했다.

거의 30㎞/h 이상의 속도 차를 보이며 배합되는 구질들은 하나하나가 강력한 무기였기 때문에 타자들은 헛스윙을 연발했다.

하지만 빈공은 대한민국도 마찬가지였다.

일본 선발 히데토시의 위력에 밀려 대한민국 타자들도 무안타로 3회를 마쳤다.

메이저리그에 데뷔하는 해 16승을 올리며 괴물투수로 알려진 히데토시는 특유의 강력한 패스트볼과 포크볼을 섞어 던지며 타자들을 농락했는데 더그아웃으로 돌아온 타자들마다 고개를 절레절레 흔들었다.

철저한 투수전.

전문가들과 언론은 조심스럽게 결승전이 투수전으로 진행될 거란 예상을 하면서도 워낙 강력한 타자들이 포진했기 때문에 의외로 쉽게 점수가 날지도 모른다는 분석을 함께 내놓았다.

워낙 강력한 파워를 가진 타자들이 즐비했고 정교한 타격을 지닌 에이스들이 골고루 배치되어 있기 때문에 완벽한 투수전은 어렵다고 생각한 것이다.

그러나 결과는 예상을 훨씬 뛰어넘을 정도의 투수전으로 진행되고 있었다.

무안타에 볼넷조차 없는 완벽한 투수전은 시간이 지날수록 입에 침이 마르는 긴장감을 키워냈다.

이런 정도의 투수전이라면 선취점을 올리는 팀이 이길 가능성이 크기 때문에 관중들은 이닝이 지나갈수록 손에 땀이 흐르는 긴장감을 맛봐야 했다.

언제 터질지 모르는 뇌관을 손에 든 사람들처럼 양쪽 응원단은 투수들이 던지는 일 구 일 구에 신음을 터뜨리며 탄식과 함성을 거듭했다.

투수전이 멈추고 강찬이 위기를 맞게 된 것은 새롭게 일본의 상위 타선이 공격에 나선 4회 초였다.

톱타자로 나왔던 미우라는 스탠딩 삼진을 당한 후 타석에 바짝 붙어 강찬을 흔들려는 전략을 바꾸어 정상적인 타격 자세를 취했다.

아무리 생각해도 이해할 수 없는 놈이었다.

도대체 얼마나 강심장을 가졌기에 다섯 개의 공을 모두 인코스로 던질 수 있단 말인가.

한일 간의 감정 때문에 자신을 맞추기 위해서 던진 것이 아니라 자신의 의도를 깨기 위해 던졌다는 걸 안 이후에는 몸에서 소름이 돋았다.

그만큼 컨트롤에 자신 있다는 뜻이기 때문이다.

타석에 바짝 붙었을 경우 타자가 건드리기 힘든 인코스의 범위는 불과 20㎝에 불과하다.

강찬이 던진 다섯 개의 공은 모두 그 20㎝를 통과한 것이었다.

155㎞/h에 달하는 패스트볼과 변화구가 모두 절묘한 제구력에 의해 움직인다면 바깥쪽 공을 던지도록 강요하는 방법은 전혀 소용이 없다.

이 정도의 제구력을 가진 투수는 메이저리그에서도 손가락에 꼽을 정도이다.

더군다나 굉장한 패스트볼까지 장착하고 있다는 것을 감안한다면 전무하다고 볼 만큼 강찬의 제구력은 대단한 것이었다.

3회까지 놈의 공을 확인한 결과 괴물이라고 불리는 일본 선발 히데토시에 절대 밀리지 않는 구위를 보이고 있다.

아니, 오히려 더 강력했다.

패스트볼의 구속도 더 빨랐고 변화구의 낙차도 더 급격하고 예리했다.

물론 히데토시는 포크볼이 주 무기였기 때문에 단순 비교하기 어렵지만 그가 봤을 때 강찬의 공이 더 복잡하고 쳐 내기 어려웠다.

예리한 컨트롤 능력으로 인해서이다.

강찬은 패스트볼의 보조 무기들로 변화구를 썼는데 모든 구질을 원하는 코스로 찔러 넣는 능력을 가지고 있었다.

히데토시도 물론 제구력이 뛰어났다.

하지만 그는 가끔가다 무너지는 경우가 있는데 실투를 종종 하기 때문이었다.

이 정도의 구위로 완벽한 컨트롤 능력을 가진 놈이라면 변칙을 써서는 이겨내기 어렵다는 판단이 들었다.

그랬기에 미우라는 정상적인 타격 자세를 취한 후 강찬의 공을 기다렸다.

어떤 공도 맞춰낼 자신이 있다.

정확한 임팩트가 아니라도 공을 때려낼 수만 있다면 안타가 될 가능성이 높았다.

메이저리그에서 자신이 톱타자로 활약할 수 있던 이유는 감각적인 배팅 능력이 있기 때문이었다.

초구는 그냥 보냈다.

자신이 정상적인 타격 자세를 취하자 놈은 기다렸다는 듯 바깥쪽 낮은 패스트볼을 구사했다.

오른손 타자가 가장 쳐 내기 어렵다는 코스로 놈은 여우처럼 스트라이크를 잡아냈다.

하지만 미우라는 배트를 천천히 휘두르며 다음 공을 기다렸다.

어차피 승부는 공 한 개로 결정되기 때문에 서두를 이유가 없었다.

강찬은 바깥쪽 공으로 스트라이크를 잡아낸 후 미우라의 얼굴을 힐끗 바라봤다.

미우라의 얼굴은 첫 타석보다 훨씬 침착하게 가라앉아 있었는데 그럼에도 반드시 쳐 내겠다는 의지는 변함이 없었다.

로진백을 던지고 공을 손에 쥔 후 임관의 사인을 확인하며 고개를 끄덕였다.

패스트볼에 이은 슬라이더.

임관은 몸 쪽에서 바깥쪽으로 흘러 나가는 슬라이더를 요구하고 있었다.

좋은 조합이다.

타자는 바깥쪽의 강한 직구를 흘려보냈으니 2구는 인코스로 들어올 거란 생각을 할 가능성이 컸다.

만약 그렇다면 지금 임관이 요구하는 슬라이더는 유인구로 엄청난 위력을 발휘할 것이다.

숨을 고르고 와인드업을 거쳐 공을 뿌렸다.

손끝에서 피어나는 알싸한 기운이 슬라이더가 완벽하게 제구되었다는 것을 알려주었다.

피니시를 마치고 공을 확인하자 타자의 몸 쪽으로 진행되던 공이 급격하게 경로를 바꾸며 바깥쪽을 향해 뚝 떨어지는 것이 보였다.

미우라의 배트가 빠르게 빠져나온 것은 바로 그때였다.

딱!

미우라는 타이밍을 뺏겼지만 정확하게 배트를 휘둘러 흘러

나가는 공을 임팩트했다.

강찬이 눈을 돌려 확인하자 공이 2루수 쪽으로 날아가다가 빠르게 낙하하는 것이 보였다.

2루수를 맡고 있는 염명석이 타구를 따라 유연하게 좌측으로 움직여 자세를 잡은 후 글러브를 내밀었다.

물 흐르듯 부드러워 마치 수비의 교본을 보는 것 같았다.

그때 불규칙 바운드가 일어나며 공이 튀어 올라 염명석의 왼쪽 어깨를 가격하고 반대쪽으로 굴러갔다.

우익수를 맡고 있는 추명훈이 쇄도하면서 미우라가 2루로 진출하는 것을 막았지만 염명석은 왼쪽 어깨를 부여잡고 그라운드에 쓰러져 한참을 일어서지 못했다.

윤태균이 달려가 확인하자 염명석은 고통에 젖어 신음을 흘리고 있었다.

야수들이 모두 모였고, 김남구 코치까지 달려 나온 후에야 염명석은 겨우 일어섰다.

그는 일어서고도 얼굴을 찡그리고 있었는데 상당한 충격을 받은 모양이다.

그런 그를 향해 김남구 감독이 걱정스럽게 물었다.

"괜찮으냐?"

"괜찮습니다."

"바꾸는 게 어때?"

"싫습니다. 제가 하겠습니다."

염명석의 대답은 단호했다.

베어스의 주전 2루수를 보면서 정성화와 함께 라이벌 관계를 형성하고 있는 그는 이번 대회에서 주전으로 계속 뛰었는데 김남구 코치가 교체하자는 말을 꺼내자 목소리부터 바뀌었다.

그는 절대 그라운드에서 나갈 생각이 없는 것처럼 보였다.

워낙 강하게 의지를 보이자 김남구 코치가 왼팔을 빙빙 돌리는 그를 확인한 후 그라운드에서 내려갔다.

백업 멤버가 있기는 하지만 염명석이 뛰어줄 수만 있다면 그냥 가는 것이 최상의 방법이었기 때문이다.

김남구 코치가 내려가고 강찬이 몸을 돌려 마운드로 향할 때 염명석의 입이 불쑥 열렸다.

"강찬아, 미안하다."

"불규칙 바운드였잖습니까. 크게 다치지 않은 것만 해도 다행입니다."

"내가 뭣 때문에 공을 놓쳤는지 확인해 봤는데 이 새끼가 주범이더라. 이번 경기가 끝나면 이기든 지든 요놈을 앞에 두고 우리 거나하게 술 한잔하자. 괜찮지?"

"좋습니다."

염명석이 조그만 돌을 자신의 주머니에 넣는 걸 보면서 강찬이 활짝 웃었다.

재수가 없어서 주자를 내보냈을 뿐 누구의 잘못도 아니었다. 그러나 위기가 찾아왔다는 것은 변함없는 사실이었다.

무사 1루.

지금까지 팽팽하게 투수전으로 진행되던 경기가 미우라가

1루에 진출하면서 활활 타오르기 시작했다.

5만의 일본 관중은 전부 일어나 함성을 질러대며 일본이 득점해 주기를 기대했는데 2번 타자 쿠로다가 번트를 성공시키자 모두 주먹을 불끈 쥐었다.

이제 주자는 2루까지 진출한 상태이다.

더군다나 다음 타자는 이번 시합에서 무려 4할의 타율을 유지하고 있는 사사끼였다.

사사끼는 첫 타석에서 펜스 앞까지 날아가는 타구를 날렸기 때문에 일본 응원단은 광란에 가까운 함성을 질러댔다.

임관이 마운드로 달려 나온 것은 사사끼가 타석으로 들어서기 전 연습 스윙을 하면서 배트를 휘두르고 있을 때였다.

"왜 왔냐?"

"강찬아, 저 새끼 거르는 거 어때?"

"포볼로 내보내자고?"

"어차피 1루가 비었잖아. 이 경기 선취점을 내주면 어려워질 것 같아서 그래."

"싫다."

"왜, 인마?"

"지금 몇 명이 우리 경기를 보고 있는지 알아? 아마 대한민국 국민 모두가 이 경기를 보고 있을 거다. 그런데 쪽팔리게 저놈이 무서워서 포볼을 내준단 말이냐?"

"그럼 유인구로 던지다가 안되면 내보낼까?"

"넌 어째 갈수록 심장이 작아지냐. 마누라가 신랑 자존심을 자꾸 건드려서 어쩌자는 거야?"

두 놈이 머리를 맞대고 나누는 대화가 길어지자 1루에 있던 윤태균이 달려왔다.

중요한 시합에서 포수와 타자가 뭔가를 상의하고 있었기 때문에 경험이 많은 윤태균은 상황을 파악하기 위해 즉각 달려왔다.

그는 오자마자 대뜸 물었는데 목소리가 갈라져 나왔다.

"무슨 일이냐?"

"아무래도 저놈을 거르는 게 좋을 것 같아서요."

"그런데?"

"강찬이가 싫답니다."

"싫으면 승부를 하는 거지 뭐가 걱정이냐. 강찬이가 하겠다면 하는 거지. 강찬아, 네 마음대로 해."

"그럴 생각입니다."

"걱정 말고 던져. 타자 일순했으니까 다음 회부터는 우리 공격도 만만치는 않을 거다. 좆도 한 번 죽지 두 번 죽겠어?"

"고맙습니다."

강찬이 인사를 꾸벅 하자 윤태균이 빙그레 웃으며 제자리로 돌아갔다.

같은 이글스 소속이지만 윤태균은 야구 선수보다는 건달 세계에 더 어울릴 정도로 대단한 포스를 풍기는 사람이었다.

도살자 사사끼.

어떤 투수도 박살을 내버린다는 사사끼의 별명은 도살자였으며 재팬의 사무라이라고도 불렀다.

사사끼는 언제나 그렇듯 검객처럼 타석에 들어와 강찬을 노려보았다.

첫 타석에서 펜스 앞까지 날려 보내는 장타를 때려냈지만 강찬은 맞는 순간 외야 플라이에 불과하다는 것을 감각으로 알았다.

타자도 자신이 때려낸 공이 얼마나 멀리 갈지 감각으로 알지만 그것은 공을 던진 투수도 알 수 있었다.

사사끼가 홈런을 때려내지 못한 것은 선천적인 체격이 부족했고 강찬의 공이 그만큼 무거웠기 때문이다.

완벽하게 제구된 강찬의 공을 홈런으로 만들어내기 위해서는 압도적인 파워를 가지고 있어야 하는데 사사끼는 그런 선수가 아니었다.

교타자형 중거리 타자라고 보면 맞았다.

메이저리그에서 3년 연속 수위 타자를 차지했지만 평균 홈런 수는 15개에 불과했다.

대신 2루타가 압도적으로 많은데 정확한 임펙트로 펜스까지 굴러가는 타구가 많았다.

강찬은 여전히 번들거리는 눈으로 바라보는 사사끼의 시선을 차갑게 가라앉은 눈으로 상대했다.

이 승부는 더 강하고 더 냉정한 사람이 이긴다.

호흡을 가라앉히고 공을 틀어쥐었다.

임관에게 말한 것처럼 절대 피하지 않을 생각이다.

피한다고 해서 위기가 해소되는 것도 아니었고 한번 피하게 되면 다음 타석 역시 위축될 수밖에 없다.

그러고 싶지 않았다.

사사끼를 넘어서지 못한다면 자신은 온 국민이 염원하는 대한민국의 에이스가 될 수 없기 때문이다.

파앙!

초구는 사사끼가 가장 싫어한다는 몸 쪽 낮은 코스의 직구를 던졌다.

완벽하게 제구되었기 때문에 조금만 타이밍이 맞지 않으면 파울볼이 될 가능성이 70%가 넘을 정도로 낮고 빠르게 제구된 공이었다.

초구를 그냥 보낸 사사끼가 입술을 끌어 올리며 침을 뱉어내는 게 보였다.

놈은 자신의 생각과 다른 코스의 공이 들어왔는지 어색한 몸짓으로 어깨를 으쓱댄 후 천천히 배트를 돌려 타이밍을 맞췄다.

부드러움 속의 강함.

강찬이 던진 체인지업의 궤적이 사사끼의 허리춤에서 뚝 하고 떨어져 내렸다.

초구와 거의 흡사한 코스였고 분명히 직구로 보였는데 공은 턱없이 느리게 날아와 홈 플레이트에서 바닥으로 처박혔다.

뛰어난 선구안을 지녔다고 자타가 인정하는 사사끼의 배트가 허공을 가른 것은 그만큼 강찬의 유인구가 마술처럼 사사끼의 눈을 현혹시켰기 때문이다.

공 두 개로 2스트라이크를 잡은 강찬은 바깥쪽으로 떨어지는 커브와 슬라이더를 연속으로 던졌으나 사사끼는 말려들지 않았다.

하지만 공을 바라보는 그의 시선은 떨렸고 어깨는 움찔거렸는데 간신히 참아내는 모습이다.

그만큼 강찬의 유인구가 무서웠다는 뜻이다.

2스트라이크 2볼.

요란하게 사인을 주고받았지만 승부구는 유인구를 던지면서 이미 결정된 거나 마찬가지였다.

커브와 슬라이더를 던지면서 사사끼의 눈을 현혹시킨 것은 마지막 공을 패스트볼로 던지기 위한 사전 작업이었다.

아마 경험이 많은 사사끼도 예측하고 있을 것이다.

그럼에도 승부구를 패스트볼로 결정한 것은 알고도 당할 수밖에 없기 때문이다.

사람의 눈은 느린 공에 적응되는 순간, 빠른 공이 들어온다는 것을 빤히 알고도 당한다.

더군다나 강찬이 선택한 것은 사사끼가 약점을 보인다는 몸 쪽이 아니라 타자에게서 가장 멀고 가장 낮은 코스였다.

쐐애액, 팡!

사사끼의 배트가 맹렬하게 돌아갔지만 공은 이미 임관이 내민 글러브에 틀어박히며 가죽 북 터지는 소리가 울러 퍼졌다.

구속 160㎞/h의 강력한 패스트볼.

도살자 사사끼를 헛스윙 삼진으로 때려잡은 것은 무시무시한 위력을 지닌 직구였다.

"와아! 와아!"

휴게실에서 중계방송을 지켜보던 박 차장은 머리를 쥐어뜯으며 전율을 식히느라 애를 썼다.

여직원들은 비명을 질렀고 옆에 있던 원 차장은 몸살을 앓는 사람처럼 식은땀을 흘리고 있었다.

강찬이 도살자이자 일본의 사무라이라고 불리는 사사끼에 이어 작년 일본 리그 홈런왕 아끼야마까지 환상적인 슬라이더로 삼진을 잡아내자 대강당은 온통 직원들의 환호성으로 뒤덮이고 말았다.

유진기업은 대한민국과 일본이 결승전을 벌이는 날 오후 업무를 전폐하고 강단에 대형 스크린을 마련해서 직원들이 응원할 수 있도록 배려해 줬는데 맨 앞에는 사장과 임원진까지 모두 나와 경기를 관람하는 중이다.

아마 오늘은 유진기업처럼 수많은 기업이 업무를 포기하고 응원전을 펼치고 있을 것이다.

전국의 거리에는 붉은악마들이 모여서 집단 응원전을 펼치는 중이었으며 특히 시청 근처에는 거의 육십만에 달하는 사람이 모여들어 외신들이 난리가 난 상태였다.

열광적인 응원.

전국을 사로잡은 야구 열풍은 결승전에서 정점을 찍으며 온 국민의 시선을 한꺼번에 사로잡은 채 진행되고 있었다.

강찬은 5회에 작년 시즌 일본 수위 타자인 5번 타자 마사끼에게 유격수 옆으로 빠져나가는 안타를 허용했으나 그때부터

7회까지 일본의 막강 타선을 꽁꽁 틀어막았기 때문에 분위기는 달아오를 대로 달아오른 상태였다.

강찬은 7회 초가 끝난 지금까지 단 두 개의 안타를 내주며 삼진을 무려 열한 개나 뺏어내었다.

"아이고, 심장 떨려 미치겠네. 여기 소름 돋은 것 좀 봐라."

"정말 이강찬 대단하다. 일본 놈들이 건드리지도 못하잖아!"

"난 이강찬이 저렇게 무서운 놈인 줄 처음 알았다. 내가 야구를 좋아하지 않아서 저놈 경기를 거의 안 봤는데 정말 어마어마하네. 야구가 이렇게 재밌는 줄 처음 알았어. 앞으로 난 무조건 이강찬 팬이다."

"내가 몇 번이나 말했잖아. 작년 시즌 MVP라고. 무려 22승을 거뒀고 완투를 열여덟 번이나 한 괴물이야. 재 때문에 이성우 감독이 우승할 수 있다고 인터뷰한 거 못 봤어?"

"얘기는 들었다. 그래도 이 정도일 줄은 몰랐지."

박 차장이 새삼스럽게 호들갑을 떨자 원 차장이 고개를 끄덕이며 수긍했다.

야구에 대한 관심이 없어서 그동안 이강찬이란 선수를 제대로 알지 못했는데 오늘 그는 제대로 필이 꽂힌 상태였다.

7회 초 수비를 무사히 마친 대한민국의 공격은 5번 타자인 이청화로부터 시작되었다.

이청화.

대한민국 야구계의 살아 있는 전설로 통하는 타자로서 7시즌 동안 홈런왕을 독차지했고 10년 연속 30개 이상의 홈런을 쏘아 올린 거포였다.

비록 작년 시즌은 최황에게 밀려 홈런왕을 빼앗겼지만 35개를 쳐 내며 식지 않는 장타 본능을 뽐냈다.

그가 진정 무서운 것은 홈런뿐만 아니라 뛰어난 타격 능력을 가지고 있기 때문이었다.

전성기 시절 그는 홈런왕과 타격왕을 동시에 거머쥔 게 3시즌이나 될 정도로 뛰어난 타자였다.

그런데 WBC에 들어와서는 한마디로 죽을 쓰고 있는 중이다.

주장이라는 책임감 때문인지 아니면 단기 슬럼프에 빠져든 건지 알 수 없었지만 이번 대회에 들어와 그가 기록한 타율은 간신히 1할이 넘는 상태였다.

29타수 3안타.

그것도 예선전에 약체를 상대로 기록이고 본선에 와서는 아직까지 안타를 기록하지 못하고 있었다.

이청화의 기록이라고는 상상하지 못할 정도의 극심한 타격 슬럼프.

사람들 앞에서는 주장이기 때문에 웃으며 밝은 모습을 보이려고 노력했지만 숙소에 들어가거나 사람이 없는 곳에 가면 그는 죽고 싶을 정도의 괴로움에 머리를 쥐어뜯었다.

심지어 이청화는 이성우 감독에게 찾아가 자신을 빼달라는 청을 넣기까지 했다.

아무리 주장이라도 성적이 좋지 않으면 시합에 나가지 않아야 한다며 눈물을 글썽였다.

하지만 이성우 감독은 그런 그를 향해 말했다.

"이청화 넌 대한민국 국가대표의 자존심이다. 네가 앞으로 어떤 결과를 보이든 나는 너를 교체하지 않을 것이다. 그러니 괴로워하지 마라. 동생들에게 미안하거든 중요한 순간에 한 방만 날려줘라. 그러면 내가 원이 없겠다."

끝없는 믿음이다.

이성우 감독은 라이온즈에서 이청화와 거의 10년을 같이 지내왔기 때문에 언젠가는 한 방을 터뜨려 줄 거란 믿음을 버리지 못하는 것 같았다.

그러나 온 국민의 시선이 한꺼번에 몰린 결승전의 앞 타석에서 모두 삼진으로 물러났기 때문에 이청화가 타석에 들어서자 응원단의 시선이 암울하게 변했다.

아무리 살아 있는 전설 이청화라도 이렇게 극심한 부진에 빠졌다면 바꿔줘야 하는 게 아니냐며 여기저기서 웅성대는 소리가 들려왔다.

앞에서 김 부장이 동료들과 떠드는 소리를 듣고 박 차장이 고개를 끄덕였다.

김 부장은 다혈질이기 때문에 목소리도 컸지만 틀린 소리를 하지 않기 때문에 실력을 인정받고 있는 사람이었다.

그래서 그런지 박 차장의 입에서 저절로 한숨이 흘러나왔다.

타석에 들어선 이청화의 얼굴에는 초조함이 담겨 있었는데 연습 스윙마저도 자신감이 없는 것 같았다.

"왠지 불안하네."

"연속 15타석 무안타라니 한심하군."

방송 해설자가 데이터를 보면서 하는 말을 듣고 원 차장이 입맛을 다셨다.

야구를 좋아하지 않는 그조차도 이청화라면 귀가 따갑게 들었을 정도로 대한민국을 상징하는 타자였는데 너무나 부진하자 믿음이 가지 않았다.

두 사람이 이야기하는 동안 초구에 배트를 휘두르는 이청화의 모습이 보였다.

뒤늦게 발동이 걸린 대한민국의 타선이 비록 점수를 뽑아내지는 못했지만 4회부터 6회까지 선발로 나온 히데토시를 공략하며 안타를 네 개나 뽑아내서 강판시켰기 때문에 지금은 작년 시즌 일본 리그 다승왕인 엔도가 마운드를 지키고 있었다.

엔도는 변화구의 마술사라고 불릴 정도로 커브와 슬라이더가 일품인 데다가 패스트볼도 150㎞에 육박할 정도로 빨라서 메이저리그 스카우터들의 관심을 한 몸에 받고 있는 투수였다.

헛스윙을 하고 타석에서 물러서는 이청화의 얼굴이 붉게 물들었다.

슬로비디오로 본 이청화의 배트는 공과 상당한 차이를 둔 채 돌아가고 있었다.

엔도의 슬라이더에 속아서 터무니없는 공에 스윙을 했는데 스스로도 한심했는지 한동안 눈을 감은 채 뭐라고 중얼거렸다.

안쓰러운 모습이다.

열광적으로 응원하던 붉은악마는 잠시 응원을 멈추었고, 대신 5만의 일본 응원단이 그를 조롱하는 야유를 퍼부었다.

세 시즌을 일본 리그에서 뛴 그는 처음 두 시즌은 맹활약했지만 마지막 해에는 부상으로 인해 제대로 출장조차 하지 못했는데 일본 언론은 그 마지막 해만 기억하면서 그를 내리깎는 보도를 수시로 해댔다.

아주 단순한 전략이었다.

대한민국 야구계를 상징하는 이청화를 엿 먹임으로써 대한민국 국가대표 전체를 조롱하고 싶은 게 일본 언론의 속뜻이었는데 그런 보도가 한동안 계속되자 일본인들은 자연스럽게 이청화를 우습게 알기 시작했다.

특히 결승전을 앞두고는 일본 국가대표팀 감독인 하라까지 나서서 이청화를 조롱하는 발언을 했기 때문에 이청화는 일본인들 사이에서 패배자로 인식되어 있는 상태였다.

이청화는 호흡을 길게 뿜어내고 천천히 감고 있던 눈을 떴다.

야구를 시작한 지 올해로 꼭 23년째다.

그 긴 세월 동안 숨 가쁘게 달려오며 대한민국 야구계를 대표하는 스타가 되었다.

홈런 타자가 되기까지 수많은 역경을 이겨냈다.

고1 때 부친이 돌아가신 후 가장이 되었기 때문에 그토록 원하던 대학을 들어가지 못했다.

그가 원하는 꿈은 가족들이 입고 먹어야 하는 옷과 쌀을 사기 위해 포기해야 했다.

3라운드 21순위로 라이온즈에 입단하고도 그는 무려 5년 동안 후보 생활을 하며 인고의 시간을 보냈다.

수많은 눈물과 후회.

불과 천만 원도 안 되는 연봉을 받으며 배트를 휘두르는 자신이 어리석게 느껴져 야구를 포기하겠다는 생각을 수없이 했다.

고난과 역경은 그에게 친구와 같은 존재였고, 자신에게 다가오는 불행이 어떨 때는 당연한 것처럼 여겨질 정도였다.

1군으로 진입해서 라이온즈를 대표하는 홈런 타자로 성장하면서 스타로 발돋움했지만 7년 전 시즌 중간에 오른발 인대가 끊어지면서 선수 생활을 접어야 할 정도의 커다란 부상을 당한 적도 있다.

사람들은 모두 그가 끝났다고 말했지만 끝끝내 일어서서 그다음 해에 아시아 신기록이라는 58홈런을 때려냈다.

일본에서 돌아올 때의 몸 상태도 최악이었다.

사람들은 그때도 그가 이젠 끝났다고 말하며 더 이상 기대하지 않는 게 좋을 거라고 공공연하게 떠들어댔다.

하지만 그는 불사조처럼 일어나 라이온즈의 4번 타자가 되어 돌아왔다.

이번 대회에 임하는 그의 각오는 정말 대단한 것이었다.

대표팀의 주장이 된다는 것은 개인적으로 엄청난 영광이며 자랑이다.

최선을 다하고 싶었다.

자신의 힘으로 대한민국이 세계 야구 판을 뒤흔드는 강자로 거듭나기를 바랐다.

하지만 과욕 때문인지 배트가 흔들렸다.

참으로 환장할 노릇이었지만 한번 어그러진 타격 자세는 쉽사리 돌아오지 못했고 선구안마저 흔들렸다.

정말 설상가상이라는 말이 뼈저리게 느껴지는 순간들이었다.

앞선 두 번의 타석에서 연속으로 삼진을 당했고, 이번 타석에 들어와서도 터무니없는 슬라이더에 손을 대고 말았다.

하지만 앞선 타석과 다른 점이 있다면 일부러 배트를 휘둘렀다는 것이다.

선구안이 흔들린 이상 변화구를 타격해 낼 자신이 없었다.

그랬기에 일부러 터무니없는 공에 손을 댔다.

역지사지.

터무니없는 공에 배트를 휘두르면 엔도는 계속해서 변화구를 던지게 될 것이다.

그때 스윙을 하지 않고 골라내게 되면 놈은 결국 패스트볼로 승부를 해올 가능성이 많았다.

변화구를 유인구로 쓸 때 타자가 골라내게 되면 투수는 심리적으로 직구를 던지게 된다.

수많은 경험을 통해 얻어낸 결론이다.

어찌 보면 모험이지만 그에게는 더 이상의 방법이 없었다.
어차피 타격 폼이 흔들린 이상 마지막 모험에 목숨을 걸고 싶었다.

"아, 씨발! 미치겠네!"
엔도의 바깥쪽 터무니없이 낮은 유인구에 말려들어 이청화가 헛스윙을 하고 몸의 균형을 잡지 못한 채 휘정거리자 박 차장의 입에서 저절로 욕설이 튀어나왔다.
하지만 그것은 박 차장뿐만 아니라 유진기업 대강당을 꽉 채운 사람들의 입에서도 동시에 흘러나왔기 때문에 금방 묻히고 말았다.
박 차장도 그랬지만 사람들의 욕설은 이청화를 향해 있는 게 아니었다.
이 상황이 너무나 싫었다고나 할까.
일본 언론이 대놓고 이청화를 까대는 기사를 보면서 대한민국 국민들은 이를 갈았는데 대한민국을 빗대서 욕하는 짓이란 걸 너무나 잘 알고 있기 때문이었다.
그런 와중에 이청화가 그들의 말처럼 허수아비가 되어 흐느적거리는 모습을 보자 사람들은 자신이 운동장에서 홀딱 벗고 서 있는 수치스러운 감정을 느낀 것이다.
다행스럽게 이청화가 연속으로 인코스 커브와 바깥쪽으로 흘러 나가는 슬라이더를 골라내고 타석에서 물러서자 박 차장의 입에서 다시 불퉁거리는 음성이 흘러나왔다.
"씨발, 이청화, 땅볼이라도 때려라. 여기서 또 삼진당하면

난 아마 돌아버릴지도 몰라. 그러니까 제발 때리기만 해!"

"내 말이 그 말이야. 저 씨발놈들 야유하는 소리가 꼭 여우 우는 것같이 들려서 듣기 싫어 죽을 지경이다."

박 차장의 말을 들은 원 차장이 맞장구를 쳤다.

두 사람의 말을 들은 옆쪽 신입 사원과 여직원들이 소리 죽여 웃으며 고개를 끄덕였다.

그들도 심정적으로 충분히 공감되는 말이었기 때문이다.

대화를 할 때 누군가가 호응을 해주는 것처럼 기분 좋은 일도 없다.

더군다나 그것이 한참 어린 신입 직원이든가 여직원들이면 훨씬 더하다.

그랬기에 박 차장은 여직원들 쪽을 향해 부처님 웃음을 날렸는데 그때 엔도가 투구하는 모습이 보이더니 강력한 패스트볼이 정중앙으로 들어가는 게 눈으로 들어왔다.

박 차장의 눈에는 그게 슬로비디오처럼 보였다.

그리고 거짓말 같은 광경이 눈에 들어왔다.

뭔가를 간절히 원할 때 그것이 현실이 되어 나타나면 한동안 멘붕 상태에 빠지는데 박 차장이 그랬다.

아니다. 박 차장뿐만 아니라 모든 사람이 그런 것 같았다.

화면에서는 중계방송을 하는 캐스터가 비명과 같은 소리를 질러대고 있었는데 그 소리가 마치 꿈결처럼 들렸다.

"크다, 크다! 홈런이냐, 홈런이냐! 홈런! 홈런입니다! 우중간 스탠드 상단을 때려 버리는 대형 홈런입니다! 국민 여러분, 기뻐해 주십시오! 이청화 선수가 드디어 후지산을 무너뜨리는 홈런을 때려냈습니다!"

이청화가 천천히 그라운드를 돌아 홈으로 들어오자 대표팀 전원이 달려 나와 물을 뿌려대며 헬멧을 두들겼다.

그들은 지금 이 순간 이청화를 선배가 아닌 영웅으로 맞아들였는데 코치진이 말리지 않았다면 헹가래까지 칠 기세였다.

이청화는 웃고 있었다.

그동안의 어둡던 얼굴에 환한 웃음이 들어 있었는데 모든 것을 내려놓은 사람처럼 그의 웃음은 평온하기 그지없었다.

7천의 붉은악마는 경기장이 떠나가라 대한민국을 외쳤고, 반면 일본 관중은 침묵 속에서 대표팀의 축하 세리머니를 지켜봤다.

그들은 이청화가 홈런을 때리는 순간 숨이 멎을 것 같은 실망감으로 말을 잃은 채 그저 허수아비처럼 서 있었다.

조마조마한 심정으로 이글스 서포터즈와 함께 대전구장에 자리를 잡고 경기를 지켜보던 곽선화는 이청화가 홈런을 때려내자 자리에서 벌떡 일어나 미친년처럼 날뛰다가 기어코 이동렬을 끌어당겨 마구 뽀뽀를 해댔다.

화면에는 이청화가 홈으로 들어오자 선수들이 격렬하게 환영하는 장면이 나타났다가 곧바로 장면이 바뀌며 시청 근처에 모여 있던 육십만의 붉은악마가 모두 일어나 방방 뜨는 장면이 비춰졌다.

곽선화는 주변의 시선을 전혀 의식하지 않고 감격의 키스를 했는데 그 모습이 너무도 섹시해서 환호성을 지르던 이글스의 서포터즈들이 눈을 오므리고 지켜봤다.

그들은 오랜 세월 동안 같이했기 때문에 두 사람이 연인 관계라는 걸 잘 알고 있었지만 이렇게 대놓고 키스하는 걸 본 건 처음이다.

"야, 그만해. 숨 막혀."

"하, 핫! 오빠야, 가만있어 봐."

"남들 보잖아!"

"이런 기분이라면 여기서 섹스도 할 수 있을 정돈데 그게 문제야? 그러니까 가만있어."

"미치겠네. 홈런 한 방에 이렇게 훅 가면 어쩌자는 거냐?"

"오빠는 안 좋아?"

"왜 안 좋겠어. 좋아 미칠 지경이지."

"그런데 왜 내 뽀뽀는 왜 거부하냐?"

"사람들이 보니까 그렇지. 넌 어쩜 애가 부끄러운 걸 몰라."

"호홍. 나도 부끄러운 거 알거든요. 하지만 말이죠, 이 순간은 아드레날린이 마구 분비돼서 누구도 우리를 변태로 안 본답니다."

"지금도 그래?"

이동렬이 아직도 자신들을 바라보는 사람들의 시선을 턱짓으로 가리키자 곽선화의 표정이 새초롬하게 변했다.

그녀는 방금 전의 흥분이 가라앉았는지 금방 자세를 바로 잡은 후 사람들을 쓰윽 째려보고는 스탠드에 앉아 다시 관전 모드로 들어갔다.

"내가 뭐라고 그랬어. 이청화가 꼭 한 방 때려줄 거라고 했잖아."

"족집게 도사 나셨습니다."

곽선화의 잘난 척에 이동렬이 쓴웃음을 지었다.

시합 전부터 오늘 게임에서 이청화가 홈런을 때릴 거라며 그녀는 거품을 물었다.

뒷걸음치던 소에게 쥐가 밟힌 것이나 다름없는 추리였다.

15타수 연속 무안타에 허덕이던 이청화가 이렇게 중요한 순간에 홈런을 때려낼 거라 예상한 사람은 그들 주변을 가득 채우고 있는 이글스의 서포터즈 중에는 곽선화 말고 아무도 없었다.

그녀는 이청화의 후속 타자로 나온 이경우가 유격수 앞 땅볼로 물러나는 것을 보고는 안타까워했지만 금방 표정을 바꾸고 다시 입을 열었다.

"오빠, 이 경기 우리가 이겼다."

"도사님이 그렇다면 그런 거겠죠."

"농담이 아니야. 8회 일본 공격이 6번 타자부터야. 하위 타선은 오늘 강찬이한테는 밥이었으니까 9회만 무사히 막으면 우리가 이길 거야."

"사사끼와 한 번 더 붙을까?"

"글쎄, 강찬이가 한 타자도 안 내보내면 그놈하고는 더 이상 볼 일이 없을 텐데 말이지. 걔는 왜 주는 것 없이 밉게 생겼니?"

"콧수염 때문에 그런 거 아닐까?"

"그건 아니야. 우리나라 톱모델이자 영화배우인 차병웅은 콧수염이 있어도 엄청 멋있잖아. 사사끼는 생긴 것 자체가 쥐새끼처럼 생겨서 그래."

"난 쥐새끼처럼 생기지 않았지?"

"흐흥, 그러면 내가 오빠한테 안겼겠어? 오빤 늑대처럼 생겼다."

"넌?"

"난 당연히 여우지."

이청화의 홈런으로 1점을 뽑았으나 후속 타자들이 범타로 물러나면서 7회 말 공격이 끝났다.

엔도는 일본을 대표하는 간판투수답게 홈런을 허용하고도 냉정하게 나머지 타자들을 처리한 후 마운드를 내려갔다.

하지만 일본 관중들은 쉽사리 충격에서 벗어나지 못하고 있었다.

일본 관중들이 이청화의 홈런에 극도의 멘붕 상태로 빠져든 것은 8회부터 이어지는 일본의 공격 라인이 6번 타자부터 시작된다는 것 때문이었다.

일본 대표팀은 단 2안타를 기록하고 있었는데 상위 타선에서 기록한 것이고 하위 타선은 공조차 건드리지 못하는 무기력함을 보여주었다.

그리고 그 무기력함은 8회에서도 여전했다.

6번 타자 이가라시는 강찬의 무서운 외곽 패스트볼에 스탠딩 삼진을 당했고, 7번과 8번 타자 역시 내야 땅볼로 허무하게 물러났다.

그리고 운명의 8회 말.

불꽃같던 대한민국의 8회 말 공격이 시작되었다.

톱타자 이문승은 오늘 안타가 없었지만 삼진은 당하지 않았다.

그는 줄곧 끈질기게 승부하며 히데토시를 괴롭혔는데 무려 3타석에 19개의 공을 던지게 만들었다.

타석당 여섯 개 이상의 공을 던지게 했으니 충분히 투수를 괴롭히는 성과를 올린 것이다.

이문승은 타석에 들어서서 엔도를 향해 배트를 내밀었다.

6회부터 마운드에 오른 엔도는 7회에 이청화에게 불의의 일격을 맞았으나 강력한 구위로 대한민국의 타석을 제압하고 있는 중이다.

이문승은 천천히 배트를 돌린 후 공을 기다렸다.

엔도의 투구 폼은 군더더기가 없이 무척 간결했지만 구속도 빠르고 특히 변화구의 낙차가 큰, 때려내기 어려운 구질을 구사했다.

호흡을 가다듬고 타석에서 물러섰다.

엔도는 자신이 인코스에 강하다는 걸 미리 알고 들어왔는지 계속해서 바깥쪽으로 공을 던졌다.

하지만 놈이 모르는 것이 있었는데 자신은 인코스를 특히 좋아해서 안타를 만들어내는 빈도가 잦을 뿐 아웃코스도 필요에 따라 밀어 칠 수 있는 능력을 가지고 있다는 것이다.

최대한 배트를 짧게 잡고 변화구에 타점을 맞춰놓았다.

엔도의 패스트볼이 150km/h에 육박하지만 놈의 장기는 폭포수처럼 떨어지는 커브와 슬라이더이기 때문에 타이밍을 맞춰놓고 기다렸다.

만약 패스트볼이 들어오면 커트를 하면 된다는 생각이었다.

길고 긴 승부.

두 번의 타격으로 파울볼을 쳐 내고 유인구를 계속해서 흘려보내자 볼카운트는 풀카운트로 변했다.

이제 엔도는 무조건 스트라이크를 던질 것이기 때문에 완벽한 배팅 찬스가 찾아왔다.

그렇다고 무조건 스윙을 해서는 안 된다.

날카로운 눈으로 끝까지 지켜보다가 유인구라면 배트를 멈출 수 있어야 진정한 톱타자 역할이 가능해진다.

잠시 눈을 감은 후 숨을 멈추었다가 천천히 내뱉은 후 배트를 잡은 손에 힘을 주었다.

50%의 확률.

놈이 변화구를 던질 확률은 50%이고 그중 커브를 던질 가능성은 또 반으로 줄어든다.

하지만 왠지 커브가 들어올 거란 생각이 들었다.

엔도의 최대 장점은 몸 쪽으로 파고드는 커브였는데 놈은 자신의 강점이 인코스에 있다는 것을 알고 한 번도 그 공을 구사하지 않았다.

와인드업을 거쳐 팔로우까지 정말 완벽한 투구 폼을 거쳐 공이 날아왔다.

이강찬의 투구 폼이 완벽하다고 생각해 왔는데 엔도의 투구 폼도 그에 못지않게 뛰어났다.

눈을 부릅뜨고 기다리자 엔도의 손을 떠난 공이 마치 거짓말처럼 자신이 생각하고 있는 인코스로 들어오며 급격하게 떨어져 내렸다.

정말 기가 막히게 구사된 커브.

미리 예상하지 않았다면 아무리 인코스에 강점을 가진 자신이라도 절대 쳐 내지 못했을 정도로 완벽하게 제구된 폭포수 커브였다.

배트가 잠시 목 뒤로 넘어갔다가 정확하게 빠져나오며 떨어지는 공을 가격했다.

맞는 느낌이 너무나 경쾌해서 짜릿한 쾌감이 뇌리 깊은 곳에서 솟아올랐다.

배트를 던지고 전력으로 1루를 향해 질주하면서 타구가 날아간 방향으로 눈을 돌렸다.

타구는 유격수 옆을 빠져나가 좌익수 앞까지 굴러가고 있었다.

2루를 가는 척했다가 1루로 돌아와 손을 번쩍 치켜들어 기쁨을 나타낸 후 팔꿈치 보호대를 풀어 코치에게 넘겨주었다.

무사 1루.

오늘 경기에서 한 번도 진루하지 못해 답답했는데 안타를 치고 나자 날아갈 것처럼 기분이 좋아져 저절로 웃음이 나왔다.

무사인 상태에서 진루를 한 이상 일본은 이제 상당히 피곤해질 것이다.

주루 플레이 면에서 이문승은 국내 최고의 스킬을 가졌고 도루 능력도 발군이다.

다음 타자가 나와 타석에 서서 타격 준비를 하자 이문승은 슬금슬금 1루에서 벗어나 투수의 시각 경계선에 서서 몸을 흔들었다.

투수의 눈을 혼란시키기 위한 행동이다.

발 빠른 주자들은 언제든지 도루가 가능하기 때문에 투수들은 시각의 경계 면에서 주자가 사라지면 불안감을 느끼는데 그때마다 발을 빼서 견제구를 던지는 경우가 많았다.

추명훈.

오늘도 히데토시에게 안타를 때려낸 추명훈은 절대 만만한 타자가 아니었지만 엔도는 이문승의 주루 플레이에 세 번이나 발을 빼서 견제구를 던졌다.

워낙 리드 폭이 많았기에 그냥 둘 수 없었기 때문인데 그러자 자연스럽게 컨트롤이 흔들렸다.

1스트라이크 3볼.

주자에게 신경을 쓰던 엔도의 컨트롤이 흔들리며 볼카운트는 추명훈 쪽으로 유리하게 진행되었다.

그렇다고 해서 추명훈에게 절대적으로 승산이 있는 것은 아니었다.

필요에 따라 언제든지 스트라이크를 던질 수 있는 엔도였기 때문에 볼카운트가 유리해졌다고 해서 안타를 만들어낸다는 확신은 가질 수 없었다.

그랬기에 이문승은 리드 폭은 조금 줄이고 두 사람의 대결을 기다렸다.

아직 무사이기 때문에 도루를 한다는 것은 있을 수 없는 일이었다.

더군다나 지금은 1점 승부이기 때문에 최대한 주자를 아껴야 하는 상황이다.

리드 폭을 크게 한 것은 추명훈에게 조금이라도 도움을 주기 위함이지 도루를 하기 위한 작업은 아니었다.

딱!

엔도가 던진 공이 조금 가운데로 몰렸다고 생각하는 순간 추명훈의 배트가 힘차게 돌아가며 공이 새까맣게 하늘로 떠올랐다.

공을 타격하는 순간 출발은 했으나 좌익수 쿠로다가 뒤쪽으로 물러나는 것을 보면서 2루까지 진출한 이문승은 쿠로다가 펜스 앞에서 오른팔을 내미는 걸 확인한 후 급히 귀환하다가 공이 글러브에서 떨어지는 걸 뒤늦게 보고 다시 전력으로 달렸다.

쿠로다는 펜스에 부딪치는 충격을 이기지 못하고 공을 떨어뜨리는 실수를 범하고 말았다.

워낙 깊은 코스였기 때문에 뒤늦게 출발했지만 3루까지 무사히 안착할 수 있었다.

이문승은 3루에 도착해서 바로 공의 중계 플레이를 확인했는데 뒤늦게 송구된 공이 추명훈이 무사히 도착한 후에야 2루수의 글러브로 들어가는 것이 보였다.

7회 이청화의 홈런에 이어 8회에 들어와 연속 안타로 무사 2, 3루의 찬스가 찾아오자 또다시 붉은악마는 열광 속에 빠져들었다.

절호의 찬스.

그것도 이번 대회에서 사사끼와 함께 리딩 히터 자리를 경쟁하고 있는 최성일에게 걸렸기 때문에 붉은악마의 함성은 그 어느 때보다 뜨거웠다.

최성일은 오늘도 히데토시를 상대로 2루타를 때려냈는데 후속 타선의 불발로 득점을 올리지 못한 전력이 있다.

사사끼가 검객이라면 최성일은 절정의 반열에 들어선 도객이라고 봐도 손색이 없다.

배트를 들고 타석에 선 그의 자세는 그야말로 완벽했는데 어떤 코스의 공이 들어와도 타격이 될 만큼 균형이 잡혀 있었다.

부챗살 타법.

어떤 코스의 공도 가리지 않고 쳐 내는 타자들의 타격 형태를 보며 사람들은 부챗살 타법을 쓴다고 말한다.

하지만 그것은 타격에 대한 특정 방법이 아니라 선수의 능력이라고 보는 것이 타당했다.

무결점의 타격 능력을 가지고 있는 천재.

최성일은 어떤 코스의 공이 들어와도 쳐 낼 수 있는 타자였다.

그걸 증명하듯 최성일은 엔도에 이어 구원투수로 들어온

아라끼의 3구를 통타해서 2루 옆으로 빠져나가는 안타를 만들어냈다.

아라끼는 작년 일본 시즌 구원왕이었지만 최성일의 일격을 막아내지 못했다.

1타점 적시타.

워낙 빠른 타구였기 때문에 2루에 있던 추명훈은 들어오지 못했지만 이문승은 여유 있게 홈을 밟았다.

그의 안타로 도쿄돔에서 응원전을 펼치던 붉은악마는 물론이고 대한민국 전체가 모두 들썩였다.

1점 차로 이기고 있었으나 언제 터질지 모르는 일본의 막강 타선을 생각해 본다면 불안하기 짝이 없었는데 최성일이 결정적인 한 방을 터뜨려 주자 대한민국 벤치는 모두 일어나 만세를 불렀다.

그러나 더 그들을 흥분시킨 것은 후속 타자로 들어선 4번 타자 이대철이 외야 깊숙한 희생플라이를 때려내 1점을 더 얻어냈다는 것이다.

비록 윤태균이 2루수 땅볼로 더블플레이를 당했기 때문에 이닝이 종료되었지만 대한민국은 8회에 또다시 귀중한 2점을 얻어내며 3 대 0으로 앞선 상태에서 9회 마지막 수비로 들어갈 수 있었다.

흥분의 연속.

이제 대한민국이 일본을 꺾고 우승하기 위해서는 단 1이닝이 남았을 뿐이다.

"국민 여러분, 이제 대한민국이 우승하기까지 단 1이닝이 남았을 뿐입니다. 7회 이청화 선수의 홈런에 이어 8회에도 장단 3안타로 2점을 뽑아낸 우리 팀이 일본을 3 대 0으로 이기고 있습니다. 김 위원님, 이번 이닝에 일본의 공격이 9번 타자부터 시작되지요?"

"그렇습니다. 9번 타자 카지하라부터입니다."

"하위 타선에서 상위 타선으로 올라가는군요. 이제 마지막 이닝인데 이강찬 선수를 바꿔줄까요?"

"8회까지의 투구 수가 121개였습니다. 평소의 이강찬 선수라면 140개까지는 무리 없이 던졌습니다만 워낙 중요한 경기이기 때문에 이성우 감독이 어떤 판단을 내릴지 저도 궁금합니다."

"그렇다면 바꿀 가능성도 있다는 뜻이군요."

"우리 팀에는 최고의 마무리 투수인 오석환 선수가 있으니까요. 하지만 제 생각에는 이강찬 선수로 계속 갈 것 같습니다. 위기가 닥친다면 모르지만 이강찬 선수는 우리 팀의 최고 에이스이자 언터처블 투숩니다. 저는 그의 불같은 투구를 계속 보고 싶은 마음입니다."

"아, 말씀드리는 순간 이강찬 선수가 마운드로 오르고 있습니다. 이성우 감독, 이강찬 선수로 끝장을 보려는 것 같습니다."

마지막 수비를 위해 그라운드로 나서는 대표팀의 모습 사이로 이강찬이 나타나자 중계방송을 하던 장춘진이 흥분에 찬 고함을 질렀다.

그의 눈은 하트로 변해 있었는데 이강찬이 기대한 대로 마운드에 나서자 예뻐 죽겠다는 얼굴이었다.

"오늘 일본의 막강 타선을 상대로 단 2안타만 내주며 완벽하게 틀어막은 이강찬 선수가 다시 마운드에 오르고 있습니다. 정말 자랑스럽습니다. 김 위원님, 오늘 이강찬 선수의 공을 어떻게 보십니까?"

"작년 시즌에도 이강찬 선수는 막강한 위력을 발휘했지만 오늘 결승전에서는 그야말로 무서운 공을 던지고 있습니다. 게임이 시작될 때 153㎞/h를 기록하던 직구의 구속이 사사끼를 삼진으로 잡아낼 때 무려 160㎞/h를 기록했습니다. 시간이 지날수록 점점 구속이 빨라지는데 구속이 빨라지면서 라이징의 위력도 점점 증가하고 있는 실정입니다. 제가 타자라면 타석에 서는 것조차 겁날 정도로 대단한 투구입니다."

"그렇다면 일본의 마지막 공격도 무사히 막아낼 수 있겠죠?"

"글쎄요. 공은 둥급니다. 아직 이강찬 선수의 구위가 떨어지지 않았지만 경기가 끝나지 않은 이상 일 구 일 구에 최선을 다해야 할 것 같습니다. 일본의 막강 타선은 한번 터지면 무섭게 불이 붙을 정도로 대단합니다. 그렇기에 마지막 타자를 잡는 순간까지 우리는 방심해서는 안 됩니다. 저는 이강찬 선수가 마지막까지 파이팅할 수 있도록 기도하면서 지켜볼 생각입니다."

LA다저스의 스카우터 폴 콜린스는 VIP석에서 경기를 지켜보다 강찬이 9회에도 마운드에 오르자 긴 한숨을 내쉬었다.

그의 예상대로 이강찬은 무서운 위력으로 미국의 에이스들마저 힘들게 할 것이라던 일본의 막강 타선을 완벽하게 잠재우며 또다시 완투를 위해 마운드에 오르고 있었다.

정말 무서울 정도로 대단한 괴물투수의 출현이었다.

폴 콜린스는 목에 매달린 망원경을 들어 이강찬의 모습을 관찰했다.

오랜 기간 스카우트하는 일에 종사해 왔기 때문에 선수들의 행동 변화에 따라 컨디션이 어떤지 알아낼 수 있는 직관력이 생겼는데 이강찬은 9회에 들어와도 생생한 것처럼 보였다.

일본의 9번 타자 카지하라를 상대하는 이강찬의 공은 여전히 무서운 위력을 나타내며 타자를 압도하고 있었다.

120개를 훌쩍 넘는 공을 던졌음에도 전혀 위력이 줄어들지 않았다는 건 전광판에 찍힌 구속이 알려주고 있었다.

방금 던진 패스트볼의 구속은 153㎞/h였으니 아직도 생생하다는 뜻이다.

어떤 사람은 최고 구속이 160㎞/h까지 나왔다가 줄어들었으니 지친 것 아니냐고 생각할 수도 있지만 아직도 그 정도의 구속을 뿌린다는 것은 지쳤다기보다는 체력을 안배하고 있는 것이라 보면 맞았다.

정말로 지쳤다면 아마 이강찬의 패스트볼은 140㎞/h 중반대로 뚝 떨어졌을 테니 말이다.

"어허!"

폴 콜린스는 타자 몸 쪽의 스트라이크존으로 날아가다가

외곽으로 흘러 나가는 슬라이더를 확인하고는 자신도 모르게 감탄사를 터뜨렸다.

누군가가 공을 잡아챈 것처럼 강찬의 슬라이더는 급격한 변화를 일으키며 포수의 무릎 하단으로 빠져나갔는데 타자는 벌써 타점을 잘못 잡고 헛스윙을 하고 있는 중이었다.

패스트볼도 무섭지만 정말 대단한 슬라이더였다.

감탄사를 터뜨린 폴 콜린스가 망원경을 내려놓을 때 옆쪽에 있던 빈 의자에 익숙한 인물이 털썩 주저앉으며 말을 붙여왔다.

그는 뉴욕 메츠의 아시아권 전문 스카우터 벤 호크였다.

스카우터로 활동하다 보니 그들 세계에서는 서로 자주 부딪치는데 경쟁 관계로 지내는 게 대부분이지만 마음에 맞는 사람들끼리는 친구처럼 지내기도 했다.

벤 호크는 폴 콜린스보다 다섯 살이 더 많은데도 불구하고 친하게 지내는 사이였는데 오늘을 모습을 보이지 않아 궁금하던 차였다.

이강찬의 스카우트에 가장 큰 관심을 보이고 있는 팀 중 하나인 뉴욕 메츠의 스카우터가 모습을 보이지 않는다는 건 충분히 이상한 일이었다.

"정말 잘 던지지?"

"모습이 보이지 않기에 급한 일이 생긴 줄 알았습니다."

"저기 맞은편에서 보고 있었네. 이강찬은 우리가 2년 전부터 관심을 가지고 있던 친군데 무조건 보러 와야지. 정말 새삼스럽게 느끼는 거지만 무서운 놈이야. 이 년 전에는 이 정도까지는 아니었는데 대단해."

"하와이에서 벌어진 시범 경기 말씀입니까?"

"맞아."

"그때는 어땠습니까?"

"초반에 엄청 두들겨 맞았지. 난 저놈이 3회도 넘기지 못할 거라 생각했어. 그런데 후반으로 갈수록 미친놈처럼 던지더군. 마치 약 먹은 놈처럼 말이야."

"약이요?"

"시범 경기였으니까 그런 의심을 했지. 클랜시 감독이 워낙 나를 닦달했기 때문에 나중에 비디오로 놈의 투구를 봤는데 영락없이 중간에 약을 먹고 나온 놈 같더라고. 못 던지던 놈이 갑자기 변한다는 건 뻔한 거니까 말이지."

"그런데요?"

"내 판단이 틀렸다는 걸 아는 건 얼마 걸리지 않았어. 놈은 엄청난 공을 던지며 한국리그에서 어마어마한 성적을 냈으니까 말이야. 그때서야 난 이강찬 저놈이 시범 경기에서 우리 애들을 상대로 장난을 쳤다는 걸 알게 되었어. 시범 경기라고 초반에 대충 던지다가 나중에 가서야 제대로 던졌다는 걸 아는 순간 내가 바보가 된 느낌이 들더라고. 한국에 두 달마다 한 번씩 넘어온 건 그걸 깨닫고 난 후부터야. 저놈을 스카우트하려고 난 별짓을 다 해봤어."

사실과 다른 이야기지만 벤 호크는 철석같이 그렇게 믿고 있는 모양이었다.

시범 경기 때 강찬은 어깨가 늦게 풀리는 바람에 초반에 많은 안타를 얻어맞았는데 그걸 두고 벤 호크는 나름대로 많은 오해를 하고 있었다.

하지만 그런 사실을 모르는 폴 콜린스의 입장에서는 그저 고개를 끄덕일 수밖에 없었다.

"엄청 고생하셨군요."

"고생했지. 그런데 아직까지 소득이 없어. 하지만 두고 봐. 저놈은 꼭 내가 데려갈 테니까."

"그렇게는 안 될 겁니다."

"해보겠다는 생각이야?"

"당연하죠."

"다저스에서 관심이 있다는 건 알고 있어. 하기야 다저스뿐만 아니라 거의 전 구단이 저놈을 탐내는 실정이지. 그래도 이번에는 안 돼. 저놈은 반드시 우리가 데려간다."

"엄청 지를 생각인 모양이군요."

"절대 지지 않을 만큼."

"어디 두고 보죠. 하지만 우리도 만만치는 않을 겁니다."

폴 콜린스가 쓴웃음을 지으며 주변을 돌아봤다.

VIP석에는 대충 훑어봐도 열 명의 메이저리그 스카우터들이 경기를 지켜보고 있었는데 양키스서부터 부자 구단이라고 소문난 보스턴 레드삭스, 필라델피아 등이 포함되어 있었다.

쉽게 물러서지 않을 거라며 큰소리를 쳤지만 이렇게 많은 구단이 덤벼든다면 이강찬을 데려간다는 것은 무척 어려운 일이 될 것이었다.

그것은 눈앞에 있는 벤 호크도 마찬가지였다.

이강찬이란 괴물투수를 데려가기 위해서는 수많은 경쟁 상대를 물리쳐야 될 테니 앞으로 험난한 가시밭길을 걸어가야 할 게 분명했다.

강찬은 9회 첫 타자로 나선 카지하라를 공 네 개만 던져 삼진으로 처리했다.

패스트볼에 이어 구사된 폭포수커브를 카지하라는 견뎌내지 못하고 배트를 휘두르고 말았다.

땅이 꺼질 것만 같은 일본 관중들의 한숨 소리가 도쿄돔을 가득 채웠다.

아웃카운트는 단 두 개 남았으니 그들의 가슴은 절망에 젖어 시꺼멓게 타버릴 정도였다.

이강찬의 구위로 봤을 때 3점 차를 극복한다는 것은 불가능해 보였기 때문이다.

하지만 1번 타자 미우라의 평범한 땅볼을 유격수 최성일이 악송구하면서 주자가 2루까지 진출하자 그들의 절망은 언제 그랬냐는 듯 강력한 희망으로 바뀌어 버렸다.

공은 둥글고 야구는 9회부터 시작이라는 격언을 그들은 잊지 않았고, 열렬한 응원으로 역전에 대한 기대를 나타내기 시작했다.

1사 2루.

더군다나 타선은 이전 타석에서 날카로운 타구를 날린 쿠로다와 일본의 희망 사사끼로 연결되기 때문에 어떤 일이 벌어질지 아무도 몰랐다.

대한민국의 벤치에서 김남구 코치가 마운드로 올라온 것은 다음 타자 쿠로다가 타석으로 들어서기 직전이었다.

마운드에 올라온 김남구 코치의 표정은 굳어 있었으나 그렇다고 어두운 것은 아니었다.

"강찬아, 괜찮냐?"

"네."

"하긴 무쇠팔이 이 정도에 문제가 생기겠어?"

김남구 코치가 강찬을 빤히 바라보며 웃었다.

그는 이 년 동안 같이 생활하면서 이제 강찬의 생각이 어떤지 누구보다 잘 아는 사람 중의 하나가 되었다.

"혹시 마음에 두고 있는 거 아니지?"

"아닙니다. 누구나 실수는 하는 거잖습니까. 저보다는 성일이가 더 괴로울 겁니다."

"그렇게 생각하니 다행이다. 어때, 힘들면 바꿔줄까?"

"농담하지 마십시오. 감독님이 이 경기는 저한테 끝장내라고 했습니다."

"좋아, 그럼 그렇게 해. 대신 확실하게 끝내줘라. 나 힘들게 하지 말고."

"알겠습니다."

김남구 코치가 빙긋 웃으며 등을 돌리자 그때까지 한 마디도 하지 않고 듣고만 있던 임관이 불쑥 입을 열었다.

놈은 김 코치가 마운드로 올라오자 득달같이 뛰어왔는데 두 사람의 대화를 듣고 있었다.

"강찬아, 나 무릎 아프다."

"왜?"

"벌써 9회 아니냐. 하도 오랜 시간 쪼그려 있었더니 쑤시고 아파."

"지랄."

"그러니까 빨리 끝내. 오늘 이기면 내가 죽이는 데 데려가 줄게."

"거기가 어딘데?"

"있어, 좋은 데. 알았지?"

임관은 휑하니 달려서 포수석으로 돌아갔기 때문에 좋은 데가 어딜까 고민하던 강찬이 생각을 접고 로진백을 들었다.

최성일은 에러를 해놓고도 강찬에게 미안하다는 표시를 보내오지 않았다.

놈은 자존심을 칼처럼 가슴에 품고 사는 모양이다.

쿠로다의 강점은 변화구에 있었다.

이전 타석에서도 그는 절묘하게 제구된 바깥쪽 변화구를 밀어 쳤는데 우익수 추명훈의 호수비가 아니었다면 위기로 이어질 뻔했다.

강찬은 심호흡을 마친 후 공을 굳게 쥐었다.

자신의 변화구는 강력한 패스트볼과 조합되면 누구도 치기 힘든데 쿠로다가 제대로 받아쳤다는 것은 처음부터 커브만 노리고 기다렸다는 뜻이다.

그랬기에 강찬은 승부구를 패스트볼로 가져갔다.

스트라이크는 패스트볼로 잡고 유인구는 쿠로다가 좋아하는 커브와 슬라이더로 던졌다.

심리적인 압박을 견디지 못하고 쿠로다가 거의 땅바닥으로 떨어지는 커브에 손을 댄 것은 패스트볼에 대한 부담감 때문이었을 것이다.

2루수 염명석이 타자를 아웃시킬 동안 미우라는 3루까지 진출했다.

일본 응원단은 아쉬움의 탄식을 터뜨렸고 대한민국의 붉은 악마는 모두 자리에서 일어났다.

이제 남은 아웃 카운트는 오직 하나이기 때문에 승부의 추는 완전히 기울어졌다고 봐도 무리가 없었다.

하지만 일본 응원단은 쿠로다가 아웃되었어도 마지막 희망의 끈을 놓지 않고 있었다.

사사끼가 안타를 쳐서 살아 나가준다면 다음은 4번 타자 아끼야마가 버티고 있기 때문이다.

아끼야마는 작년 시즌 48개의 홈런을 때려낸 거포 중의 거포였다.

비록 오늘은 안타를 치지 못했지만 기회가 온다면 언제든지 홈런을 때려낼 수 있는 장타자가 바로 그였다.

사사끼가 들어와 천천히 배트를 휘두르는 걸 보고 강찬은 잠시 눈을 감았다 떴다.

며칠 전 당당하게 다가와 승부를 하자고 시비 걸던 사사끼의 얼굴이 떠올랐다.

그때는 사복을 입고 있었기 때문에 유니폼을 입은 지금 모습과 생판 다르게 보였지만 그의 눈빛만은 잊을 수가 없었다.

경멸에 가득 찬 시선.

누군가를 아래에 두고 살아가는 오만한 자의 눈빛을 대하며 강찬은 슬며시 끓어오르는 분노를 느껴야만 했다.

세계 최고 수준을 자랑하는 메이저리그에서 3년 연속 수위타자를 차지했으니 그 자존심이 하늘을 찌를 만했으나 놈은 나에게 그런 도발을 해서는 안 되었다.

단 네 구로 승부를 본다.

자신이 지니고 있는 구질을 하나씩 던져서 놈이 얼마나 대단한 타격력을 지녔는지 직접 눈으로 확인할 생각이다.

임관의 사인에 따라 초구는 외곽으로 떨어지는 변화구였다.

칠 테면 쳐 보라는 배짱이다.

외곽으로 낮게 제구된 커브였기 때문에 완벽하게 타이밍을 잡아놓고 때려도 대부분 파울볼이고 정말 잘 맞아야 우익수 앞에 떨어지는 안타가 고작이다.

하지만 사사끼는 배트를 휘두르지 않고 그저 지켜만 보았다.

워낙 아웃코스 꽉 찬 낮은 쪽에 제구된 커브였기 때문에 참는 기색이 역력했다.

이런 공은 간신히 타이밍을 맞추고 때려도 안타보다는 파울이 될 가능성이 크다는 것을 누구보다 잘 알기 때문이었다.

사사끼와 상대하는 강찬의 눈은 여전히 차갑게 가라앉아 있었다.

벌써 네 번째 상대하고 있었지만 이전 타석과 똑같이 사사끼의 눈은 여전히 번들거렸고 강찬의 눈은 여전히 차가웠다.

2구로 던진 것은 전력을 다한 인코스 패스트볼이었다.

쾅!

구속 161㎞/h를 찍은 강찬의 직구는 눈 깜짝할 사이에 사사끼의 옆구리를 관통해서 포수의 미트에 박혀 버렸다.

무시무시한 속구.

강찬이 이번에 던진 패스트볼은 마치 비행기가 이륙하는 것처럼 홈 플레이트에서 떠올랐는데 사사끼가 휘두른 배트와 공 한 개 차이가 났다.

2스트라이크 노 볼.

투수에게 절대적으로 유리한 볼카운트로 변하자 헛스윙을 하고 물러난 사사끼가 헬멧을 고쳐 쓴 후 배트를 가랑이에 짚은 채 장갑 끈을 다시 묶었다.

슬쩍 일그러진 그의 표정이 인상적이다.

5만에 달하는 일본 관중의 일방적인 응원을 바라보는 그의 얼굴은 붉게 달아올라 있었는데 뭔가 불안해 보였다.

사사끼가 다시 타석에 들어서자 강찬은 홈 플레이트에서 사선으로 가로지르는 슬라이더를 구사했다.

타자의 가슴 높이로 들어오다가 바깥으로 완전히 빠져나가는 유인구였다.

임관은 떨어지는 지점을 정해놓고 기다린 사람처럼 포수 미트로 공을 받아냈다.

이 정도로 급격한 변화를 보이는 공을 능숙하게 받아낼 수 있다는 것은 그만큼 오랜 기간 호흡을 맞췄기 때문에 가능한 일이었다.

사사끼는 역시 대단한 타자임이 분명했다.

다른 어떤 타자도 2스트라이크 상태에서는 배트가 나올 수밖에 없는 유인구인데도 사사끼는 눈 하나 깜짝하지 않고 공을 끝까지 바라보는 선구안을 보여주었다.

임관이 던진 공을 받은 강찬은 천천히 뒤돌아서 수비를 하고 있는 야수들을 바라보았다.

3루에 머물고 있는 미우라를 제외한다면 두 달 동안 함께 숙식하며 웃고 울던 선배들이 마지막 공을 기다리며 긴장된 시선으로 강찬을 바라보고 있었다.

공을 틀어쥐고 셋업 자세를 취했다.

그런 후 강력한 킥킹으로 왼쪽 다리를 가슴까지 끌어 올린 후 앞으로 내뻗으며 활시위처럼 당겨놓았던 오른팔을 하늘로 치켜 올렸다.

정점까지 올라갔던 손이 공을 던진 후 유연하게 내려와 팔로우를 거쳐 왼쪽 옆구리로 옮겨졌다.

공은 마치 화살처럼 날아갔고, 곧이어 사사끼의 배트가 먹이를 노리는 독수리처럼 그의 등 뒤에서 빠져나오는 것이 보였다.

쐐애액, 팡!

사사끼의 배트가 공이 날아오는 궤적을 따라잡으며 임팩트를 가하려는 순간 공이 거짓말처럼 가라앉으며 포수의 미트로 빨려들어 갔다.

스트라이크존으로 날아오다가 홈 플레이트에서 거의 땅바

닥에 처박히는, 완벽하게 제구된 커브에 사사끼의 배트가 허공을 갈랐다.

사사끼가 무릎을 꿇는 순간 임관이 미트를 바닥에 팽개치고 미친놈처럼 강찬을 향해 뛰어왔다.

그러나 뛰어온 것은 임관뿐만이 아니라 윤태균을 비롯해서 전 야수가 마찬가지였고, 더그아웃에서 초조하게 지켜보던 선수들도 만세를 부르며 달려왔다.

대한민국의 우승.

7천에 달하는 붉은악마는 거의 실신 직전이었다.

강찬이 사사끼를 삼진으로 잡아내는 순간 마른 입술을 혀로 축이며 결과를 기다리던 붉은악마는 도쿄돔을 무너뜨릴 것 같은 함성을 내지르며 승리의 기쁨을 만끽했다.

그라운드에 몰려나온 선수들은 어느샌가 가져온 대형 태극기를 온몸에 두르고 도쿄돔을 돌기 시작했다.

수많은 일본 응원단이 보는 앞에서 대한민국 대표팀은 감격을 억누르지 못하고 마음껏 기쁨을 발산했다.

온 그라운드를 헤집던 대표팀이 다시 홈에 모인 것은 이성우 감독과 야구 협회장인 이충호를 헹가래 치기 위해서였다.

이충호 회장은 60이 훨씬 넘은 노구인데도 헹가래를 치는 동안 어린아이처럼 웃고 있었는데 기쁨을 숨기지 못했다.

이성우 감독까지 헹가래를 친 후 선수들이 열렬하게 응원해 준 붉은악마를 향해 가려 할 때 대표팀의 주장을 맡고 있는 이청화가 선수단을 잠깐 멈췄다.

그런 후 그는 작은 태극기 깃발을 든 채 강찬을 대동하고 마운드로 올라갔다.

선수들이 의아한 눈으로 지켜볼 때 이청화는 들고 있던 태극기를 강찬에게 내밀었다.

"강찬, 일본을 정복한 것 축하한다. 여기에 네 흔적을 남기는 게 어떻겠느냐?"

"감사합니다."

무슨 뜻인지 단박에 짐작한 강찬이 이청화에게서 태극기를 넘겨받은 후 마운드의 흙을 손으로 파내고 소중하게 심었다.

그러자 두 사람을 바라보던 대표팀이 한꺼번에 달려 나와 태극기를 중심으로 반원을 형성한 후 누가 먼저랄 것 없이 애국가를 부르기 시작했다.

가슴이 터질 것 같은 벅찬 감동.

도쿄돔에 심은 작은 태극기를 바라보며 애국가를 부르는 대표팀의 눈에서는 어느새 슬금슬금 눈물이 흘러나오고 있었다.

강찬이 사사끼를 삼진으로 잡는 순간 옆 사람을 붙잡고 방방 뛰던 박 차장은 잠시 숨을 고르고 화면을 바라보았다.

중계방송 화면에서는 전국 방방곡곡에서 승리의 기쁨을 나누는 붉은악마를 비춰주고 있었는데 꼭 자신의 모습을 보는 것 같아 박 차장은 의자에 앉아 화면을 지그시 지켜보았다.

사람들의 느끼는 감동이 자신의 것으로 승화되어 또다시 가슴속에서 피어오르고 있었다.

붉은악마를 비추던 화면이 바뀌면서 하나로 엉켜 엎어지고 쓰러져 승리를 기뻐하는 선수들이 나타났다.

누가 누군지 알 수 없을 정도로 선수들은 하나가 되어 몰려다녔는데 승리의 샴페인을 터뜨려 뿌려댔기 때문에 온몸이 온통 술로 목욕한 것처럼 보였다.

슬쩍 옆을 보자 원 차장이 옆에 있는 직원들과 아직까지 흥분을 가라앉히지 못하고 서 있는 것이 보였다.

"원 차장, 그만 앉아라."

박 차장이 손을 들어 엉덩이를 두들기자 원 차장이 그때서야 그를 확인하고 환한 웃음을 시었다.

그의 기분은 지금 최고조에 달해 하늘을 날아다니는 모양이다.

얼마나 소리를 질렀는지 목소리가 갈라져 나왔는데 그건 원 차장도 마찬가지였다.

"야, 이게 얼마 만이냐. 그 옛날 우리나라가 월드컵에서 4강에 올랐을 때 미친놈처럼 응원했는데 이번에는 야구가 날 돌아버리게 만들었다."

"오늘 술 한잔해야지?"

"두말하면 잔소리지. 오늘 같은 날 안 마시면 언제 마셔. 아마 오늘은 술집이 미어터질 거다."

"하긴 그렇기도 하겠다. 어, 그런데 쟤 뭐 하지?"

원 차장의 화끈한 대답에 만족한 미소를 짓던 박 차장이 선수단을 이끌고 기쁨에 젖어 뛰어다니던 이청화가 강찬과 함께 마운드로 올라가자 의문을 나타냈다.

하지만 곧 그들이 태극기를 마운드에 심자 입을 떠억 벌린 채 시선을 움직이지 못했다.

그 작은 태극기가 그토록 거대하게 보인 건 무슨 조화인지 모를 일이었다.

아직도 흥분을 가라앉히지 못하고 화면을 지켜보던 유진그룹의 수많은 직원들은 마운드에 핀 태극기를 보며 선수들을 따라 애국가를 부르기 시작했다.

방송을 중계하는 캐스터는 마치 우는 것같이 절절한 목소리로 지금 이 순간을 놓치지 않겠다는 듯 떠들어댔는데 옆에서 박자를 맞추고 있는 해설위원의 목소리도 비슷했다.

애국가가 끝나고 자리에 앉은 박 차장이 화면에서 대표팀이 성원해 준 붉은악마를 향해 움직이는 걸 비춰주자 원 차장을 향해 슬쩍 입을 열었다.

“야, 원 차장, 넌 어떻게 생각해?”

“뭘?”

“사사끼 놈이 정말 말한 것처럼 무릎을 꿇을 것 같아?”

“일본 놈들 다 나간 거 아냐? 저쪽 더그아웃에 아무도 없잖아?”

“정말이네. 씨발놈, 약속도 지키지 않을 거면서 괜한 주둥이질한 모양이군. 하여간 쪽발이 놈들 하는 짓하고는. 쯧쯧.”

“어, 가만. 저거 사사끼 아냐?”

원 차장이 놀란 눈으로 화면을 가리켰다.

중계 화면은 붉은악마에게 인사를 하고 자리를 옮기는 대한민국 대표팀을 비추다가 문득 화면이 바뀌며 한 사람을 잡았는데 다름 아닌 사사끼였다.

사사끼는 혼자서 성큼성큼 걸어가고 있었는데 그가 걸어가는 쪽에 있는 것은 여전히 승리의 기쁨을 나누고 있는 대한민국 대표팀이었다.

강찬은 선배들과 함께 더그아웃 쪽으로 걸어가다가 자신에게 다가오는 사사끼를 발견하고는 걸음을 멈추었다.

얼굴에 가득 들어 있던 웃음이 순식간에 지워졌다.

사사끼가 자신에게 오는 이유는 단 하나밖에 없기 때문이다.

내기를 했고, 진다면 지킬 각오였다.

비록 자존심은 땅바닥에 처박힐 테지만 약속을 지키지 않으면 조국이 비겁하다는 손가락질을 당할 테니 말이다.

그러나 막상 상대가 약속을 지키기 위해 다가오자 가슴이 뛰었다.

사사끼는 일본의 영웅이었고 자신보다 무려 일곱 살이나 많은 야구계의 선배이다.

"이강찬."

강찬의 앞에 선 사사끼는 거침없이 이름을 부른 후 우뚝 섰다.

그의 얼굴은 타석에 섰을 때처럼 번들거리고 있었는데 승부를 할 때마다 자신도 모르게 나타나는 현상인 것 같았다.

그의 목소리는 잔뜩 날이 서 있었고, 마치 전쟁에 진 장수처럼 비장하기 그지없었다.

많은 수의 일본 관중이 빠져나갔지만 아직도 도쿄돔에는 수많은 사람들이 남아 있었기 때문에 두 사람의 대치를 드라마처럼 지켜보고 있는 중이었다.

"약속을 지키러 왔다."

"무슨 약속?"

"장난이라면 사절이다. 나는 사나이로서 너에게 한 약속을 지키기 위해 왔다. 나를 부끄럽게 만들지 마라."

"술김에 한 약속은 지키지 않아도 됩니다. 내가 졌다면 나는 그냥 갔을 테니 당신도 그냥 갔으면 좋겠습니다."

"이강찬, 넌 사내가 아니란 말이냐. 쓸데없는 소리 하지 말고 자리를 잡아라."

"기어코 해야겠습니까? 여기에는 당신을 영웅으로 여기는 수많은 사람들이 있는데 그 사람들을 실망시킬 생각입니까!"

"난 한번 한 약속은 반드시 지킨다."

"그렇다면 좋습니다."

약속을 지키지 않아도 된다며 청을 거부하던 강찬이 결국 사사끼의 고집에 몸을 움직이자 사사끼가 성큼성큼 다가와 강찬의 앞에 섰다.

하지만 사사끼는 선뜻 무릎을 꿇지 않고 시선을 강찬의 뒤로 보냈다.

강찬의 뒤로는 대한민국 대표팀이 모두 모여 있었기 때문에 만약 이대로 사사끼가 무릎을 꿇는다면 문제가 될 가능성이 컸다.

그랬기에 이청화의 인솔로 대표팀이 전부 자리를 비우자

사사끼가 그때서야 이를 악물고 천천히 무릎을 꿇었다.

그의 두 다리는 마치 지진으로 흔들리는 고층 건물처럼 후들거렸는데 이 상황을 견뎌내는 것이 무척 힘든 것 같았다.

그토록 번들거리던 눈이 더없이 붉어졌고 악물어진 입에서 핏물이 흘러나왔다.

일본의 자존심이자 영웅인 그가 대한민국의 루키 이강찬에게 무릎을 꿇는다는 건 죽는 것보다 힘든 일이었다.

고개가 저절로 떨어졌고, 차라리 누군가가 목을 쳐 줬으면 좋겠다는 생각을 했다.

이런 수치를 당했으니 더 이상 살아간다는 것이 부질없게 여겨져 누군가의 칼이 그의 목을 쳐 주기를 바랐다.

무릎을 꿇은 채 그런 생각을 하고 있을 때 조용하던 도쿄돔이 사람들의 웅성거림으로 떠들썩하게 변하는 것이 느껴졌다.

이상했다.

자신은 일본의 영웅으로 불리는 사람이었으니 이렇게 치욕적인 장면에서 소란이 벌어진다는 것은 있을 수 없는 일이었다.

뭔가 이상해서 천천히 고개를 든 그의 눈이 더없이 커지며 무지막지하게 흔들렸다.

앞에 보인 이강찬이 자신과 같은 눈높이로 시선을 마주한 채 움직이지 않고 있었는데 자신처럼 똑같이 무릎을 꿇고 있었다.

너무나 놀라 아무 말도 하지 못했다.

승자가 패자와 함께 무릎을 꿇는다는 건 상상조차 해보지 않은 일이다.

이강찬의 목소리가 무겁게 흘러나온 것은 그가 제대로 상황을 파악하지 못한 채 두 눈만 끔벅거리고 있을 때였다.

"당신을 부끄럽게 만들 생각은 조금도 없습니다. 당신도 나도 승부에 최선을 다했으니 이것으로 끝을 냈으면 좋겠군요. 오늘 못다 한 승부는 나중에 다시 이어질 것입니다. 사람의 인연이란 언젠가 다시 이어질 테니 그때 멋진 승부를 나눠봅시다."

제6장
결혼,
그리고 메이저리그 진출

최인혁은 소주병을 앞에 두고 방송을 보다가 강찬이 두 손을 번쩍 치켜드는 순간 자신도 따라서 자리에서 벌떡 일어나며 만세를 불렀다.

옆에서 같이 중계방송을 지켜보던 노무자들이 그런 최인혁의 반응에 헛웃음을 짓다가 하나둘 자리에서 일어났다.

언제나 말없이 맡은 일만 하던 사람이 오늘 벌어진 야구를 보면서는 마치 미친 사람처럼 열광하는 모습이 그들 눈에는 이상하게 보인 모양이다.

분식점을 그만두고 정숙이 음식점에 주방 보조로 나간 후 보름이 지나고 나서부터 그 역시 공사판에서 일용 인부로 일을 하기 시작했다.

마누라가 극성을 부린 이유는 두 딸이 점점 커나가면서 들어가는 돈이 커졌기 때문이었다.

딸들은 시간이 지나면서 요구하는 것이 많아졌는데 큰딸은 반에서 일등을 할 정도로 공부를 잘했기 때문에 학원을 보내는 것만으로도 많은 돈이 들어갔다.

살아가는 게 너무나 힘들었다.

장사도 되지 않는 분식집을 부부가 같이 끌어안고 살아가는 것은 정말 힘든 일이었다.

분식집은 죽어라 일해도 한 달에 백만 원도 벌지 못했기 때문에 정숙은 가게를 그만두겠다고 선언한 후 불과 삼 일 만에 일자리를 알아보러 나갔다.

그렇게 순하고 착하던 정숙도 생활고 앞에서는 악바리가 될 수밖에 없었던 모양이다.

사내로서, 그리고 가장으로서 보름 동안 많은 생각을 했다.

야구로 평생을 보내온 그였지만 지금 이대로라면 연약한 마누라가 벌어 오는 돈으로 용돈을 타 써야 할 판이다.

그러고 싶지는 않았다.

그래서 인력시장에 나가 공사판 일을 시작했다.

공사판에서 일하는 것은 정말 힘들고 괴로웠지만 최인혁은 이를 악물고 하루하루를 버텨 나갔다.

운동과 노동은 근본부터 확연하게 달랐다.

옛날 야구에 미쳤을 때는 거의 하루 종일 운동에 매달린 적이 있었는데 저녁에 잠자리에 들면 온몸이 망치로 두들겨 맞은 것처럼 힘들었다.

정말 힘겨운 나날이었고, 선수를 그만두고 나서는 그런 날이 다시는 찾아오지 않을 거라 생각했다.

하지만 생계를 위해 어쩔 수 없이 하게 된 노동은 운동하면서 겪은 육체적인 고통보다 훨씬 더 괴로운 것이었다.

화면에는 승리의 기쁨을 나누는 대표팀의 얼굴이 무한 반복되어 비춰지고 있었는데 가끔가다 강찬의 얼굴이 클로즈업되었다.

정말 잘생긴 놈이다.

언뜻 봐서는 잘사는 집 막내아들처럼 귀티가 줄줄 흐르는데 살아온 것은 그야말로 최악의 인생이었다.

놈은 불굴의 의지로 모든 역경을 이겨내고 기어코 대한민국을 세계 최강에 올려놓았으니 앞으로는 그 누구도 강찬의 앞을 막지 못할 것이다.

사사끼의 앞에 같이 무릎 꿇는 강찬의 모습이 화면에 비춰졌다.

중계방송을 하고 있는 아나운서의 입에서 절규처럼 들리는 멘트들이 수없이 반복되고 있었는데 그중에는 용서와 화합이란 말이 가장 많았다.

크고 넓은 마음으로 패자를 받아들이는 포용력까지 갖추었으니 강찬은 정말 멋진 놈이었다.

자신도 모르게 눈물이 흘렀다.

현재 처해 있는 상황이 비관되어 흐르는 눈물이 아니라 오롯이 자신을 아버지처럼 따르는 강찬의 성공을 기뻐하는 눈물이었다.

저토록 번듯하게 제자를 키웠으니 자신은 늙어서도 누군가에게 떠들 수 있는 엄청난 자랑거리를 만들었다.

"완전히 엿 먹게 생겼군."

강찬이 사사끼를 삼진으로 돌려세우며 대한민국의 우승을 결정짓자 텔레비전을 지켜보던 이글스의 구단주 백성춘은 고개를 절레절레 흔들었다.

경기가 진행될 동안 어떻게든 이겨주기를 바라는 마음과 강찬이 잘 던지면 안 된다는 마음이 상충되면서 조마조마한 마음으로 지켜봤다.

하지만 결국 마음속에서 간절히 원한 것은 대한민국의 우승이었다.

강찬의 문제가 마음속에 걸렸으나 그것은 어찌 되든 무조건 이겨서 우승을 차지하기를 간절히 바랐다.

야구인의 한 사람으로서 대한민국 야구를 우습게 여기던 일본의 코를 납작하게 만들고 싶었다.

초조하게 지켜보던 시합이 드디어 끝나고 감동이 식자 그때서야 걱정이 되기 시작했다.

이강찬의 완벽한 투구에 일본이 셧아웃되면서 자신과 이글스의 의도는 이제 거의 박살 난 것이나 다름없었다.

WBC에 이강찬이 대표팀에 승선하면서 불안한 마음이 들었다.

이강찬의 실력이라면 대한민국을 돌풍의 진원지로 만들 수 있을지도 모른다는 생각을 했다.

그러면서도 설마 하는 생각을 가진 것은 이번 대회에 워낙 엄청난 실력을 가진 놈들이 모두 출전하기 때문이었다.
국내에서는 무서운 위력을 발휘했지만 세계적인 선수들을 상대로 통할 것이란 확신을 갖기엔 이강찬의 커리어가 너무나 부족했다.
하지만 이강찬은 믿기지 않을 정도의 괴력을 발휘하며 대한민국을 우승시키는 데 결정적인 공헌을 해버렸다.
영웅의 탄생이었다.
이제 강찬과의 소송은 무의미한 짓이 되어버렸다.
선수 개인과의 전쟁이라면 모를까, 영웅과 싸운다는 것은 자멸의 길을 걷는 것과 다를 바가 없었다.
영웅에게는 군중들이 함께하기 때문이다.
법은 만인에게 평등하다고 하지만 명확하게 정해진 것이 아니라면 군중과 함께 싸우는 영웅에겐 더없이 관대하다.
더군다나 언론은 무조건 영웅 편에 선다.
군중의 힘으로 먹고사는 언론이 영웅을 적대시한다는 것은 파멸을 자초하는 것이기 때문이다.
백성춘이 깍지를 끼고 고민을 하는 동안 자리를 함께했던 단장 윤종운과 황인호는 조용히 앉아 침묵을 지켰다.
구단주가 이런 모습을 보인다는 것은 뭔가 중요한 결정을 내리기 위함이란 뜻이다.
한참 동안 고민에 빠져 있던 백성춘이 눈을 뜬 것은 윤종운의 손이 커피 잔을 잡았을 때다.
"윤 단장, 당신 생각은 어때?"
갑작스러운 질문에 커피 잔을 잡았던 윤종운의 손이 슬며시 거둬들여졌다.

하지만 잠시 뜸을 들이던 그의 입은 지체 없이 열렸는데 미리 생각해 둔 게 있는 모양이었다.

“저는 그만두는 게 맞다고 생각합니다.”

“왜?”

“구단주님께서도 짐작하고 계시겠지만 이제 이 싸움은 우리가 이길 수 없기 때문입니다.”

“끄응!”

윤종운의 말에 백성춘의 입에서 앓는 소리가 새어 나왔다.

그럴 수밖에 없다는 걸 알면서도 질문을 한 것은 혹시나 자신이 생각하지 못한 대안이 나올 수도 있다는 기대감 때문이었다.

하지만 백종운은 자신의 기대를 완전히 무너뜨리며 예상된 답변을 해왔다.

슬쩍 고개를 돌려보니 황인호는 한술 더 떠서 눈을 착 내리감은 채 미동도 하지 않고 있었다.

자신은 더 이상 할 말이 없으니 죽일 테면 죽이라는 자세이다.

하긴 황인호는 처음부터 이번 소송 건에 대해서 반대를 하면서도 자신의 지시에 의해 어쩔 수 없이 움직였으니 충분히 그럴 만했다.

윤종운의 입이 다시 열린 것은 백성춘의 신음 소리가 여운을 남기고 사라졌을 때다.

“구단주님, 저번에 이강찬 국대에 보낼 때 말입니다. 그때 구단주님께서 저희들에게 말씀하신 것 기억하십니까?"

"어떤 걸 말하는 거지?"

"이왕 주는 거 홀딱 벗고 주자고 말씀하셨잖습니까. 제가 봤을 때는 이번에도 확실하게 주는 게 맞을 것 같습니다. 승산 없는 게임에 매달리는 것처럼 어리석은 일은 없습니다. 그러니 구단주님, 우리 소송을 거둬들이는 게 어떻겠습니까?"

"모든 걸 포기하자는 말인가?"

"사람 사는 세상은 하나를 버리면 또 다른 하나를 얻게 되는 법입니다. 만약 우리가 소송을 거둬들이면 우리는 꽤 많은 것을 얻을 수 있게 될 것입니다."

"얻는다? 어떤 것을?"

"팬들의 사랑을 먹고 사는 프로야구 구단으로서 수많은 사람에게 좋은 이미지를 얻게 될 것입니다. 강찬을 영웅으로 칭송하는 모든 사람은 우리가 결정을 내리고 소송을 포기하는 순간 이글스의 행동에 대해 박수를 쳐 줄 겁니다. 그리고 우리는 강찬을 합류시키며 올해도 우승컵을 들어 올릴 수 있습니다. 한국시리즈를 2년 연속 제패한다는 것은 커다란 영광이지 않겠습니까. 구단주님, 그러니 우리 소송을 포기합시다."

"음, 맞는 말이야. 아이고, 머리 아파 죽겠구만."

윤종운의 말을 들은 백성춘이 말끝을 흐리며 다시 눈을 지그시 감았다.

그러나 감고 있던 눈이 다시 떠진 것은 이전처럼 그리 길지 않았다.

고민에 잠겨 있던 눈은 어디론가 사라지고 그의 시선은 맑고 강렬했는데 목소리마저 카랑카랑하게 변해 있었다.

"좋아, 소송을 포기한다. 모기업에는 내가 말할 테니 즉시 움직이도록. 황 부장은 홍보팀에 얘기해서 적극적으로 대응하고 구단 이미지가 최대한 상승할 수 있도록 할 수 있는 건 다 해. 이왕 이렇게 된 거, 돈 대신 명예라도 얻어야 되지 않겠어?"

대한민국의 WBC 우승은 엄청난 반향을 불러일으켰다.

이전 대회에서 예선조차 통과하지 못한 대한민국이 전승으로 우승을 차지하자 세계 최고라는 자부심을 가지고 있던 미국은 물론이고 일본 또한 커다란 충격에 빠져들었다.

하지만 가장 뜨거운 반응을 보인 것은 역시 대한민국 국민이었다.

축구도 그랬지만 야구 역시 변방 국가에 머물며 미국과 일본의 조롱 속에서 지내야 했던 분노를 한 방에 날려 버렸으니 국민의 반응은 폭발적일 수밖에 없었다.

그랬기에 우승컵을 들고 당당하게 입국한 대표팀에게 전 언론이 관심을 보인 건 당연한 일이었다.

인터뷰는 물론이고 각종 방송 프로그램의 출연 요청이 쇄도했으며 일부 선수들에 대해서는 광고 섭외가 끊이지 않았다.

그리고 그 중심에 있는 것은 바로 강찬이었다.

일본을 완봉으로 박살 내고 대한민국에게 우승컵을 안긴 강찬은 전 국민의 영웅으로 떠올라 모든 시선을 한 몸에 받았다.

너무나 많은 언론의 인터뷰 요청이 있었기 때문에 강찬은 공식적인 자리가 아니면 가급적 모습을 드러내지 않았지만 방송 프로그램까지는 피하지 못했다.

일반 연예 프로그램의 출연은 고사했으나 황주희가 진행을 맡고 있는 '오늘의 프로야구' 만큼은 거부할 수가 없었다.

자신으로 인해 고통을 받은 황주희에게 뭔가를 해주고 싶었고 구단 고위층에서도 요청을 받았는지 프로그램에 출연하도록 종용했기 때문이다.

오랜만에 만난 황주희는 강찬을 보며 반가움을 숨기지 못했다.

영웅으로 떠오른 친구가 너무나 자랑스럽다는 표정이 얼굴에 고스란히 드러나 있었다.

황주희와 두 명의 해설위원은 경기와 관련된 많은 질문을 하면서 그날의 감격을 되새기느라 여념이 없었다.

방송을 보는 사람들도 아마 마찬가지 심정이었을 것이다.

우승의 감격은 쉽게 잊히지 않을 만큼 강렬했으니 사람들은 기회가 있을 때마다 결승전에 관한 이야기를 듣고 싶어 했다.

대부분의 인터뷰가 끝나고 마침내 스튜디오 대형 화면에 사사끼와 마주 무릎을 꿇고 있는 장면이 잡혔다.

황주희는 이 순간을 위해 참고 있었는지 화면이 잡히자마자 목소리가 한 옥타브 올라갔다.

"마지막으로 이강찬 선수, 결승전이 벌어지기 이틀 전에 한 사사끼 선수와의 내기는 전 국민의 관심사였습니다. 제가 알기로는 진 사람이 무릎을 꿇는다는 충격적인 내기였기 때문에 많은 말이 오고 간 줄 압니다. 그때 상황에 대해서 잠깐 얘기해 주시겠습니까?"

"사사끼 선수도 격앙되어 있었고 저 역시 흥분된 상태에서 감정을 조절하지 못하고 벌인 내기였습니다. 저는 솔직히 저와 사사끼 선수의 내기가 사회적으로 그렇게 큰 파장을 일으킬지는 꿈에도 생각하지 못했습니다."

"그럴 수도 있겠죠. 하지만 워낙 일본과의 갈등이 첨예하게 대립되어 있는 상태였기 때문에 국민들은 강찬 선수의 내기를 간단한 선수들 간의 해프닝으로 받아들이지 못했습니다. 제가 생각해도 만약 강찬 선수가 져서 무릎을 꿇는 건 끔찍했을 것 같아요."

"경솔한 행동이었습니다."

"그럼에도 불구하고 지금 일본에서는 일본 야구와 사사끼를 배려해 준 이강찬 선수의 행동에 깊은 감사를 보내오고 있습니다. 혹시 결과를 짐작하고 어떻게 행동할지 미리 생각하셨던 게 아닌지 궁금합니다."

황주희가 강찬을 빤히 쳐다봤다.

아닌 줄 뻔히 알면서도 묻는 것은 시청자가 그것을 궁금해할 거라는 PD의 요청 때문이다.

하지만 강찬은 이전과 똑같은 음성으로 담담하게 질문에 대한 답변을 꺼냈다.

"저는 야구를 사랑하는 사람으로서 승패의 결과를 놓고 누군가를 모욕 주거나 망신을 주고 싶지 않았습니다. 야구는 그저 경기일 뿐 승패에 연연해서 잘못된 행동을 한다는 건 옳은 일이 아니라고 생각합니다."

"그렇군요. 정말 맞는 말씀입니다. 그럼에도 상당히 미웠을 텐데 상대를 배려해 준 행동을 한다는 건 대단한 일인 것 같아요. 정말 훌륭해요."

"과찬입니다."

"그나저나 이글스 구단에서 소송을 취하한다고 발표했습니다. 거기에 대해서도 한 말씀 해주시면 고맙겠어요."

"구단의 배려에 감사하다는 말씀을 드립니다. 대승적인 차원에서 결정을 내려주신 것에 대해 감사드리며 열심히 운동해서 그 배려에 보답하도록 노력하겠습니다."

"이제 2일 후면 WBC 때문에 미뤄졌던 프로야구가 개막됩니다. 제대로 휴식을 취하지 못하고 시즌을 시작하게 되는데 걱정이네요. 체력은 문제없는 거죠?"

"아시겠지만 제 별명이 무쇠팔입니다. 최상의 컨디션으로 시합에 출전할 수 있으니 걱정 안 하셔도 됩니다."

* * *

그해의 프로야구는 그 어느 때보다 뜨거웠다.

WBC 우승의 여파가 가시지 않은 채 시작된 프로야구는 대한민국 야구가 세계 최강이라는 프리미엄을 등에 업고 관중 동원에 신기록 행진을 이어갔다.

주 6일 벌어지는 프로야구는 주말이면 어김없이 매진을 거

듭했는데 특히 이글스의 경기는 요일에 상관없이 무조건 매진 행렬이 이어졌다.

구단이 소송을 포기하면서 마음이 홀가분해진 강찬은 불같은 강속구를 앞세워 무패의 전적을 이어나갔다.

전반기 12승 무패.

그중 여덟 경기가 완투였고 완봉승은 다섯 차례를 기록했으니 강찬은 진정한 언터처블로 거듭나고 있었다.

메이저리그의 전설적인 팀들을 비롯해서 막강한 자금력을 가진 일본의 유수한 팀들이 강찬을 향해 사전 작업을 해왔으나 강찬은 시즌이 끝난 후에 접촉하겠다며 일체의 협상을 거부했다.

강찬의 주가는 끝없이 솟구쳤고 그를 원하는 팀들은 시간이 지날수록 늘어났다.

예상되는 스카우트 비용은 천문학적인 수준을 뛰어넘은 지 오래였다.

WBC에서 워낙 강력한 위력을 선보였고 국내 리그에서도 독보적인 성적을 올려 나가자 작년 말 추정되었던 3천만 달러는 이미 의미 없는 숫자가 되고 말았다.

올스타 브레이크로 인해 시즌이 잠시 쉬는 동안 강찬은 미뤄놓았던 은서와의 결혼식을 올렸다.

그녀와의 결혼은 WBC로 인해 의도치 않게 연기할 수밖에 없었다.

약속한 일이었으니 무조건 강행하려 했으나 은서는 안 된다며 끝까지 수긍하지 않았기에 밀어붙일 수가 없었다.

국가대표가 되어 큰 대회에 나가야 하는 강찬이 자신으로 인해 조금이라도 방해받는 것을 그녀는 원하지 않았다.

영웅이 되어 돌아온 그를 은서는 눈물로 맞아들였다.

모든 사람의 영웅이 되어 돌아온 강찬은 오직 그녀만의 남자였기에 그녀는 자랑스러움으로 한없는 눈물을 흘렸다.

그런 그녀를 강찬은 커다란 가슴으로 안아주었다.

사랑하는 사람 은서.

어린 시절부터 같이 자랐으나 많은 걱정과 오해로 늦게야 사랑을 시작했기에 사랑을 시작한 후 늘 가슴속에 간직한 채 일분일초도 잊은 적이 없었다.

그런 그녀에게 조금이라도 빨리 면사포를 씌워주고 싶었다.

사랑하는 사람에게 순백의 웨딩드레스를 입히고 싶은 것은 어떤 남자라도 원하는 것이다.

특히 강찬은 더했다.

가슴 시린 사랑이 길었던 만큼 하루라도 더 빨리 웨딩드레스를 입은 은서의 모습을 보고 싶었다.

그러나 WBC가 끝난 후 정규 시즌이 곧바로 시작되었기 때문에 결국 결혼식을 또 미루고 말았다.

강찬은 여전히 급했고 은서만 좋다면 시즌 중이라도 결혼할 생각이 있었지만 은서는 고개를 절레절레 흔들며 즐거운 마음으로 기다릴 테니 야구에 전념해 달라며 그의 등을 다독였다.

그녀의 고운 마음이 고스란히 느껴져 한동안 고집을 피우

다가 그러마 하고 대답했다.

사실 시즌 중에 팀의 주력 선수가 결혼한다는 것은 구단에 엄청난 피해를 주는 짓이다.

그랬기에 잠시 고집을 피우다가 그녀의 뜻에 따랐다.

시간이 조금 더 걸릴 뿐 그녀는 언제나 하나밖에 없는 사랑이었기 때문이다.

강찬과 은서의 결혼식은 야구계를 전부 들썩이게 만들었다.

이충호 협회장을 비롯해서 야구 협회의 주요 간부들이 모두 떴고 이글스 구단의 주요 인사들은 물론이고 이청화를 비롯해서 국가대표 전원이 참석했기 때문에 마치 연말 시상식을 보는 것 같았다.

강찬은 식장 앞에서 손님들을 맞이했다.

얼마나 많은 사람이 찾아왔는지 거의 30m나 줄이 늘어설 정도였다.

재밌는 것은 그들 대부분이 강찬을 사랑하는 팬이라는 것이었다.

정해진 시간이 되자 식이 시작된다며 도와주는 사람이 강찬을 예식장 안으.로 데리고 들어갔다.

사회자석에서는 임관이 긴장된 표정으로 손님들에게 식이 시작된다는 안내 멘트를 날리고 있었는데 긴장했는지 얼굴에 땀이 송골송골 맺혀 있었다.

장내가 정리되고 분위기가 잡히자 임관이 우렁찬 목소리로 신랑 입장이라고 외쳤다.

그 소리에 맞춰 강찬이 붉은 주단을 밟으며 걸어가자 여기저기에서 환성이 터져 나왔다.

하객들의 입에서는 잘생겼다는 등 강찬의 놀리는 소리가 흘러나왔는데 그들은 이 결혼식이 매우 즐거운 모양이었다.

강찬은 주례를 맡은 최인혁의 앞에 서서 정중하게 인사를 하고 잠시 동안 눈을 마주친 채 해맑게 웃었다.

최인혁은 아직도 떨떠름한 표정을 지우지 못하고 있었다.

그는 주례를 서달라는 강찬의 부탁을 받고 말도 안 되는 소리 하지 말라며 펄쩍펄쩍 뛰었다.

주례는 사회에서 명망 있는 사람이 해야 되는 것이지 자신과 같은 사람은 절대 할 수 없다는 것이었다.

하지만 강찬의 고집을 꺾을 수는 없었다.

강찬은 오직 최인혁만이 자신의 주례를 설 수 있다며 끝까지 우겼기 때문에 그는 결혼식 이틀 전에야 주례사를 준비하느라 꼬박 밤을 새워야 했다.

단상에서 되돌아서 하객들에게 정중히 인사를 하자 임관이 기다렸다는 듯 신부 입장을 외쳤다.

가슴이 뛰었다.

잠깐 신부대기석에 가서 얼굴을 봤지만 하얀 웨딩드레스를 입고 걸어올 은서를 생각하자 저절로 심장이 쿵쾅거렸다.

세상에서 가장 아름다운 나의 여인.

결혼행진곡이 잔잔하게 울려 퍼지고 난 후 은서가 빛으로 가득한 문으로 들어서서 천천히 자신을 향해 한 발자국씩 걸어왔다.

천사처럼 예뻤고 고귀해서 눈이 부셨다.

은서를 부축하고 들어오는 사람은 없었다.

정상적인 가정에서 자랐다면 아버지와 함께 들어왔을 테지만 은서는 홀로 강찬을 향해 걸어왔다.

외로워 보이지도 슬퍼 보이지도 않았다.

사랑하는 사람에게 한 걸음씩 다가오는 그녀는 그저 행복이 가득 들어 있는 수줍은 미소만 짓고 있었다.

마중을 나가서 그녀의 손을 잡았다.

은서는 자신의 손을 잡아온 강찬의 손을 절대 놓치지 않겠다는 듯 꼬옥 움켜쥐었다.

그 모습이 너무나 사랑스러워 가슴에 안아주고 싶었으나 만약 그랬다가는 내일 아침 신문이 난리 날 게 뻔했기 때문에 간신히 참았다.

정해진 식순에 의해 결혼식이 모두 끝나고 사진 찍는 시간이 오자 여기저기에서 사람들이 웅성거리며 나왔다.

그들은 모두 수많은 팬들에게 사랑받은 야구계의 스타들이었다.

* * *

강찬은 신혼집을 대전에 마련했다.

아직 시즌이 반이나 남아 있었기 때문인데 돈에 여유가 있음에도 집을 사지 않고 전세를 얻은 것은 이번 시즌이 끝나면 대전을 떠나야 했기 때문이다.

강찬은 WBC가 끝난 후 수많은 광고 출연 요청을 받았고 출연료는 특A급 수준이었다.

광고계에서는 특A급을 열 명 정도로 분류하며 연예계 쪽에서 최고의 스타들만 그런 대우를 하고 있었는데 강찬은 그들을 제치며 광고계의 킹으로 등극했다.

강찬이 다섯 개의 광고를 찍어 벌어들인 돈은 20억이 넘었다.

장기 계약이었다면 그보다 훨씬 더 벌었을 테지만 최인혁의 충고를 받아들여 단발 계약을 했기 때문에 특A급치고는 적은 돈이었다.

하지만 그 정도만 있어도 그동안 가슴앓이하던 모든 것을 전부 해결할 수 있었다.

제일 먼저 수녀님이 고아원 운영에 불편하지 않도록 5억을 떼어 드렸고, 막노동을 하는 최인혁에게 5억을 줬다.

최인혁은 한사코 받지 않으려 했으나 그냥 주는 것이 아니라 자신의 매니저 계약금이라는 강찬의 거듭되는 협박에 어쩔 수 없이 받아들였다.

능력도 탁월하지 않는 사람에게 매니저 계약금으로 선뜻 5억이란 거금을 내미는 놈이 누가 있을까.

그럼에도 최인혁이 고개를 숙인 채 받아들인 것은 강찬의 마음을 알기 때문이었다.

놈은 공사장에서 일하는 자신을 다섯 번도 넘게 찾아왔다.

그때마다 놈은 자신의 손을 부여잡으며 조금만 참아달라고 울먹였다.

그가 노동 일을 그만두고 강찬의 매니저 역할을 본격적으로 시작한 것은 2개월 전부터였는데 처음에는 할 일이 없었지만 시간이 흐르자 정신없이 바빠지기 시작했다.

강찬이 자신에 관한 일은 모두 그에게 일임했기 때문에 스카우터를 만나는 것부터 광고 및 방송 출연, 그리고 인터뷰 일정까지 전부 그의 손을 거쳐야 했다.

"오빠, 이리 와봐라."

"왜?"

제주도의 푸른 바다를 보면서 은서가 강찬을 불렀다.

은서는 오래전 영화에서 나온 벤치에 앉아 있었는데 그림처럼 바다가 보이는 곳이었다.

구단은 강찬이 결혼식을 올리자 3일의 휴가를 주었다.

올스타 브레이크로 하루의 여유가 생겼고, 로테이션을 조정해서 특별히 마련해 준 휴가였다.

유명 인사가 되니 좋은 것이 한두 가지가 아니었다.

제주도 여행을 준비하면서 어디에서 잠을 자야 하나 고민할 때 어떻게 알았는지 유명한 호텔에서 예상치 못한 오퍼가 왔다.

자신들의 호텔에서 잠만 자면 모든 비용을 무료로 해주겠다는 것이다.

어이가 없어서 이유를 물었더니 호텔의 이미지 때문에 특급 스타들에게는 무료로 숙박을 제공하고 있다며 사진이나 한 장 찍을 수 있도록 허락해 주기를 부탁해 왔다.

성수기가 되면 하루 숙박비가 40만 원에 가까웠고 VIP용 식당의 최고급 요리가 제공되기 때문에 3일 머무는 데 드는 비용은 2백만 원에 가까웠는데 오히려 호텔 측에서는 강찬이 거부할까 봐 안달을 했다.

오성급 호텔이었으니 객실도 좋았지만 주변 경관은 그야말로 예술이었다.

특히 지금 은서가 앉은 벤치에서 바라보는 바다의 모습은 마치 천국에서 지상을 내려다보는 느낌을 주었다.

천천히 다가가 옆에 앉자 은서의 시선이 바다에서 강찬에게 돌아왔다.

"오빠, 마치 천국 같지 않아?"

"그러네. 정말 아름답다."

"난 이런 곳에 처음 와봐."

"이젠 자주 데려올게. 가고 싶은 곳이 있으면 언제든지 말해."

"정말?"

"그럼. 난 거짓말 못 하는 사람이야."

"야구 선수가 시간이 어디 있어. 그동안 시간이 없어서 데이트도 제대로 못 했는데 그런 곳에 갈 수 있을까?"

"걱정 마. 앞으로는 땡땡이쳐서라도 갈 테니까."

"어이구, 별소릴 다 하세요. 그러다 잘리면 어쩌려구."

"그런가?"

"오빠!"

"응?"

손을 잡고 장난스럽게 묻던 은서가 강찬의 눈을 그윽하게 바라보았다.

갑자기 변한 은서의 행동에 장난스럽게 대꾸하던 강찬이 말을 멈추자 은서의 손이 얼굴로 올라왔다.

그녀의 손은 소중한 것을 만지는 것처럼 조심스러웠는데 강찬의 눈부터 코, 입술을 차례대로 쓸어내렸다.

그런 후 천천히 다가와 강찬의 입에 키스를 했다.

"오빠야, 난 멋진 곳에 가는 것보다 오빠 옆에 있는 것이 훨씬 더 좋아. 그러니까 내 걱정 하지 말고 운동 열심히 해. 알았어?"

"응."

"그리고 신랑이 운동선수라 집을 자꾸 비울 테니까 아기라도 있어야 내가 덜 외로울 거야. 그러니까 오빠, 얼른 아기 내놔."

"아기를 달라고?"

"그래."

"그건 어떻게 해야 되는 건데?"

"뭘 어떻게 해. 열심히 하면 되지."

* * *

하반기 들어서도 강찬의 강속구는 불을 뿜으며 상대를 초토화시켰다.

타고투저란 말은 강찬에게만큼은 전혀 통하지 않았다.

KBO에서 반발력이 좋은 공으로 바꾼 이유는 점수가 많이 나는 경기를 해서 관중들을 동원하려는 의도 때문이었다.

공이 바뀐 이후로 타자들은 펄펄 날았고, 반대로 투수들의 방어율은 형편없이 올라갔다.

빗맞아도 안타가 되는 경우가 많았고, 팀당 홈런 수는 거의 두 배나 늘었다.

하지만 강찬은 그런 와중에도 시즌이 끝날 때까지 단 세 개의 홈런만 허용했다.

시즌이 끝났을 때 강찬의 성적은 24승 1패였으며 완봉승은 9차례나 되었고 17번의 완투를 기록했다.

한국시리즈의 활약도 대단해서 혼자 3승을 거두며 이글스를 2년 연속 챔피언의 자리에 올려놓았다.

언터처블.

강찬이 시즌을 끝냈을 때 언론에서는 더 이상 그를 괴물투수라 부르지 않았다.

마에스트로.

언론이 새롭게 지어준 별명은 마운드의 마에스트로였다.

시즌이 끝나자 드디어 본격적으로 스카우트 열풍이 불기 시작했다.

강찬을 노리는 팀들은 그동안 계속 공을 들여온 뉴욕 메츠를 필두로 메이저리그 소속 팀만 열두 개가 되었고 일본 팀도 자이언츠를 비롯해서 세 개가 뛰어들었다.

하지만 일본 팀들은 근본적으로 메이저리그의 상대가 될 수 없었으니 들러리에 불과했다.

그럼에도 간을 본 것은 메이저리그 팀들이 전부 단합하고 강찬을 포기할 때를 대비하기 위함이었다.

아주 간혹 메이저리그의 스카우터들은 몸값을 부풀리는 선수를 엿 먹이기 위해 동시에 손을 떼는 경우가 있었기 때문이다.

시즌이 끝나기 전부터 준비 팀을 마련한 최인혁은 천천히 강찬의 메이저리그 진출을 위해 각 구단의 스카우터들과 접촉을 시도했다.

최인혁은 영어 통역사와 계약 전문 변호인을 고용하는 등 만반의 준비를 했는데 실수로 인해 강찬이 조금이라도 손해 보는 것을 철저하게 막기 위함이었다.

최인혁은 팀들과 개별 접촉을 하다가 결국은 포스팅 방식을 택했다.

강찬을 원하는 팀들의 스카우터들은 오늘과 내일의 말이 달랐는데 매번 다른 제안을 해왔기 때문에 시간이 갈수록 혼선이 가중되었다.

더군다나 서로 먼저 만나겠다고 난리를 피우는 바람에 사는 것 자체가 피곤해서 죽을 지경이 되어서야 최인혁은 강찬과 상의 끝에 가장 효율적인 방법을 강구했는데 그것이 바로 포스팅 방식이었다.

그가 내건 조건은 아주 단순했다.

계약 기간 7년으로 가장 많은 금액을 써 넣는 팀부터 협상을 한다는 것이었다.

물론 중요한 계약 내용에 대한 초안을 사전에 공개했고 각 팀은 그에 맞추어 금액을 써 넣으면 되었기 때문에 어찌 보면 가장 현명한 판단일지도 몰랐다.

금액이 공개되기 전까지 각 구단은 치열한 눈치 싸움을 벌였다.

포스팅에 참여한 구단은 메이저리그 열두 팀을 비롯해서 재팬리그의 세 팀까지 모두 열다섯 팀이었다.

강찬을 스카우트하고 싶은 마음이 간절한 구단일수록 정보를 입수하기 위해 몸부림 쳤는데 각 팀마다 워낙 극비리에 움직였기 때문에 성과를 얻은 곳은 없었다.

시간은 빠르게 흘렀고, 정해진 날짜가 되어 입찰 내용이 공개되었을 때 대한민국은 물론 세계 유수의 언론이 모두 난리가 났다.

이강찬을 데려가기 위해 가장 많은 금액을 써 넣은 구단은 예상을 뒤엎고 LA다저스였는데 두 번째로 많은 금액을 써 넣은 뉴욕 양키스보다 2백만 달러가 많은 1억 7천만 달러였다.

연봉 순위로 따지면 전체 메이저리그 소속 선수 중 15위에 해당하는 금액이었으니 동양인으로서는 역대 최고의 대접이었다.

부자 구단 LA다저스의 스카우터 폴 콜린스는 그 많은 금액을 써놓고도 하루 종일 불안에 떨다가 자신들의 포스팅 비용이 가장 많다는 걸 확인하고는 만세를 불렀다.

강찬과 우선 협상자가 되었다는 사실만 가지고도 그는 세상을 다 가진 사람처럼 기뻐했는데 그는 강찬 측이 내놓은 계약 조건 이외에도 강찬에게 유리한 계약 조항을 다수 가지고 협상에 응했다.

강찬도 은서를 생각해서 속으로는 LA다저스를 염두에 두고 있었기 때문에 계약에 관한 협상은 급진전을 이루었고, 결국 그해 12월 3일에 도장을 찍는 쾌거를 이루었다.

아시아권 선수로는 최고의 계약 금액이었으며, 당분간은 깨지지 않을 기록으로 남게 될 엄청난 사건이었다.

* * *

LA다저스.

미국 메이저리그 내셔널리그 서부 지구에 소속된 프로야구 팀으로 1884년 창단하였다.

연고지는 캘리포니아 주 로스앤젤레스이며 다저스(Dodgers)라는 명칭은 '피하는 사람들', '탈세자들', '속임수를 잘하는 사람들' 이라는 뜻으로, 이전 연고지인 브루클린 시민들이 거리의 전차를 피해 다니는 모습을 보고 지었다는 설과 브루클린 시민 가운데 무임승차하는 사람이 많아 이름 붙였다는 설이 있었다.

원래는 브루클린(Brooklyn)을 연고로 하며 1932~1957년까지 브루클린 다저스(Brooklyn Dodgers)란 팀명을 가지고 있었는데 1958년부터 로스앤젤레스를 연고지로 하면서 그대로 전해져 온 것이다.

오랜 역사를 지닌 명문 구단으로 2002년까지 월드시리즈에서 6회, 내셔널리그에서 18회, 서부 지구에서 7회 우승했다.

하지만 최근에 와서는 부진을 면치 못하고 있었는데 그 결정적인 이유는 에이스 실링을 보조해 주는 투수가 없기 때문이었다.

가장 중요한 게임을 잡아줄 에이스의 부재는 막강한 타선을 보유하고도 번번이 포스트 시즌에 진출하지 못했기 때문에 LA다저스는 강찬을 잡기 위해 총력을 기울였다.

성대한 입단식이 다저스 스타디움에서 열렸고, 구단주인 매직 존슨이 직접 나와 강찬에게 다저스의 유니폼인 '다저블루' 를 입혀주었다.

단순히 입단식을 열었을 뿐인데도 다저스 스타디움에는 무려 3천 명에 달하는 팬들이 직접 나와 강찬의 입단을 환영했다.

그들이 강찬에게 거는 기대는 무척 컸다. LA다저스 구단 측에서 대대적으로 홍보했기 때문에 강찬이 WBC와 국내 리그에서 어떤 활약을 했는지 세부적으로 알고 있어 그들은 강찬이 무대에 등장하자 열렬히 환영해 줬다.

구단에서 강찬 부부를 위해 준비해 둔 집은 다저스 스타디움으로 가는 길목에 우뚝 솟은 LA 리츠칼튼 레지던스였다.

우뚝 솟은 건물이 단연 눈길을 사로잡는 이 건물은 1~21층은 JW매리어트 호텔, 22~26층은 리츠칼튼 호텔, 그리고 나머지 층은 수백만 달러를 호가하는 고급 콘도형 거주지로 구성돼 있었다.

한인들이 집단으로 거주하는 LA타운과도 그리 멀지 않기 때문에 살기에는 최적인 곳이었다.

모든 부담을 구단이 졌는데 집값만 해도 2백만 달러에 달할 정도로 비싼 곳이었으니 강찬을 생각하는 구단의 생각이 어느 정돈지 충분히 알 만했다.

강찬은 입단식을 마치고 한인협회장의 도움을 받아 은서를 약국에 인턴으로 취직시켰다.

미국에서 약사가 되기 위해서는 대한민국에서 약사 자격을 획득했어도 1차 FPGEE(Foreign Pharmacy Graduates Equivalency Examination)와 영어 시험과 2차 시험(NAPLEX, MPJE)을 통과해야 했다.

은서는 대학 생활 동안 워낙 공부에만 파묻혀 살아서 프리토킹이 될 정도로 영어 실력이 뛰어났고, 약사 고시에서 우수한 성적으로 합격했지만 약 9개월의 인턴십을 거치지 않으면 미국 면허 시험을 볼 수 없었기 때문에 울며 겨자 먹기로 약국에 취직해야 했다.

은서의 입은 댓 발이나 나왔다.

황홀한 신혼 단꿈을 꾸면서 행복한 시간을 보내야 하는 마당에 취직이 웬 말이냐며 떼를 썼지만 강찬의 말에 즉각 입을 닫고 항복했다.

잘된 일이었다.

강찬은 일 년의 반을 다른 곳에서 보내야 하는데 은서가 집에만 있다면 부담이 클 수밖에 없다.

일을 하다가 아기가 생긴다면 그때는 자연스럽게 안정을 취할 수 있을 거란 생각이다.

*　　*　　*

강찬의 메이저리그 데뷔전은 다저스 스타디움에서 애리조나를 상대로 이루어졌다.

애리조나는 메이저리그에서 가장 역사가 짧은 팀 중 하나지만 불과 창단 후 4년 만에 월드시리즈를 제패하는 기적을 선보인 팀이다.

그 이후로 내리막길을 걸어 별 볼 일 없는 성적을 거둬왔으나 최근 팀의 리빌딩에 성공하며 작년에는 포스트 시즌까지 진출하는 기염을 토했다.

애리조나가 금년 시즌 우승의 꿈을 꾸고 있는 것은 커디널스의 4번 타자 존슨을 영입했고, 시카고 컵스의 절대 마무리 투수 리키 루비오를 보강했기 때문이다.

존슨은 작년 시즌 38개의 홈런을 쳐 낸 강타자였고, 리키 루비오는 23세이브를 기록하며 컵스의 수호신으로 활약한 투수였다.

다저스 구단이 시즌 개막전 홈경기를 강찬에게 맡긴 것은 연습 투구를 지켜본 매팅리 감독이 강찬을 전폭적으로 신뢰했기 때문이다.

다저스 스타디움은 관중으로 꽉 들어찼는데 스탠드 곳곳에는 대한민국 교포들이 강찬의 이름이 들어 있는 플래카드를 든 채 열심히 응원하는 장면들이 보였다.

마운드에 선 강찬은 숨을 고르고 포수인 피아자가 내민 미트에 시선을 던졌다.

LA의 하늘은 대한민국의 가을 하늘처럼 파랬으며 바늘로 찌르면 금방이라도 터질 것처럼 눈부셨다.

낯선 환경임이 분명했고 사람들도 달랐지만 강찬의 마음은 평온하고 즐거웠다.

공을 손에 쥔 후부터 언제나 꿈꿔오던 순간이다.

꿈의 무대 메이저리그.

세계에서 가장 강하다는 타자들을 상대로 공을 던진다는 것은 투수에게는 꿈이었으니 강찬은 이 순간이 너무나 행복했다.

봉인에서 완전하게 풀린 어깨는 초구부터 강력한 패스트볼을 구사했다.

시속 155㎞/h를 넘나드는 패스트볼은 아무리 강속구에 익숙한 타자들이라도 쉽게 손을 대지 못했다.

하지만 강찬이 정말 무서운 것은 강력한 패스트볼과 어우러지는 절묘한 변화구가 뒷받침된다는 것이었다.

강찬은 동계 기간 내내 고속 슬라이더를 훈련했는데 140㎞/h 초반까지 구속이 나왔다.

애리조나의 타자들이 처음 안타를 만들어낸 것은 5회 초였다.

완벽한 투구를 하던 강찬의 직구를 애리조나의 4번 타자 존슨이 받아친 것이 2루수 옆을 빠져나가는 안타가 되었다.

안타가 되었지만 정확하게 맞은 타구는 아니었다.

강찬의 강속구에 눌려 휘두른 배트의 하단에 공이 맞으며 밀려 나갔는데 운이 좋아 2루수 옆을 통과한 것이다.

LA다저스의 구단주 매직 존슨과 사장 캐스틴이 VIP석에 앉아 감탄사를 연발한 것은 존슨을 출루시킨 강찬이 작정을 한 것처럼 후속 타자들을 연속으로 삼진 처리했기 때문이다.

멀리서 지켜보는 것만으로도 소름이 끼칠 정도로 강찬의 변화구는 무섭고 정교했다.

애리조나의 타자들은 강찬의 변화구에 속수무책으로 당했다.

다저스에 동양의 괴물이 입단했다는 것을 알면서도 철저히 분석하지 못한 채 나온 애리조나 타자들은 스탠딩 삼진을 당한 선수가 여섯 명이나 되었고 헛스윙 삼진까지 감안한다면 선발 출전한 전원이 삼진을 당하는 수모를 겪었다.

9회가 되었을 때 강찬은 무실점의 역투를 거듭하고 있었는데 투구 수는 97개였고 안타는 단 세 개만 맞았을 뿐이었다.

이미 다저스의 막강 타선은 애리조나 투수진을 상대로 7점이나 뺏은 상태였기 때문에 승부는 결정 난 것이나 다름없었다.

그럼에도 다저스의 매팅리 감독은 강찬을 교체하지 않았다.

그는 강찬이 대한민국에서 어떤 활약을 했는지 잘 알기 때문에 메이저리그에서의 첫 완봉승을 지켜주고 싶었다.

미국 NBC의 야구 중계 캐스터 하워드는 해설자 크리스 폴과 경기를 지켜보며 이닝이 거듭될수록 흥분에 겨운 목소리를 숨기지 못했다.

그는 강찬이 개막전 홈경기의 선발투수로 마운드에 오르자 매팅리 감독의 용병술을 의심하는 소리까지 하며 부정적인 시각을 보였다.

그는 실링의 절대적인 팬이었다.

다저스의 에이스 실링은 작년 16승을 거두며 높은 몸값에 걸맞은 활약을 했는데 WBC에서 잠깐 활약한 것이 전부인 강찬이 선발로 나오자 잘못된 기용이라는 소리를 서슴없이 해댔다.

하지만 이닝이 거듭되며 강찬이 애리조나의 타선을 압도하는 위력적인 투구를 보이자 그의 선입감은 순식간에 하늘로 날아가 버렸다.

강찬의 패스트볼과 위력적인 변화구를 보며 그는 놀라움을 금치 못했는데 해설자 크리스 폴마저 경이적이라는 표현을 쓰자 더 이상 강찬을 무시하는 어떤 말도 꺼내지 못했다.

8회까지 강찬이 애리조나 타선을 상대로 뺏어낸 삼진은 무려 13개였으며 선발 전원 삼진이라는 진기록까지 수립하자 그는 강찬이 공을 던질 때마다 거의 악을 써댔다.

"바깥쪽으로 흘러 나가는 대단한 슬라이더가 또다시 구사되었습니다. 거의 147㎞/h에 육박하는 무시무시한 고속 슬라이더인데 타자가 손도 대지 못하는군요."

"147㎞/h면 웬만한 투수들의 패스트볼 구속입니다. 그런 구속의 슬라이더가 저렇게 감탄이 나올 정도로 제구되어 들어가면 타자들의 눈에는 홈 플레이트에서 공이 사라지는 것처럼 보일 겁니다. 정말 무서운 공입니다."

"애리조나 타자들이 이강찬 선수를 공략하지 못하는 것은 패스트볼과 고속 슬라이더 때문이겠죠?"

"아닙니다. 이강찬 선수가 진정으로 무서운 것은 바로 저 공과 체인지업을 자유자재로 던지기 때문입니다. 보십시오. 방금 던진 공은 123㎞/h의 커브였는데 존슨 선수가 꼼짝 못하잖습니까. 이강찬 선수의 구질은 패스트볼에 비해 많게는 30㎞/h 이상의 속도 변화를 보이기 때문에 타자들이 공략하지 못하는 것입니다."

9회 초 애리조나의 4번 타자 존슨을 상대하던 강찬이 초구 고속 슬라이더에 이어 타자 무릎 쪽으로 절묘하게 떨어지는 커브를 던지는 걸 보고 해설자인 크리스 폴은 입을 다물지 못했다.

하지만 그가 진짜 놀란 것은 존슨을 또다시 스탠딩 삼진으로 잡아낸 마지막 공을 보고 난 후였다.

"정말 무서운 투수가 출현했군요. 구속이 161㎞/h를 찍었습니다. 오늘 던진 공 중 가장 빠른 공입니다. 어떻게 이닝이 진행될수록 점점 빨라질 수 있단 말입니까. 9회를 완투한 선수가 저런 패스트볼을 던지는 걸 나는 지금까지 살아오면서 본 적이 없습니다. LA다저스가 왜 그런 막대한 금액을 주고 저 선수를 스카우트했는지 이제야 알 것 같습니다."

제7장 퍼펙트게임

시즌 개막전을 완봉승으로 마친 강찬은 그때를 기점으로 파죽지세로 연승 행진을 이어나갔다.

메이저리그와 대한민국 프로야구의 수준은 엄청난 격차가 있다고 떠들며 평가 절하하던 미국의 야구전문가들은 강찬이 연승 행진을 이어나가자 전반기가 끝난 후부터 그를 양키스의 에이스이자 메이저리그 최고의 투수로 불리는 커드 화이나와 동급의 반열에 올려놓기 시작했다.

전반기가 끝났을 때 강찬의 성적은 11승 1패였으며 방어율은 1.1이고 일곱 번의 완투와 네 번의 완봉승을 곁들이는 최고의 피칭을 했기 때문에 다저스 팬들은 강찬을 승리의 아이콘으로 여겼다.

대한민국은 강찬이 시합에 출전하는 날이 되면 축제 분위기였다.

태평양을 건너 홀로 당당하게 메이저리그를 점령해 나가는 강찬의 행보는 모든 이의 가슴을 설레게 만들기에 충분했다.

강찬이 시합하는 시간대에는 대부분의 국민이 삼삼오오 모여 텔레비전을 시청했는데 공을 던질 때마다 탄성을 터뜨리며 응원했다.

강찬의 무패 전적이 깨지던 날 대한민국 국민들은 모두 한숨을 몰아쉬며 안타까움을 숨기지 못했다.

강찬의 유일한 패배는 전반기 마지막 경기인 샌프란시스코와의 경기에서 일어났다.

샌프라시스코 자이언츠의 에이스 쿠퍼는 그날따라 신들린 듯한 피칭을 하며 LA다저스의 강력한 타선을 철저하게 틀어막았다.

그날은 운명의 신이 강찬의 패배를 예정해 놓은 모양이었다.

스코어 1 대 1.

9회 마지막 수비에서 평범한 땅볼을 유격수 도널드 험블리가 악송구하면서 무사 2루가 되었고, 번트와 희생플라이로 두 명의 타자를 희생시킨 자이언츠는 기어코 주자를 불러들여 결승점을 만들어냈던 것이다.

그날 강찬은 다섯 개의 안타를 맞았으나 강렬한 피칭을 거듭했기 때문에 야수 실책으로 인해 패배한 것이 더욱더 아쉬울 수밖에 없었다.

다저스 스타디움에 한인 교포들이 진을 치기 시작한 것은 하반기로 들어서면서 본격화되었다.

교포들은 모국에서 단신으로 들어온 강찬이 불같은 강속구와 무시무시한 변화구를 장착한 채 메이저리그 타자들을 추풍낙엽처럼 쓰러뜨리자 열광적인 응원을 보냈는데 관중석의 20%를 점유할 정도였다.

그전까지만 해도 불과 3%조차 되지 않던 교포의 좌석 점유율이 20%까지 올라간 것은 순전히 강찬의 존재 때문이었다.

강찬의 위력적인 투구는 하반기에도 멈추지 않았다.

하반기에 12승 1패를 추가한 강찬은 시즌을 23승 2패로 마무리 지었는데 완봉승이 무려 아홉 차례나 되었다.

언터처블 이강찬.

마운드의 마에스트로란 명성은 이미 미국 전역을 넘어 전 세계로 퍼져 나간 지 오래였고, 다른 팀에게 강찬은 공포의 대명사가 되어 있었다.

강찬이 합류한 다저스는 서부 지구에서 압도적인 승차로 1위를 차지한 후 곧장 디비전 시리즈에 직행했다.

기존의 강타선에 23승을 올릴 정도의 언터처블 강찬의 합류는 LA다저스를 무적의 팀으로 바꿔놓기에 충분했다.

다저스는 디비전 시리즈에서 시카고 컵스를 일방적으로 이긴 후 리그 챔피언전에서 뉴욕 메츠마저 꺾고 월드시리즈에 진출했다.

뉴욕 메츠의 톰 클랜시 감독은 마지막 5차전에서 강찬에게 완봉패를 당한 후 쓰고 있던 모자를 집어 던졌는데 그가 흥분해서 떠든 이야기가 기사화되면서 구설수에 오르기도 했다.

그가 메츠의 스카우터에게 쏟아낸 욕설은 너무도 신랄해서 듣기에 민망할 지경이었다.

"그까짓 돈 몇 푼을 아끼겠다고 우승컵을 날리다니, 병신 같은 놈. 이강찬을 본 건 내가 제일 먼저였어. 빨리 가서 스카우트해 달라고 부탁한 것도 내가 제일 먼저였고. 그런데 이게 무슨 꼬라지냐. 봤어? 봤냐고?! 포탄처럼 터지는 저놈 공을 보고도 잘했다고 밥 처먹고 다녀? 차라리 속 시원하게 머리 박고 죽어, 이 새끼야!"

*　　*　　*

LA다저스가 월드시리즈에 직행하자 LA 전역은 축제 분위기에 빠져들었다.

1988년 이래 30년 동안 우승을 하지 못한 한을 풀기 위해 거액을 들여 데려온 이강찬이 기대 이상의 성적을 올리며 막강한 전력을 구축하자 LA 시민들은 가슴 설레며 월드시리즈를 손꼽아 기다렸다.

그러나 누구보다 흥분에 젖어 있는 것은 구단주인 매직 존슨과 사장인 캐스틴이었다.

그들은 강찬을 반드시 스카우트해야 한다는 동아시아 전문 스카우터 폴 콜린스의 보고를 받은 후 한동안 고민에 빠졌는데 WBC의 반짝 활약을 믿고 거액을 투자한다는 게 의심스러웠기 때문이다.

2년 연속 소속 팀을 우승시키며 MVP를 차지했어도 두세

수 아래로 평가되는 대한민국 리그에서의 성적이었기에 적극적인 베팅을 꺼린 것이다.

하지만 그런 의심은 사장인 캐스틴이 대한민국으로 직접 날아와 눈으로 확인한 이후 급격하게 사라졌다.

캐스틴은 귀국한 후 매직 존슨을 적극적으로 설득해서 강찬의 영입에 나섰는데 이유는 두 가지였다.

하나는 강찬의 구위가 상상 이상으로 위력적이기 때문에 에이스가 필요한 다저스 팀에게 커다란 도움이 될 것이란 판단이었으며, 둘째는 대한민국의 영웅인 이강찬을 영입함으로써 막대한 마케팅 효과를 볼 수 있다는 것이었다.

캐스틴의 설득에 매직 존슨은 한동안 망설이다가 강찬의 영입 계획에 찬성했다.

학습 효과가 있었기 때문이다.

십여 년 전 대한민국의 에이스 류동현이 LA다저스에서 3년간 활약할 때 기대 이상의 성적을 올리며 지구 우승의 밑바탕이 되었고, 중계료를 비롯해서 짭짤한 부대 수익을 올리는 성공을 거둔 적이 있었다.

구단주 사무실에 앉아 커피를 마시고 있는 사람은 매직 존슨과 캐스틴, 그리고 스카우터 폴 콜린스까지 모두 세 사람이었다.

사무실에 앉아 있는 그들의 표정은 매우 밝았는데 조금은 흥분한 모습이었다.

특히 매직 존슨의 눈은 평상시보다 훨씬 붉어져서 지금 그가 꽤나 흥분 상태에 있다는 걸 알 수 있었다.

그는 방금 전 ABC와의 인터뷰를 끝내고 돌아왔기 때문에 긴장이 풀리지 않은 모습이었다.

요즘 그는 하루에 다섯 번 이상 언론과 인터뷰를 하고 있었는데 다저스가 월드시리즈에 올라가면서 벌어진 일이다.

"이제 이틀 남았소."

"그렇습니다. 이틀 후를 생각하니 가슴이 떨리는군요."

"이번에 우승컵을 안으면 무려 30년 만입니다. 농구에서는 여러 번 했는데 야구는 왜 이리 힘든지 모르겠습니다. 난 이번엔 꼭 우승 반지를 끼고 싶소."

NBA의 전설 매직 존슨은 프로농구에서 여러 개의 우승 반지를 가지고 있었지만 프로야구 다저스의 구단주가 된 이후로는 우승과 인연이 없었다.

캐스틴은 매직 존슨의 한탄을 들으며 그를 위로했다.

그저 듣기 좋으라고 하는 소리가 아니라 자신감에 가득 찬 목소리였는데 그만큼 어느 때보다 우승 가능성이 컸기 때문이다.

"그렇게 될 것입니다. 이강찬이 건재한 이상 양키스도 이번에는 우리에게 안됩니다."

"도박사들의 베팅률이 얼마나 된다고 했지요?"

"58 대 42입니다. 도박사들도 이번에는 우리가 이길 거라고 확신하는 것 같습니다."

"껄껄, 듣기만 해도 기분이 좋군요."

"폴이 정말 수고가 많았습니다. 이강찬이 우리 품에 들어오지 않고 다른 팀에 갔다면 어쩔 뻔했습니까. 정말 생각만 해도 끔찍합니다."

"그러게 말이오."

"그래서 말입니다, 우리가 월드시리즈를 차지하면 계약 조건에는 없지만 이강찬에게 사이닝 보너스를 챙겨줬으면 합니다."

"음, 얼마나요?"

"작년에 르윈스키가 500만 달러를 받았습니다. 커트 화이나는 1,000만 달러를 받았고요. 이강찬의 성적은 그놈들보다 훨씬 좋습니다."

"걔들은 별도로 계약을 그렇게 했기 때문에 준 것인데 똑같이 비교하면 되겠소?"

"안 준다면 모를까, 준다면 화끈하게 줬으면 좋겠습니다. 내년 시즌에도 잘 부탁한다는 뜻에서요."

"시원하게 말합시다. 얼마를 주자는 말이오?"

"저는 500만 달러를 생각하고 있습니다. 어차피 이강찬 때문에 대한민국에서 들어온 돈이 3,000만 달러가 훌쩍 넘습니다. 우승 효과로 인해 벌어들이는 돈을 따진다면 그것보다 훨씬 많고요."

"500만 달러는 너무 크오."

"이강찬의 마음을 잡을 수만 있다면 큰돈이 아닙니다. 우리는 그것보다 더 많은 걸 벌 수 있을 테니까 말입니다."

"좋소, 그렇게 하시오. 대신 우승을 못 하면 없던 일로 합시다."

* * *

은서가 인턴 일을 그만둔 것은 한 달 전이다.

미국 약사 자격을 획득하기 위해 필요한 기간은 9개월이었지만 은서는 그보다 2개월을 더 일한 후 그만뒀다.

아기를 가졌기 때문이다.

약사 시험을 치르기 위해 열심히 공부하는 과정이었기 때문에 아쉬움은 있었으나 은서는 뒤도 돌아보지 않고 약국을 나섰다.

아직 3개월밖에 되지 않아 눈에 띄게 배가 부르지는 않았지만 가장 조심해야 할 시기였으니 안정을 취할 필요성이 있었다.

은서의 임신 소식에 강찬은 두 팔을 번쩍 들고 만세를 불렀다.

누구나 아이를 얻으면 기쁘겠지만 강찬의 기쁨은 남다를 수밖에 없었다.

그도 은서도 고아원에서 외롭게 자라온 사람들이다.

외로웠던 사람들이 하나가 되어 아이를 가졌으니 그 소중함이 오죽할까.

은서를 끌어안고 너무나 기뻐 눈물을 흘렸다.

사랑하는 은서의 뱃속에 그의 분신이 자란다는 사실은 강찬을 감동 속으로 몰아넣기에 충분했다.

강찬은 화려하게 빛나는 도시의 불빛을 바라보며 은서의 어깨를 감싸 안았다.

리츠칼튼 레지던스는 모두 54층이었는데 강찬이 살고 있는 집은 50층이라 LA 시가지가 한눈에 내려다보였다.

시가지의 네온사인은 별빛을 보는 것처럼 아름다웠다.

동서로 쭉쭉 뻗어 나간 도로의 가로등 불빛은 일정한 규칙을 지닌 채 반짝였고, 건물들은 저마다의 자태를 뽐내며 화려한 조명을 쏘아 올려 눈이 부실 정도로 아름다웠다.

한동안 두 사람은 아무 말도 없이 야경을 지켜보았다.

말이 없다 해서 대화를 하지 않는 건 아니다.

두 사람은 눈으로, 체온으로, 촉감으로 서로에게 수많은 언어를 전달했다.

서로를 사랑한다는 것은 이처럼 말이 없이도 서로의 감정을 전달할 수 있었다.

이제 내일이면 대망의 월드시리즈가 벌어지지만 강찬은 은서에게 아무런 말도 하지 않았다.

수많은 사람들이 초미의 관심을 가지고 기다리는 일전이었으나 강찬은 은서가 그것에 대해 신경 쓰는 것조차 꺼렸다.

혹시라도 흥분해서 아기에게 좋지 않은 영향을 미칠까 겁이 났기 때문이다.

은서의 입이 조그맣게 열린 것은 벽에 걸린 시계에서 11시를 알리는 종소리가 울렸을 때다.

"오빠, 안 자?"

"조금 더 있어도 돼."

"내일 중요한 날이잖아. 선발이라며. 얼른 자."

"어떻게 알았어?"

"텔레비전만 틀면 온통 그 얘긴데 내가 왜 모르겠어. 오빤 나를 바보로 아나 봐."

한심하다는 표정으로 은서가 바라보자 놀란 얼굴을 하고 있던 강찬이 한숨을 내쉬었다.

자신과 같이 있을 때 은서는 전혀 텔레비전을 보지 않았기 때문에 혹시 모를 수도 있다고 생각했는데 그건 말도 안 되는 착각이었던 모양이다.

그럼에도 강찬은 내친김에 고집을 부렸다.

"내일 텔레비전 보지 마."

"왜?"

"그냥."

"그냥이 어딨어. 혹시 애기 때문에 그러는 거야?"

은서의 질문에 강찬이 대답을 하지 않고 슬쩍 고개를 돌렸다.

정곡을 찔려서 답변이 궁했기 때문이다.

하지만 곧 고개를 돌려 은서를 보며 슬그머니 웃음 지었다.

"은서야, 우리 아기 건강하게 낳아줘."

"참 걱정도 팔자다. 나 무지무지 건강하거든? 변강쇠 같은 아들 낳아줄 테니까 걱정하지 마세요."

은서가 자신의 팔을 번쩍 들어 힘쓰는 표정이 무척 우스꽝스러웠다.

아기를 갖고도 50kg이 조금 넘는 여자가 힘자랑을 하는 모습은 전혀 어울리지 않았다.

하지만 강찬에게는 그것이 너무너무 사랑스러워 천천히 다가가 은서를 가슴에 안았다.

그런 후 뜨겁게 입술을 훔쳤다.

은서의 입술은 언제나 뜨거웠다.

연약해 보이기까지 해서 언제나 걱정이었는데 입술만큼은 언제나 정열적으로 강찬을 받아들였다.

뜨거운 키스가 끝나자 은서가 발갛게 물든 얼굴로 강찬을 바라보았다.

"오빠, 난 내일 경기장엔 못 가지만 오빠가 던지는 모습을 처음부터 끝까지 볼 거야. 왜냐하면 나는 내 남편을 응원해야 되거든. 그러니까 쓸데없는 걱정 하지 말고 최선을 다해 이겨. 이기고 돌아오면 내가 맛있는 쌀밥에 오빠 좋아하는 불고기 해줄게."

* * *

LA다저스의 월드시리즈 상대는 전통의 명문 뉴욕 양키스였다.

뉴욕 양키스는 150년의 유구한 역사를 자랑하는 메이저리그에서 무려 27회나 우승한 강팀으로 최고의 에이스 커트 화이나를 보유했고 홈런왕 클레이 톰슨까지 몸담고 있었다.

클레이 톰슨은 WBC 때 백강현을 상대로 홈런을 때려낸 장본인이기도 했다.

월드시리즈 1차전은 다저스의 홈에서 펼쳐졌기 때문에 스타디움은 온통 푸른 물결로 가득했다.

5만 6천이 모두 들어찬 경기장은 다저스의 승리를 기원하며 경기가 시작되기를 기다렸는데 팽팽한 긴장감이 느껴졌다.

관중들 속에는 농구대통령 케인 밸로스와 복싱 영웅 레베타 등 다른 종목의 스포츠 영웅들도 보였고, 유명 영화배우와 탤런트 등 스타들도 자리를 함께하고 있었다.

워낙 인기 구단들이 맞붙은 월드시리즈기도 하지만 최고의 투수로 공인된 이강찬과 커트 화이나의 대결은 미국인들이 손꼽아 기다려 온 빅 이벤트였다.

재밌는 것은 대한민국에서 가장 인기 있다는 연예 프로그램 '계속 도전'의 MC 유재형이 한류 열풍을 불러일으킨 걸그룹과 영화배우, 탤런트 등 30여 명을 이끌고 강찬을 응원하기 위해 왔다는 것이다.

기자들의 숫자도 어마어마했다.

미국의 언론이 총출동한 것은 당연한 것이었지만 대한민국도 웬만한 언론들은 모두 날아왔기 때문에 기자석은 발 디딜 틈조차 없을 만큼 복작거렸다.

예상대로 뉴욕 양키스의 선발투수는 커트 화이나였다.

금년 시즌 18승을 올린 그는 포크볼의 마술사란 별명을 가지고 있었다.

그의 포크볼은 알면서도 당한다는 말이 있을 정도로 위력적이었는데 컷 패스트볼과 조화될 경우 쳐 내기가 극도로 어렵다고 알려져 있었다.

서로 부담되는 경기일 수밖에 없었다.

에이스들을 동원하고도 지게 된다면 상당히 불리해진 상태에서 월드시리즈 치러야 한다.

첫 경기를 이긴 팀은 여유를 갖게 되지만 진 팀은 다음 경기에 총력전을 벌여야 한다는 부담감을 가지게 되기 때문이다.

이런 큰 경기에 여유를 가진 팀과 부담감을 가진 팀의 차이는 엄청 클 수밖에 없다.

사람은 부담을 가지게 되면 초조해지고 초조해지면 실수를 하게 마련이니 말이다.

홈경기였기 때문에 먼저 수비에 오른 강찬은 마운드의 흙을 다듬으며 슬쩍 관중석 쪽을 바라보았다.

다저스 스타디움을 꽉 채운 관중들은 일제히 자신의 이름을 연호하고 있었는데 반드시 승리해 줄 거라고 믿고 있는 것처럼 보였다.

오늘의 날씨는 화창했고 하늘은 더없이 푸르렀다.

가슴이 뛰지 않았다면 거짓말일 것이다.

투수로서 최고로 영광스런 자리에 올라 공을 던진다는 것은 꿈속에서조차 바라온 일이니 말이다.

하지만 마운드에 오를 때까지 쿵쾅거리던 가슴은 공을 손에 쥐자 천천히 가라앉기 시작했다.

뉴욕 양키스의 리드오프는 대한민국에도 잘 알려진 해밀턴이었다.

그는 WBC 4강전에서 두 개의 안타를 때려내며 대표팀을 괴롭힌 선수로 발이 빠르고 선구안도 좋았다.

심판의 시합 개시 사인이 떨어지자 관중들이 일제히 내지

른 함성 속에서 강찬이 와인드업을 걸었다.

팡!

강찬의 손을 떠난 공이 포탄이 터지듯 포수 피아자가 내민 미트에 강렬하게 틀어박혔다.

시속 156㎞/h가 찍힌 몸 쪽 패스트볼이었다.

껌을 씹고 있던 해밀턴이 흠칫 놀라며 뒤로 물러설 정도로 위력적인 공이었는데 조금 낮은 것 같았지만 홈 플레이트에서 공 한 개 정도가 라이징되었기 때문에 포수 미트에 박혔을 때는 완벽히 스트라이크존으로 들어왔다.

속구에서 파생된다는 라이징은 타자에겐 더없이 무서운 변화구나 다름없었다.

더군다나 강찬의 직구는 워낙 회전수가 많기 때문에 완벽한 타이밍에 임팩트가 되지 못하면 대부분 외야수에게 잡힐 정도로 무거운 공이다.

강찬은 해밀턴을 상대하면서 연속으로 세 개의 패스트볼을 던졌는데 세 개의 공이 전부 스트라이크존의 경계선에 절묘하게 걸쳤기 때문에 해밀턴은 배트조차 휘두르지 못했다.

첫 타자를 삼진으로 잡아낸 강찬은 2번 미켈슨을 유격수 앞 땅볼로 처리했고, 3번 타자는 고속 슬라이더를 구사해서 삼진으로 잡아내며 1이닝을 간단하게 끝냈다.

하지만 뉴욕 양키스의 선발로 나선 커트 화이나의 구위도 만만치 않았다.

그 역시 1회 말 LA다저스의 타선을 간단하게 삼자범퇴 처리했는데 다섯 개나 구사한 포크볼은 홈 플레이트에서 붕붕 날아다니는 것처럼 현란한 변화를 보이며 타자들을 농락했다.

커트 화이나는 불과 일곱 개의 공으로 1회를 끝냈기 때문에 강찬의 어깨가 식지 않을 정도로 빠른 공수 교대를 만들어냈다.

2회 들어 마운드에 오르자 거구의 클레이 톰슨이 배트를 한 손에 든 채 타석으로 들어왔다.

100㎏에 육박하는 거구답게 그는 가장 긴 34인치짜리 배트를 썼는데 무게도 990g으로 메이저리그 타자 중 가장 무거운 것을 사용했다.

거구지만 완벽하게 균형 잡힌 몸매다.

완벽하게 균형이 잡혀 있다는 것은 어떤 코스로 들어온 공도 쳐 낼 수 있다는 의미를 내포하는 것이고, 실제로 그는 인코스, 아웃코스를 가리지 않고 홈런을 때려냈다.

작년 56개의 홈런에 이어 금년에도 54개의 홈런을 때려내며 홈런왕에 등극한 그는 투수들에게는 공포의 대상이었다.

강찬은 백강현에게 홈런을 뺏어낸 후 유유히 그라운드를 돌던 톰슨의 모습을 잊을 수 없었다.

백강현이 던진 공은 꽉 찬 몸 쪽 패스트볼이었지만 톰슨은 마치 기다렸다는 듯 좌측 스탠드 상단을 때려 버리는 대형 홈런을 쳐 낸 후 마치 아무 일도 없었다는 듯 천천히 그라운드를 돌며 야수들을 일일이 훑어보는 여유를 보였다.

먹이를 포획한 맹수의 모습이었다.

조용함 속에서 풍겨 나오는 위압감은 가히 압도적이었고, 보는 이들로 하여금 전율을 일으키게 만들었다.

그때 느낀 위압감처럼 톰슨이 풍겨내는 기세는 여전했다.

타석에 들어서서 자신을 노려보는 톰슨의 모습은 마치 산악을 보는 것처럼 장중했다.

공을 쥔 손에 힘이 들어갔다.

대단한 기세를 보이는 톰슨을 상대하기 위해서는 그에 못지않은 기세를 보여야 한다.

맹수를 잡기 위해서는 더욱 강력한 이빨로 상대하는 것이 가장 효과적이다.

그랬기에 피아자의 요청을 거부하고 초구부터 정면승부를 펼쳤다.

한번 기가 꺾이면 도망가는 피칭을 해야 하고, 결국 막다른 골목에 몰려 치명상을 입게 되기 때문이다.

쐐애액, 쾅!

29개의 코스 중 외곽 모서리를 통과하는 11번째 스트라이크존에 패스트볼을 구사했다.

구속은 157㎞/h였으며 강력한 회전을 걸었기 때문에 톰슨의 눈에는 대결을 피하기 위해 공을 뺀 것으로 보였을 것이다.

하지만 피아자의 미트에 공이 꽂히는 순간 심판의 손이 힘차게 올라갔다.

라이징 패스트볼의 무서운 점이 바로 이것이었다.

타자가 봤을 때는 낮게 깔려 들어온 것으로 느껴지지만 심판의 눈에는 완벽하게 스트라이크존으로 들어온다.

맹수처럼 번들거리던 톰슨의 눈이 그 한 방으로 흔들리기 시작했다.

전혀 상상하지 못할 정도로 위력적인 공이 들어오자 배트를 곧추세운 채 이빨을 드러냈던 톰슨은 복잡해진 머리를 숨기지 못했다.

맹수가 맛있는 먹잇감을 공격할 때는 단번에 숨통을 끊어놓는 타이밍을 잡지만 상대가 단순한 먹이가 아니라 강력한 반격을 펼칠 수 있는 적이라면 공격과 더불어 반격에 대한 방어를 생각해야 되기 때문에 공격의 날카로움이 무뎌질 수밖에 없다.

적의 목숨을 끊는 것도 중요하지만 자신의 목숨을 보존하는 것도 그에 못지않게 중요하기 때문이다.

강찬은 톰슨의 기세에서 그러한 것을 느낀 후 다시 한 번 승부를 걸었다.

자신은 절대 먹잇감이 아니고 오히려 명줄을 단박에 끊어버릴 수 있는 맹수 중의 맹수라는 것을 똑똑히 보여줄 생각이다.

와인드업을 거쳐 팽팽하게 당겨진 오른팔이 앞으로 튀어나오며 최정상에서 뿌린 공이 톰슨을 향해 무서운 속도로 날아갔다.

몸 쪽으로 바짝 붙은 158㎞/h의 패스트볼이었다.

톰슨은 기겁하면서 타석에서 물러났으나 심판의 손은 여지없이 올라갔다.

워낙 꽉 찬 몸 쪽 직구였기 때문에 본능적으로 몸이 뒤쪽으로 물러나고 말았다.

워낙 빠른 직구였기 때문에 아무리 거구를 가진 톰슨이라도 맞으면 어디 하나 부러지는 건 각오해야 한다.

만약 심판이 스트라이크 판정을 하지 않았더라면 톰슨은 위협구라 생각하고 강찬에게 달려왔을지도 모른다.

강찬의 몸 쪽 패스트볼은 그만큼 톰슨의 눈에는 위험하게 느껴졌다.

하지만 톰슨은 심판의 판정에 강한 불만이 담긴 시선만을 던진 후 타석에서 물러섰다가 강력한 스윙을 세 번이나 휘두른 후 다시 타석으로 들어섰다.

여전히 강맹하고 위협적인 자세였으나 왠지 처음에 보여주던 위압감은 많이 사라진 모습이다.

맹수를 긴장하게 만들었고 죽을지도 모른다는 두려움을 가지게 만들었다면 승부는 결정된 것이나 다름없었다.

그랬기에 강찬은 자신의 주 무기 중 하나인 체인지업을 가차 없이 빼 들었다.

톰슨은 강찬의 손을 떠난 공이 날아오자 즉시 타이밍을 맞추고 배트를 끌어 내렸다.

강찬의 손을 떠난 공이 직구의 궤적을 그리며 한복판으로 미끄러지듯 들어왔기 때문이다.

실투?

처음에는 실투라고 생각했지만 금방 그것이 아니란 것을 알아챘다.

속았다는 생각에 배트의 스피드를 늦췄지만 정중앙으로 들어오던 공이 가라앉으며 땅바닥에 처박혔기 때문에 톰슨은 우스꽝스러운 모습으로 헛스윙을 하고 말았다.

그렇게 위세 당당하던 톰슨의 모습은 삼진을 당하고 돌아서는 순간 어디로 사라졌는지 보이지 않았다.

그는 마치 마술을 본 것처럼 믿어지지 않는다는 표정을 짓고 있었는데 더그아웃에 들어갈 때까지 고개를 들지 못했다.

강찬의 2회 초 투구는 그야말로 눈부셨다.

톰슨을 삼진으로 잡아낸 강찬은 양키스의 리딩 히터이자 5번 타자인 클랜시마저 강력한 패스트볼로 루킹 삼진 처리했고, 선구안이 좋기로 유명한 6번 타자 데이비드는 2루수 땅볼로 처리했다.

2이닝을 연속으로 삼자범퇴 처리하자 다저스 스타디움을 가득 채운 모든 관중이 동시에 일어서서 강찬을 향해 박수를 쳐 줬다.

그들은 무서운 위력으로 양키스 타자들을 처리해 나가는 자신들의 영웅을 향해 아낌없는 박수를 보내주었다.

하지만 그들은 그것이 시작에 불과했다는 것을 알지 못했다.

뉴욕 양키스의 선발 커트 화이나가 5회까지 3안타와 볼넷 1개를 내준 반면 강찬은 6회까지 단 한 명의 주자도 내보내지 않는 완벽투를 거듭했다.

삼진은 무려 여덟 개를 잡아냈는데 타격된 타구가 외야로 날아간 것은 불과 두 개밖에 없었다.

치열한 투수전.

커트 화이나는 3안타를 맞았지만 후속 타자들을 절묘하게 처리하면서 실점을 하지 않았기 때문에 경기는 팽팽한 긴장감 속에서 진행되고 있었다.

하지만 영원히 계속될 것 같던 균형은 커트 화이나가 볼넷으로 준족인 2번 타자 마이크 영을 내보내면서 균열이 갔다.

1아웃 상태에서 내보낸 주자가 마이크 영이라는 사실이 커트 화이나를 흔들리게 만들었다.

마이크 영은 양키스의 해밀턴 못지않게 빠른 발을 가지고 있어 언제라도 도루가 가능한 타자였는데 화이나는 그것을 신경 쓰느라 피아자와의 대결에 전념하지 못했다.

0 대 0의 균형을 깨뜨리며 커트 화이나를 녹아웃시킨 것은 바깥쪽을 꽉 채우고 들어온 패스트볼을 받아쳐 우중월 홈런을 만들어낸 피아자의 괴력이었다.

피아자는 마이크 영 때문에 신경이 분산되어 어깨에 힘이 들어간 커트 화이나의 직구를 놓치지 않고 밀어 쳐 펜스를 가뿐하게 넘어가는 홈런을 만든 것이다.

다저스 스타디움은 팽팽한 투수전을 깨고 피아자가 홈런을 때려내자 벼락같은 함성과 함께 모든 관중이 기쁨에 젖어 펄쩍펄쩍 뛰어올랐다.

야구에서 팽팽한 투수전만큼 긴장감을 주는 경우는 없다.

강력한 투수들의 대결도 결국은 누군가의 영웅적인 활약으로 균형이 깨지며 승부가 갈리기 때문이다.

그 순간의 카타르시스는 어떤 경기를 관전하는 것보다 훨씬 강력한 마력을 보여준다.

순식간에 2점을 만들어낸 피아자가 홈으로 들어오는 순간 5만이 훌쩍 넘는 관중들은 한목소리로 피아자를 연호하며 승리에 대한 기대감을 숨기지 못했다.

이렇게 팽팽한 투수전에서 2점이란 선취점은 결승점이나 다름없었다.

그러나 진짜 관중들을 긴장시키는 일이 벌어진 것은 7회가 지나면서부터였다.

선발로 나온 강찬이 7회까지 한 명도 출루시키지 않는 역투를 거듭하자 관중들이 술렁이기 시작했고, 7회 수비가 끝나고 더그아웃으로 들어왔을 때 강찬의 주변에는 아무도 다가오지 않았다.

보호 타월로 어깨를 감싸고 동료들을 바라보자 선수들은 의식적으로 시선을 돌린 채 눈을 맞추려 하지 않았다.

그것은 코치들과 매팅리 감독도 마찬가지였다.

수비를 끝내고 돌아오면 농담도 건네고 어깨가 식지 않도록 도와주던 사람들이 마치 약속이나 한 것처럼 강찬을 없는 사람 취급하고 있었다.

피식 웃음이 흘러나왔다.

동료들과 코치들이 대기록을 수립할지 모른다는 사실 때문에 부담감을 주지 않기 위해 가까이 오지 않는다는 걸 알고 난 후부터는 강찬은 오히려 눈을 감고 이 순간을 즐기기 시작했다.

대기록은 하고자 한다고 해서 이루어지는 게 아니었다.

그가 국내 리그에서 만들어낸 노히트 노런도 아무 생각 없이 던지다 보니 기록한 것이지 하고 싶어서 노력한 결과는 아니었다.

하지만 강찬의 생각과는 다르게 다저스 스타디움은 점점 긴장감에 사로잡혔다.

8회에 들어 강찬이 톰슨과 클랜시를 내야 땅볼로 처리하고 6번 타자 데이비드까지 삼진으로 돌려세우자 5만 6천 명이 꽉 들어찬 스타디움은 정적이 흘렀다.

평상시라면 강찬의 호투에 환호를 보내며 응원을 해야 하지만 대기록이 눈앞으로 다가오자 관중들은 함부로 입을 열지 못한 채 대화마저 중단했다.

이제 다저스의 공격은 이미 의미를 상실한 지 오래였다.

다저스의 타자들이 양키스의 바뀐 투수들을 상대로 3점을 더 뽑아 점수가 5 대 0으로 바뀌었기 때문에 관중들의 관심은 오직 강찬의 마지막 투구에 초점이 맞춰져 있었다.

드디어 9회에 들어와 강찬이 마운드에 오르자 모든 관중들이 자리에서 일어났다.

그들은 누가 시키지도 않았는데 옆 사람의 손을 맞잡고 한마음이 되어 강찬의 대기록이 수립되기를 간절히 바랐다.

의식하지 않으려 노력했으나 기어코 9회가 다가오자 저절로 침이 말라갔다.

긴장감과 대기록에 대한 부담감으로 발생하는 현상이었다.

좋지 않다.

긴장이 되면 몸이 굳게 되고 몸이 굳어버리면 유연한 투구를 할 수 없게 된다.

긴장을 풀기 위해 심호흡을 길게 하고 로진백을 들어 손에 파우더를 묻힌 후 공을 손에 쥐었다.

이 모든 것은 이제 곧 지나간다.

이기고 지는 것은 오직 신의 뜻이며 자신은 오직 전력을 다해 던질 뿐이다.

그런 생각으로 타자를 바라봤다.

강찬의 팽팽하던 긴장감이 순식간에 완화된 것은 타자의 눈을 확인하고 난 후였다.

웃긴 일인지는 몰라도 타자의 눈은 심하게 흔들리고 있었는데 그가 자신보다 훨씬 긴장하고 있는 것 같았다.

그러자 마음이 편해졌다.

타자는 퍼펙트게임의 희생양이 될지도 모른다는 두려움에 몸이 굳어 있는 게 분명했다.

그리고 그 예상은 정확하게 들어맞아 변화구 승부에 타자는 속절없이 속아 헛스윙을 거듭했다.

하지만 7번 타자를 삼진으로 잡아낸 것은 몸 쪽 직구였다.

네 개의 공을 연속해서 변화구로 혼란시킨 후 강력한 패스트볼을 뿌리자 타자는 배트조차 휘두르지 못한 채 루킹 삼진을 당했다.

다음 타자는 훨씬 더 쉬웠다.

양키스의 8번 타자는 자신에게 다가온 부담감을 조금이라도 줄이려는 듯 초구부터 공략해 왔는데 유인구를 건드려 2루수 땅볼로 물러났다.

결국 마지막 순간까지 왔다.

양키스의 9번 타자 메이웨더가 타석으로 들어서자 이제 스타디움은 바늘이 떨어져도 들릴 것 같은 적막감이 흘렀다.

반면 월드시리즈를 중계하는 미국의 유수한 방송 앵커들은 흥분된 목소리로 대기록에 대한 기대를 숨기지 못했고, 대한민국의 스튜디오에서 중계방송을 맡은 장춘진은 금방이라도 숨이 넘어갈 것처럼 현장 상황을 떠들어댔다.

그는 오늘 경기를 중계하면서 계속 소리를 질렀기 때문에 지금은 거의 목이 쉬어 목소리가 거칠게 변해 있었다.

1구는 바깥쪽 낮은 직구였는데 구속이 159㎞/h를 찍었다.

워낙 빠른 공이기도 했지만 이전 타자가 선불리 공격해서 아웃당한 것을 봐선지 데이비드는 초구를 그대로 흘려 버리며 타석에서 물러섰다.

물러나는 데이비드의 표정은 잔뜩 굳어 있었다.

마지막 타자라는 부담감이 그의 어깨를 짓눌러 배트를 들고 있는 것 자체가 힘들어 보일 정도로 그는 긴장되어 있는 상태였다.

2구는 고속 슬라이더로 유인구를 던졌으나 데이비드는 그것도 그대로 보냈다.

자신이 원한 구질이 아니었던 모양이다.

그랬기에 강찬은 또다시 몸 쪽 패스트볼로 승부를 가져갔다.

직구와 슬라이더를 그대로 보냈다면 타자가 원하는 것은 커브일 거란 생각이 들었기 때문이다.

예상대로 데이비드는 직구를 그대로 흘려보냈기에 볼카운트는 순식간에 2스트라이크 1볼로 변했다.

이제 관중석은 숨소리조차 들리지 않았고, 중계방송을 진행하는 앵커들마저 잠시 멘트를 중지했기 때문에 다저스 스타디움은 마치 고요한 바다처럼 느껴질 정도로 조용해졌다.

자, 마지막 공이다.

강찬은 입술을 굳게 깨물고 피아자의 사인을 확인한 후 고개를 흔들었다.

피아자는 또다시 고속 슬라이더를 요구했으나 강찬은 놈이 원하는 커브를 던지겠다고 고집을 부렸다.

어차피 유인구를 던질 거라면 타자가 원하는 구질을 선택하는 것이 바람직했기 때문이다.

데이비드는 강찬의 예상대로 커브에 반응하며 배트가 따라 나왔다.

그의 배트는 긴장한 모습과는 다르게 빠르고 강력했지만 그의 판단과 다르게 공이 홈 플레이트에서 바닥에 처박혔기 때문에 헛스윙으로 그치고 말았다.

퍼펙트게임.

150년의 메이저리그 역사상 22번째였으며 월드시리즈에서는 단 두 번째인 퍼펙트게임을 강찬이 성공시키는 순간이었다.

데이비드가 삼진으로 무릎을 꿇는 순간 정적 속에 사로잡혀 있던 다저스 스타디움에서 천둥이 치는 것과 같은 함성이 터져 나왔다.

옆 사람의 손을 마주 잡은 채 긴장된 눈으로 강찬의 투구를 지켜보던 다저스 팬들은 강찬이 퍼펙트게임을 성공시키자 모두 만세를 부르며 펄쩍펄쩍 뛰었다.

다저스 더그아웃에서 대기하고 있던 선수들이 모두 몰려나왔고, 매팅리 감독도 선수들 못지않게 빠르게 달려 나와 강찬을 끌어안고 대기록 수립을 기뻐해 줬다.

은서는 혼자 텔레비전을 보면서 줄곧 녹차를 마시며 갈증을 달랬다.

오늘따라 유독 목이 말라왔는데 자신도 모르게 긴장했기 때문인 것 같았다.

경기가 시작되기 전부터 다저스 스타디움은 온통 바다처럼 푸른 물결로 뒤덮여 있었다.

한 좌석도 빈틈없이 꽉 들어찬 관중들은 그녀에게 몸이 떨릴 만큼의 전율을 주기에 충분했다.

은서는 해설자의 설명을 들은 후에야 강찬의 상대로 나오는 커트 화이나란 투수가 자신이 알고 있는 것보다 훨씬 대단한 투수라는 걸 알게 되었다.

3년 연속 다승왕에 방어율도 최고였고 타자들이 치기 어려운 포크볼을 구사하기 때문에 LA다저스 타자들이 고전할 것이라는 예상이었다.

하지만 곧이어 강찬을 소개하면서 언터처블이란 단어를 사용했고, 마에스트로란 별명을 이야기하며 믿기지 않을 정도로 강력한 구위를 자랑한다는 말을 듣자 움츠려졌던 가슴이 조금씩 펴졌다.

캐스터가 강찬을 칭찬할 때마다 소름이 돋아났다.

지금까지 약국을 다니느라 강찬의 경기를 직접 본 적은 많지 않았지만 저녁에 들어와서 꼭 녹화방송을 지켜봤기 때문에 얼마나 강찬이 뛰어난 활약을 했는지 잘 알고 있었다.

그런데도 캐스터와 해설자가 두 투수를 비교하며 강찬 쪽으로 무게감을 두는 발언을 연속으로 하자 마음속에서 뿌듯함이 한없이 생겨났다.

팽팽한 투수전으로 진행되던 경기가 강찬의 파트너인 피아자의 홈런으로 균형이 깨지자 은서는 자신도 모르게 소파에서 벌떡 일어나 만세를 불렀다.

아기를 가지지 않았다면 아마 거실을 뛰어다니며 기쁨을 표현했겠지만 본능적으로 뛰면 안 된다는 생각에 그저 두 손을 번쩍 들었다.

캐스터가 강찬의 퍼펙트게임을 이야기하기 시작한 것은 7회에 들어서면서부터였다.

은서도 처음에는 설마설마하는 마음으로 경기를 지켜봤는데 8회가 끝날 때까지 한 명의 진루도 허락하지 않자 심장이 쿵쾅거리며 뛰기 시작했다.

그때부터 꼼짝하지 못했다.

강찬으로 인해 야구를 공부하면서 퍼펙트게임이 얼마나 힘들고 어려운 것인가를 잘 알고 있었기 때문에 자신도 모르게 양손을 붙들고 기도하는 자세가 되었다.

마운드에 선 강찬의 모습은 긴장된 것처럼 보이지 않았다.

여전히 듬직하고 자신만만했다.

하지만 은서는 알고 있었다. 강찬이 긴장하면 입술 끝이 미세하게 올라간다는 것을.

마운드에 서서 마지막 타자와 승부하는 강찬의 입술은 왼쪽이 눈에 띄게 올라가 있었는데 그것은 엄청 긴장했을 때 나타나는 현상이다.

그랬기에 마주 잡은 손에 힘이 저절로 들어갔다.

영원같이 긴 시간.

마침내 강찬이 마지막 타자를 삼진으로 잡아내는 순간 은서는 모든 힘이 빠져나가는 것을 느꼈다.

화면에는 숨소리조차 내지 못하던 관중들이 퍼펙트게임이 완성되자 강찬을 연호하는 장면이 잡혔다가 곧이어 다저스 선수들에 둘러싸인 강찬의 모습이 클로즈업되었다.

동료들에게 둘러싸인 강찬은 바보처럼 어색한 웃음을 짓고 있었다.

대단한 일을 해냈으니 활짝 웃으며 기쁨을 나타내야 하는데 바보 같은 신랑은 불우하게 자라온 세월에서 완벽하게 벗어나지 못해선지 습관처럼 어색한 웃음만 지었다.

그 모습을 보며 은서는 혼자 마음껏 울었다.

강찬이 자랑스러웠지만 활짝 웃지 못하는 모습을 보자 너무나도 불쌍해서 기쁨으로 흘린 눈물이 슬픈 눈물로 변해갔다.

바보 같은 남편.

아마도 나의 바보 같은 남편은 조금 있으면 남모르게 울지도 모른다.

강찬은 자리에서 모두 일어나 자신의 대기록을 축하해 주는 관중을 향해 고개 숙여 정중하게 인사를 했다.

동료들은 그가 관중들에게 인사할 수 있도록 자리를 비켜줬기 때문에 마운드에는 그만이 서 있는 상태였다.

관중들의 얼굴에는 웃음이 담겨 있었고, 더그아웃에서 그를 기다리는 동료들도 마찬가지였지만 그의 얼굴에서는 스르륵 눈물이 흘러내렸다.

잠시 눈을 감자 세월이 뒤로 물러나며 세광고의 운동장이 꿈결처럼 다가왔다.

반항으로 가득 찼던 자신의 어린 모습.

공을 처음 쥔 자신이 엉뚱한 곳으로 던져 버리자 어이없다는 표정을 짓던 최인혁 감독님의 얼굴이 떠올랐다.

감독님은 알게 모르게 자신의 주변을 맴돌며 그가 올바르게 성장할 수 있도록 도와준 고마운 분이었다.

폭풍처럼 질주하던 고교 시절은 지금 생각해 보면 가장 행복한 순간이었다.

가장 화려했던 시절에 어깨가 부서지며 죽음과도 같은 고통을 맛보았지만 그것이야말로 지금의 그를 있게 해준 원동력이 되었으니 절대 잊어서는 안 될 추억이 되었다.

얼굴조차 모르지만 언제나 그리운 부모님, 그리고 은서, 최인혁 감독님.

그를 응원해 준 많은 사람들의 얼굴이 차례대로 떠올랐다.

모두 고맙고 소중한 사람들이었다.

에필로그

금년 루키로 LA다저스에 입단한 유호성은 심호흡을 길게 뿜어내며 다저스 스타디움을 향해 당당하게 걸어갔다.

그는 초고교 급 투수로 전국 대회에서 신일고를 3관왕에 올려놓았는데 그의 성공 가능성을 높게 본 다저스 팀에서 300만 달러를 주고 데려왔다.

대한민국 고교 팀에서는 최고의 에이스였지만 미국에 와서는 트리플A의 초보 투수일 뿐이었기에 그는 제대로 된 입단식도 하지 못했다.

모든 것이 어색하고 모든 것이 서툴렀다.

환경에 적응하는 데 시간이 걸렸고, 동료들과 사귀는 데도 언어 때문에 많은 어려움을 겪었다.

그러나 한 달이 되어가자 서서히 정신을 차릴 수 있었다.

자신은 대한민국에서 화려한 스포트라이트를 받으며 당당히 메이저리그 팀인 LA다저스에 스카우트되었으니 가슴을 펴고 살아도 충분하다고 생각했다.

그가 오늘 크게 마음먹고 다저스 스타디움에 온 것은 꿈속에서도 그리던 경기장을 직접 눈으로 보고 싶었기 때문이다.

정말 어마어마한 규모였다.

고교 시절 잠실야구장에서 경기할 때 압도적인 규모에 가슴이 벌렁벌렁 뛰었는데 다저스 스타디움은 그보다 배는 더 커 보였다.

천천히 걸어 경기장의 내, 외부를 꼼꼼히 살피던 그가 걸음을 멈춘 곳은 커다란 기념석이 서 있는 곳이었다.

유호성은 자석에 끌린 것처럼 그곳에서 움직이지 못했다.

기념석에는 그가 그토록 닮고 싶어 하던 전설적인 투수의 이력이 적혀 있었다.

기념석의 상단에는 LA다저스를 빛내준 영웅을 기리기 위해 명예의 전당에 헌액된 내용을 그대로 옮겨놨다는 설명이 있었다.

이강찬

2017년~2028년 LA다저스

통산 : 212승 38패, 1,750이닝 투구

통산 방어율 : 1.79(역대 1위)

승률 : 85%(역대 1위)

삼진 : 2,283개

주 무기 : 라이징 패스트볼, 고속 슬라이더, 체인지업, 파워커브

12년간 LA다저스에서 활동하면서 7번의 월드시리즈를 제패하는 데 결정적인 공헌을 함

별명 : 마운드의 마에스트로

『퍼펙트게임』 완결